Iain Pears

Das Tizian-Komitee

Roman

Aus dem Englischen von
Klaus Berr

Piper München Zürich

Von Iain Pears liegen in der Serie Piper außerdem vor:
Der Raffael-Coup (5586)
Die Bernini-Büste (5627)
Der Tod des Sokrates (5638)

Einige der Gebäude und Gemälde in diesem Buch existieren, andere nicht, und alle Personen sind frei erfunden. Ein italienisches Kunstraubdezernat existiert wirklich in einem Gebäude im Zentrum Roms. Allerdings habe ich es aus dem Zuständigkeitsbereich der Carabinieri in den der Polizia versetzt, um noch einmal zu unterstreichen, daß meine Erzählung nichts mit der Wirklichkeit zu tun hat.

Für Dick

Deutsche Erstausgabe
1. Auflage Januar 1993
2. Auflage Februar 1999

Titel der englischen Originalausgabe:
»The Titian Committee«, Victor Gollancz, Ltd.,
London 1991

Umschlag: Büro Hamburg
Simone Leitenberger, Susanne Schmitt, Annette Hartwig
Umschlagabbildung: Carl van Ommen
Gesamtherstellung: Clausen & Bosse, Leck
Printed in Germany ISBN 3-492-25587-6

1

Es war der Gärtner der Giardinetti Reali, der die Entdeckung machte, ein alter, gebeugter Mann, dessen Arbeit kaum Beachtung findet, nicht einmal bei den Horden von Touristen, die jahraus, jahrein inmitten seiner Kreationen ihre Sandwiches essen und sich dabei vom Übermaß architektonischer Großartigkeit erholen.

Trotz der mangelnden Wertschätzung war der alte Mann besessen von seiner Arbeit, und das machte ihn zur Ausnahmeerscheinung. Venedig ist nicht gerade für seine Naturbegeisterung bekannt, im Gegenteil: Die Geschichte der Stadt ist bestimmt vom Zwang zum Kampf gegen die Elemente. Ein Blumentopf am Fenster ist für den Durchschnittsvenezianer das Äußerste an Naturgenuß. Die meisten können kein Stückchen freies Feld sehen, ohne sich vorzustellen, wie hübsch es sich unter einem Steinpflaster machen würde. Wer etwas anbauen will, muß aufs Festland gehen, echte Venezianer graben keine Löcher.

Der Gärtner zählte sich deshalb zu einer kleinen und in gewisser Weise sogar verfolgten Minderheit. In seiner Obhut lagen einige Hektar Garten zwischen der Piazza San Marco und dem Canal Grande. Er mußte Blumenbeete umgraben, den Rasen mähen, Bäume pflegen und zuschneiden und das Meerwasser in Schach halten – das alles mit wenig Hilfe und noch weniger Geld. Aber der Samstag sollte sein großer Tag werden. Die Stadt hatte ihm persönlich aufgetragen, Blumen für ein großes Bankett zu liefern, das an diesem Abend auf der Isola San Giorgio stattfinden sollte. Er würde ihnen seine schönsten geben, drei Dutzend Lilien, die er seit Monaten in einem seiner kleinen Gewächshäuser heranzog. Sie würden Bewunderung ernten und er Lob. Ein großer Tag.

Es war viel zu tun: die Blumen abschneiden, sie zurechtstutzen und sorgfältig jede einzeln einwickeln, und sie dann abschicken, damit sie ein Teil jenes wundervollen Arrangements werden konnten, das – da war er sich ganz sicher – an diesem Abend alle bestaunen würden. Also stand er früh auf, kurz nach sechs, stürzte einen Kaffee und ein Glas Acqua Vite hinunter, um den Kreislauf in Schwung zu bringen, und machte sich dann im feuchtkalten Spätherbstwetter an die Arbeit. Obwohl er fror und auch noch nicht ganz wach war, spürte er doch eine gewisse Vorfreude, als er sich dem Gewächshaus näherte, das sich aus dem zu dieser Tages- und Jahreszeit vom Meer hereinziehenden Nebel erhob.

Allerdings nur, bis er die Tür öffnete und die zerdrückten und zertretenen Überreste der Blumen sah, die er so sorgfältig gepflegt hatte. Die erlesenen Kreationen, die er am Vorabend zurückgelassen hatte, existierten nicht mehr. Er traute seinen Augen nicht. Und dann entdeckte er mitten unter den Blumen die zusammengerollte Gestalt eines betrunkenen Nachtschwärmers, der offensichtlich für die Zerstörung verantwortlich war.

Er versuchte, sich zu beherrschen, doch er konnte es nicht und machte seinem Ärger Luft, indem er dem Schuft einen wohlplazierten Tritt versetzte. Eine Frau. In meiner Jugend haben die Frauen wenigstens noch gewußt, was schicklich ist, dachte er verbittert. Aber heutzutage... »Raus da, verdammt noch mal! Wachen Sie auf! Schauen Sie, was Sie angerichtet haben!« rief er wütend.

Keine Reaktion. Er schob die Spitze seines Fußes unter die bewußtlose Gestalt und drehte sie um, damit er diese gemeine, zerstörerische Person wirkungsvoller beschimpfen konnte. »Madonna«, entfuhr es ihm statt dessen, und er lief davon, um Hilfe zu holen.

»Mord«, sagte Generale Taddeo Bottando mit einem dämonischen Grinsen auf dem Gesicht. »Mord«, wiederholte er und hatte offensichtlich Vergnügen an dem Wort und an der Reaktion seiner Assistentin, die ihm in seinem sonnendurchfluteten Büro im Zentrum Roms gegenübersaß. »Blutig und grausam«, fügte er hinzu, um jedes Mißverständnis auszuschließen, und faltete die Hände vor seinem vorstehenden Bauch.

Es war Sonntag, der Tag, nachdem der venezianische Gärtner die Verwüstung seiner Blumen entdeckt hatte. Nachdem er erschrocken und bestürzt davongelaufen war und die Polizei verständigt hatte, war im italienischen Beamtenapparat zwar nicht gerade hektische Betriebsamkeit, aber doch ein gewisses Maß an schicklicher Aktivität ausgebrochen. Deshalb hatte sich auch Generale Bottando an seinem freien Tag widerstrebend in sein Büro begeben und seine Assistentin aus dem Bett geklingelt.

Es ist ja wirklich äußerst rücksichtslos, in einem fremden Land zu sterben! Und wenn die Reisenden wüßten, welche Probleme das verursacht, würden sie zweifellos mit ihrem Abschied von dieser Welt warten, bis sie wieder zu Hause sind. Zuerst muß die Polizei vor Ort verständigt werden, Ärzte und Pathologen müssen sich um die Leiche kümmern. Dann wird das Konsulat benachrichtigt, das seinerseits die Botschaft informiert, die wiederum die Behörden am Wohnort des Verstorbenen in Kenntnis setzt. Und diese geben schließlich die Information an die dortige Polizei weiter, damit sie den nächsten Angehörigen die traurige Nachricht überbringt. Und das ist erst der Anfang. Wenn man sich überlegt, wie viele Berichte in verschiedenen Sprachen verfaßt werden müssen und welche Arbeit es macht, den Transport der Leiche mit den Zoll- und Einwanderungsbehörden abzustimmen, wird man den Wunsch vieler Beamten verstehen, daß Ausländer doch bitte woanders sterben sollen.

Noch viel lästiger ist eine solche Angelegenheit, wenn der Ausländer – oder, wie in diesem Fall, die Ausländerin – sich ermorden läßt. Und wenn diese Ausländerin Mitglied eines Komitees von Kunsthistorikern ist, das sein Geld vom italienischen Kulturministerium erhält, wenn außerdem das Arbeitsgebiet dieses Komitees Leben und Werk des Tiziano Vecellio (1486–1576), eines Venezianers, ist, und das zu einer Zeit, da der Innenminister ebenfalls Venezianer ist, dann klingeln Telefone, werden Telexe verschickt und Forderungen gestellt, und der Schwarze Peter macht die Runde. Jeder will, daß unverzüglich etwas unternommen wird, und zwar von einem anderen.

Deshalb also, um zum Thema zurückzukehren, das selbstzufriedene Lächeln auf dem Gesicht von Generale Taddeo Bottando, als er Flavia di Stefano, der intelligentesten Assistentin im italienischen Kunstraubdezernat, die näheren Umstände des unzeitigen Ablebens der Professorin Louise M. Masterson mitteilte.

»Ach so«, erwiderte seine Assistentin erleichtert. »Und ich hätte mir schon beinahe Sorgen gemacht. Aber warum bin ich dann hier und nicht mit meiner Zeitung im Bett?«

Man darf nun nicht auf den Gedanken kommen, daß die beiden grausam oder gefühllos gewesen wären. Hätten sie es sich bewußt gemacht, wären sie natürlich darüber bestürzt gewesen, daß eine achtunddreißigjährige Frau, in der Blüte ihres Lebens und eine Koryphäe auf ihrem Spezialgebiet – der Ikonographie der Renaissance –, von einem unbekannten Täter so brutal ins Grab gestoßen worden war. Aber es ist eines der Grundübel der Polizeiarbeit, daß kaum je genug Zeit ist, über Dinge nachzudenken, die nicht ins eigene Ressort fallen.

Und das war bei diesem Mord, so tragisch er auch sein mochte, eindeutig der Fall. Das kleine, unter chronischem Geldmangel leidende Dezernat war vor einigen Jahren gegründet worden und kämpfte seither mutig, aber nahezu vergeblich gegen die Flut von Diebstählen an, die Italiens Kunstschätze aus dem Lande schwemmte. Die Mitarbeiter beschäftigten sich mit Raub und Betrug im Zusammenhang mit Gemälden, Drucken, Zeichnungen, Skulpturen und Keramiken. Einmal ging es sogar um ein komplettes Gebäude, das als Ganzes gestohlen worden war und nach Südkorea geschafft werden sollte. Mit Stolz konnte das Dezernat damals die Wiederbeschaffung einer Treppe, eines Zimmers und eines Teils der Bibliothek vermelden. Mauern und Fundament blieben allerdings spurlos verschwunden. Es sei, erklärte Bottando damals dem betrübten Besitzer, der den Haufen Schutt und Balken auf der Ladefläche des Lastwagens anstarrte, nur ein Teilerfolg gewesen.

Nun gehörten zwar Verbrechen gegen die Kunst in ihren Zuständigkeitsbereich, nicht aber Verbrechen gegen Kunsthistoriker. Solche Fälle wurden ihnen für gewöhnlich wieder aus den Händen genommen, selbst wenn gleichzeitig die gesamten Schätze des Nationalmuseums verschwunden waren. Zugegeben, viel hing dabei von den bürokratischen Rangeleien zwischen den verschiedenen Polizeiabteilungen ab, aber ein Altmeister wie Bottando hätte keine Schwierigkeiten gehabt, einen Fall, bei dem es um Mord ging, von sich zu weisen, wenn er ihn nicht wollte.

Und den will er doch sicher nicht, dachte Flavia, die immer noch herauszufinden versuchte, warum sie hierher beordert worden war. Bei der italienischen Polizei nützt es einem nichts, rein gar nichts, herumzurennen und sich freiwillig für irgend etwas zu melden. Man wird dann nämlich nicht mehr ernstgenommen. Das beste ist, man wartet, bis man von einem, der etwas zu sagen hat, einem Minister etwa, angesprochen wird, verdreht dann gequält die Augen, beklagt sich darüber, wieviel im Augenblick zu tun sei, und räumt dann widerstrebend ein, man könne, da kein anderer zur Bewältigung einer so dringenden Angelegenheit in der Lage sei, seine ganz besonderen Fähigkeiten vielleicht doch zur Verfügung stellen – natürlich nur, weil man den Minister persönlich so sehr schätze. Und ob, wo man gerade dabei sei, der Minister sich möglicherweise imstande sehe, einem zu helfen bei ...

Etwas in dieser Art war vorgefallen, da war Flavia sich ganz sicher. Offen war nur noch die Frage, was das mit ihr zu tun hatte. Eine gewisse Ahnung beschlich sie. Der italienische Staat gibt beständig zu viel aus und schafft so gigantische Haushaltsdefizite, angesichts derer sich jeder außerhalb der Regierung verzweifelt die Haare rauft. In regelmäßigen Abständen beschließt eine neue Regierung, das Problem anzugehen. Solche Bemühungen dauern nie sehr lange, aber zumindest werden etwa sechs Monate lang Programme zusammengestrichen, Abteilungen verkleinert und generell Einsparungen vorgenommen. Danach hat jeder genug davon, der Normalzustand hält wieder Einzug, und die Defizite schrauben sich weiter in die Höhe.

Das Problem war, daß man sich im Augenblick in einer solchen Periode der Sparsamkeit befand und die rivalisierende Polizeitruppe einen Sparplan durchzusetzen versuchte, der vorsah, Bottandos Dezernat ganz aufzulösen und durch Beamte der Carabinieri in den einzelnen Polizeieinheiten vor Ort zu ersetzen. Das Ganze würde zwar weniger effektiv sein und an Einsparungen letztendlich kaum etwas bringen, doch Bottando wußte nur zu gut, daß es darum überhaupt nicht ging. Die Carabinieri konnten es nicht verwinden, daß sein Dezernat der Polizia unterstellt worden war. Normalerweise hätte er keine Mühe gehabt, sich zu wehren, aber im Augenblick machte er sich große Sorgen. Seine Gegner hatten in einer Anhörung die Nase vorn. Bis zur alljährlichen Vorlage des Haushaltsplans waren es nur noch acht Tage, und der Showdown war gefährlich nahe.

»Hat das vielleicht etwas mit dem Haushaltsplan zu tun?« fragte Flavia und stöhnte, als er nickte. »O nein. Bitte, nicht mich. Ich habe doch eh schon soviel zu tun«, jammerte sie und sah ihn mit all dem verzweifelten Flehen an, das ihre großen, blauen norditalienischen Augen so kurzfristig aufbieten konnten.

Aber er war unerbittlich. »Es tut mir leid, meine Liebe. Ich bin mir sicher, wir können Ihre Arbeit umverteilen.«

»Als ich am Freitag Urlaub machen wollte, konnten Sie es nicht.«

Doch Bottando war kein Mann, der sich leicht aus dem Konzept bringen ließ. »Das war am Freitag«, sagte er und wischte das Thema mit seiner fleischigen Hand beiseite. »Haben Sie schon eimmal vom Tizian-Komitee gehört?«

Flavia arbeitete lange genug bei ihm, um zu wissen, wann sie verloren hatte. »Natürlich. Irgendein riesiges, von der Regierung finanziertes Unternehmen zur Erstellung eines Katalogs von allem, was Tizian je gemacht hat, bis hin zur Auswertung seiner Wäschereirechnungen. Ein ziemliches Prestigeprojekt, nicht?«

»So was in der Richtung«, erwiderte ihr Chef. »Die Holländer haben etwas Ähnliches ins Leben gerufen, und da hat unser Kulturminister beschlossen, wenn schon einer ein gigantisches, überfinanziertes, internationales Megaprojekt verdient hat, dann ein italienischer Maler und kein dahergelaufener holländischer Lohnpinsler wie Rembrandt. Also haben sie für Tizian ein noch teureres Projekt eingerichtet. Ein halbes Dutzend Experten, die in einem Jahr so viel Geld verprassen, daß wir uns davon ein Jahrzehnt im Luxus leisten könnten. Teamarbeit! Ich weiß auch nicht, warum, aber in unserem bürokratischen Zeitalter glaubt offensichtlich jeder, daß sechs Meinungen besser sind als eine. Vermittelt den Eindruck höherer Präzision. Ich bin mir da ja nicht so sicher. Die arbeiten wie die Besessenen, produzieren Kataloge von Gemälden, Zeichnungen und so weiter. Sie kennen das ja.«

»Ich habe davon gehört«, entgegnete Flavia. »Na und?«

Bottando warf ihr einen zweifelnden Blick zu. »Na«, sagte er und betonte das Wort, um ihr zu zeigen, daß er ihren Mangel an Begeisterung durchaus bemerkt hatte, »und jetzt sind es nur noch fünf. Anders gesagt, ein Sechstel dieses internationalen Expertenteams ist abgemurkst worden. Und das sorgt in gewissen Kreisen für einige Unruhe. Das heißt, aus verschiedenen Gründen sind das Kulturministerium, das Außenministerium, das Tourismusministerium und das Innenministerium in höchstem Aufruhr. Ganz zu schweigen von den Kommunalbehörden in Venetien und in Venedig selbst. Ein Riesentheater ist das.«

»Das kann ich ja verstehen. Aber das ist doch eine Aufgabe der Carabinieri vor Ort, oder? Und die müßten doch inzwischen daran gewöhnt sein. Der Tod in Venedig ist doch bei Ausländern sehr beliebt. Es gibt sogar ein Buch darüber.«

»Stimmt schon. Aber es kommt nicht sehr häufig vor, daß sie ermordet werden. Wie dem auch sei, wichtig ist, daß beschlossen wurde, die in Italien für Recht und Ordnung zuständigen Stellen müßten alles tun, um diesen Fall zu lösen. Experten werden hinzugezogen, nationale Behörden eingeschaltet und so weiter. Und Sie, meine Liebe, sind dazu ausersehen zu beweisen, wie ernst die Regierung diesen Anschlag auf Venedigs Fähigkeit zur Schröpfung von Touristen nimmt.«

»Ich?« fragte Flavia mit einer Mischung aus Verwunderung und Verärgerung. »Warum gerade ich? Ich gehöre ja nicht einmal zur Polizei.« Womit sie recht hatte. Allerdings erinnerte sie sich daran nur, wenn es ihr in den Kram paßte. Offiziell war sie nur eine freie Ermittlerin, die sich bislang energisch gegen die Verlockungen einer festen Anstellung gewehrt hatte. Uniformen paßten nicht zu ihr. Und ebensowenig die gelegentlichen Ausbrüche militärischer Disziplin, die sich die Polizia hin und wieder gestattete, um ihre Mitarbeiter daran zu erinnern, daß sie eigentlich zur Armee gehörten.

»Genau«, erwiderte Bottando fröhlich. Es freute ihn, daß seine Assistentin schon so früh am Morgen so schnell von Begriff war. »Es geht hier nur um den äußeren Schein, müssen Sie wissen. Mit anderen Worten, um Politik. Unsere Würdenträger hier in Rom wollen zeigen, daß sie sich um den Fall kümmern. Aber sie wollen dabei die Leute vor Ort nicht vor den Kopf stoßen. Also schicken wir erstens jemanden vom Kunstraubdezernat, der ihnen mit seinem Fachwissen behilflich sein kann, und zweitens keinen Ranghöheren, damit die Carabinieri in Venedig nicht auf den Gedanken kommen, man wolle sie kritisieren. Und deshalb sind wir auf Sie gekommen.«

»Vielen Dank für den Vertrauensbeweis«, sagte Flavia leicht pikiert, was eigentlich ein wenig unlogisch war, denn sie war mit der Hoffnung in Bottandos Büro gekommen, daß er ihr keine Ermittlung übertragen würde, und jetzt war sie beleidigt, weil er es nicht getan hatte. Aber natürlich ärgerte es sie, daß man sie nur deshalb für den Auftrag geeignet fand, weil sie so vollkommen harmlos war. »Also für mich ist das die reinste Zeitverschwendung.«

Bottando zuckte die Achseln. »Kommt darauf an, ob Sie nächsten Monat noch Arbeit haben wollen«, sagte er mit Sinn fürs Praktische.

Ein gutes Argument. »Na gut. Wenn's sein muß.«

»So dürfen Sie das nicht sehen«, sagte Bottando aufmunternd zu ihr. »Es ist eine wunderbare Gelegenheit. Sie müssen überhaupt nichts tun, und drei der mächtigsten Minister der Regierung werden Ihnen für dieses Nichtstun dankbar sein. Und dem Dezernat natürlich ebenso, was im Augenblick viel wichtiger ist. Es könnte sogar lebenswichtig sein, wenn wir es nur rechtzeitig zum Abschluß bringen. Betrachten Sie es eher als bezahlten Urlaub. Sie fahren morgen da rauf, verbringen einen Tag dort, und am Dienstagabend sind Sie wieder zu Hause. Außerdem ist Venedig, wenn ich mich recht erinnere, zu dieser Jahreszeit ganz wunderbar.«

»Um das geht's doch gar nicht«, hielt sie ihm entgegen. Die Bereitschaft dieses Mannes, alles zu ignorieren, was ihm nicht in den Kram paßte, war wirklich außerordentlich. Er wußte sehr gut, daß sie vorgehabt hatte, nach Sizilien zu reisen. So beeindruckend Venedig auch sein mochte, es war nicht das, was sie sich vorgestellt hatte. Aber er beachtete ihren Einwurf gar nicht.

»Sie müssen sich natürlich bei der dortigen Polizei sehen lassen, aber Sie können gleich klarstellen, daß Sie nicht vorhaben, sich in deren Ermittlungen einzumischen«, fuhr er fort und verfiel in einen geschäftsmäßigen Ton, denn jetzt wußte er, daß er gewonnen hatte. Das tat er zwar immer, aber Flavia war manchmal etwas widerspenstig, wenn es darum ging, Befehlen zu gehorchen.

»Sie haben nichts anderes zu tun, als in Venedig herumzuhängen, Ihr Spesenkonto ein wenig zu strapazieren und dann einen Bericht herunterzutippen, der brillant und tiefschürfend klingt, aber alle Beteiligten von einer Schuld an der Nichtergreifung des Mörders freispricht. Sie sollten darin klarstellen, Ihre Nachforschungen hätten ergeben, daß dieser Fall nicht in den Zuständigkeitsbereich unseres Dezernats fällt. Das übliche eben. Und das sollte reichen.«

Sie seufzte laut, damit er auch merkte, welches Opfer sie dem öffentlichen Wohl brachte. Ein netter Mensch, eine freundliche Seele, aber in vieler Hinsicht die reinste Dampfwalze. Sie kannte ihn gut genug, um zu wissen, daß ein Streit sinnlos war. Sie würde nach Venedig fliegen, das war beschlossene Sache. »Sie glauben, daß der Mörder nicht gefunden wird?«

»Ich bin mir da ziemlich sicher. Ich kenne zwar die genauen Einzelheiten nicht, aber den ersten Berichten nach sieht's so aus, als wäre es ein Raubüberfall gewesen, bei dem der Täter die Beherrschung verloren hat. Aber das finden Sie sicher raus, wenn Sie dort sind.«

2

Als die Alitalia-Maschine früh an diesem frischen Montagmorgen vor dem Landeanflug über Venedigs Flughafen Marco Polo kreiste, war Flavia wieder einigermaßen guter Laune, obwohl sie schon wieder zu einer unchristlichen Zeit hatte aufstehen müssen, um den Flug nicht zu verpassen.

Unter anderen Umständen wäre sie mehr als froh gewesen, aus ihrem unterbelüfteten und überbelegten Büro im Zentrum Roms herauszukommen. Schließlich war Venedig durchaus ein Ort, an dem man einen oder zwei angenehme Tage verbringen konnte. Da es nur ein kurzer Ausflug werden sollte, reiste sie mit so leichtem Gepäck, wie es die Notwendigkeit, auf alle Eventualitäten eingestellt zu sein, erlaubte: Hosen, Kleider, Röcke, Blusen, Pullover und ein gutes Dutzend Bücher, Karten von Venedig und der Umgebung, Flugzeit- und Zugfahrpläne, Pelzmantel gegen die Kälte, Regenmantel gegen den Regen, feste Stiefel zum Wandern, elegante Schuhe nur für den Fall, Schmierpapier und Notizblöcke, ein paar Polizeiakten, Handtücher, Morgenmantel, Handschuhe, eine Taschenlampe für den Notfall. Sie würde wahrscheinlich wie immer nichts anderes tragen als Jeans und Pullover, aber es schadete ja nichts, auf alles vorbereitet zu sein.

Während die Maschine zur Landung ansetzte, war sie damit beschäftigt, ihre Frisur und ihre Kleidung in Ordnung zu bringen. Sie wollte gut aussehen, wenn sie den Flughafen verließ. Normalerweise verzichtete sie auf solche Eitelkeiten, und sie hatte das Glück, es tun zu können, ohne daß es ihrem Aussehen abträglich war. Der Wind, der um den Marco Polo blies, würde ihre Frisur sowieso in ein Chaos verwandeln, egal, wieviel sie jetzt auch kämmte. Aber Venedig ist eine Stadt, die von einem verlangt, daß man sich ihr mit einem annehmbaren Äußeren präsentiert. Es ist eine alte, ehrwürdige Stadt, die Besuchern Respekt abfordert, und gelegentlich versuchen sogar Touristen, die sich von ihr haben verzaubern lassen, etwas weniger unansehnlich auszusehen als gewöhnlich.

Sie fing so an, wie sie vorhatte weiterzumachen. Bottando hatte ihr eingeschärft, wie wichtig es sei, so viel Geld wie möglich auszugeben, und sie hatte vor, seinen Anweisungen zu folgen. Der Wert ihrer Anwesenheit werde am Umfang ihres Spesenkontos gemessen werden, hatte er gesagt, und nicht an dem, was sie tue. Die zynischeren Kollegen im Dezernat nannten das die Bottando-Gleichung. Wollte man die Regierung davon überzeugen, daß das Dezernat bei der Lösung dieses unglücklichen Falles eine wesentliche Rolle gespielt hatte, mußte die Rechnung schon eine saftige sein.

Also mied sie den öffentlichen Wasserbus in die Stadt und machte es sich statt dessen in einer der langen, lackierten Motorgondeln bequem, die als Taxis zwischen dem Flughafen und der Hauptinsel verkehren. Kein Flughafen der Welt bietet eine attraktivere Zufahrt zu der Stadt, die er versorgt. Anstatt in einem Bus über verstopfte Zubringerstraßen oder in einem Zug durch triste Industriegebiete zu kriechen, rauscht man durch die Lagune, vorbei an bröckelnden Inselchen, bis Venedig selbst am Horizont auftaucht. Obwohl die Fahrt Flavias Magen etwas in Aufruhr versetzte, war sie ein wunderbares Erlebnis, vor allem bei einem Wetter, das trotz einiger nicht gerade ermutigender Wolken perfekt war.

Der Fahrer, angemessen meerestauglich in schwarzem T-Shirt, Kappe und rotem Halstuch, manövrierte das Boot geschickt und geschwind die Fahrrinne entlang, die von uralten, aus der glänzenden Wasseroberfläche herausragenden Holzpflöcken markiert war. Abgesehen von dem obligatorischen Zuzwinkern und dem zähneblitzenden Lächeln, als er ihr beim Einsteigen half und das Gepäck verstaute, schenkte er ihr kaum Beachtung. Sein Mitfahrer war eher dazu aufgelegt, sich die Zeit mit Gesprächen zu vertreiben. Wäre Fellini je auf den Gedanken gekommen, »Die Ballade vom alten Seemann« zu verfilmen, wäre das der Mann für die Titelrolle gewesen. Sein Gesicht war ein Stück altes Treibholz und sein Alter unbestimmbar, aber mit Sicherheit über siebzig. Er war klein und sein Haar so grau, daß man sich eine andere Farbe nicht mehr vorstellen konnte, sein Gebiß saß so schlecht, daß es bei jedem Lächeln gefährlich klapperte, und doch wirkte er, als könnte er immer noch einen Betonblock mit bloßen Händen in Stücke reißen.

Er setzte sich neben Flavia, strahlte, klapperte sie einige Minuten lang an und begann dann mit seinem morgendlichen Zeitvertreib. Ob sie in Venedig Urlaub mache? Ob sie lange bleibe? Und ob sie – er warf ihr einen schelmischen Blick zu – hier jemanden treffe? Ob sie schon einmal in Vendig gewesen sei? Sie antwortete geduldig auf alle Fragen. Alte Männer reden gern und sind gern in der Gesellschaft von jungen Leuten, außerdem war seine Neugier so aufrichtig, daß man kaum etwas dagegen haben konnte. Er sei, erzählte er stolz, der Vater des Fahrers und habe sein ganzes Leben als Gondoliere in Venedig verbracht. Jetzt sei er zu alt zum Arbeiten, aber es mache ihm Spaß, seinen Sohn hin und wieder zu begleiten.

»Als Sie in seinem Alter waren, haben Sie bestimmt noch keine solchen Boote gehabt«, bemerkte Flavia, weil sie auch einmal etwas anderes zum Gespräch beitragen wollte als ja und nein.

»Das da?« sagte der alte Mann und verzog das Gesicht, bis die Nase beinahe in den Runzeln verschwand. »Nennen Sie das vielleicht ein Boot? Pah!«

»Aber es sieht doch sehr hübsch aus«, erwiderte sie verunsichert und merkte dabei, daß sie nicht gerade mit nautischem Jargon glänzte.

»Nichts als Funken und Krach«, sagte der Alte. »Ungefähr so solide gebaut wie eine Orangenkiste. Die können heutzutage keine Boote mehr bauen. Die können heutzutage in der Lagune überhaupt nichts mehr richtig.«

Flavia sah über das funkelnde, schimmernde Wasser hinüber zu der Insel Burano zu ihrer Linken, sah Seemöwen, die sich im Wind tummelten, und entdeckte in der Ferne einen Öltanker, der friedlich aufs offene Meer hinaustuckerte. Das Boot zog auf seinem Weg zur Stadt eine seidige Spur durch das dunkelgrüne Wasser der Lagune. »Aber es scheint doch alles in Ordnung zu sein«, sagte sie.

»Es scheint so, ja. Aber der Schein trügt. Die Trottel haben nicht an den Rückfluß gedacht.«

»Wie bitte?«

»Den Rückfluß, junge Dame, den Rückfluß. Die Lagune ist voller Kanäle. Ein kompliziertes System, das aber die Natur sehr sinnvoll eingerichtet hat. Früher haben sie das in Ruhe gelassen. Aber jetzt graben sie riesige Rinnen in die Lagune, damit solche Dinger da reinkönnen.« Er zeigte verächtlich auf den Tanker.

»Wenn Wind aus einer bestimmten Richtung und ein entsprechender Gezeitenstand zusammenkommen, gerät hier alles durcheinander. Einfach so. Innerhalb von Minuten. Das Wasser fließt in die verkehrte Richtung, schwemmt alles an die Oberfläche, spült es an Land und läßt es dort liegen. Ein entsetzlicher Gestank! Kommt davon, wenn man versucht, zu schlau zu sein. Die Stadt erstickt in ihrem eigenen Dreck, weil die Leute so blöd sind.«

Er wollte eben ansetzen zu einer längeren Schmährede über die moderne Zeit, als sein Sohn, der nach einem Blick über die Schulter offensichtlich um sein Trinkgeld fürchtete, zu ihnen geschlendert kam. Flavia hätte es lieber gesehen, wenn er geblieben wäre, wo er war. Obwohl es zweifellos vollkommen ungefährlich war, ein Boot führerlos durch das Wasser rasen zu lassen, hätte sie sich doch besser gefühlt, wenn sicherheitshalber jemand am Steuer gestanden hätte. So waghalsig sie als Autofahrerin war, so ängstlich und vorsichtig wurde sie auf dem Wasser. Das kam vermutlich daher, daß sie am Fuß der Alpen aufgewachsen war.

Mit ein paar scharfen Worten schickte der Mann seinen Vater in den Bug des Boots, damit er dort Taue aufrolle oder was man sonst noch auf Booten tat, und Flavia konnte sich wieder ganz der Umgebung widmen. Entzückt sah sie die ersten Anzeichen Venedigs am Horizont auftauchen: den Campanile, dann den Turm von San Giorgio und den bröckelnden Ziegelbau der Frari-Kirche. Andere Boote, Wasserbusse, Gondeln und die schweren Lastkähne, die Waren zwischen den Inseln und dem Festland hin und her transportierten, waren ebenfalls in der Lagune unterwegs. Und als das Taxi um die Nordspitze der Hauptinsel bog und auf die Piazza San Marco zufuhr, konnte sie sogar den zerbröselnden Stein und den abblätternden Stuck des Stadtzentrums erkennen.

Mit, wie es Flavia vorkam, unverantwortlich waghalsiger Geschwindigkeit schlängelte der Fahrer sein Boot durch den Verkehr und steuerte es auf das Kanalufer zu. Erst im letzten Augenblick legte er den Rückwärtsgang ein, wendete und brachte das Boot mit einem anmutigen kleinen Schlenker genau an der richtigen Stelle zum Stehen – das Ergebnis jahrelanger Übung. Flavia zahlte, gab ein ordentliches Trinkgeld und stieg die Stufen zur Riva degli Schiavoni hinauf, gefolgt von dem Fahrer mit dem Gepäck.

Die Anmeldung im Hotel Danieli dauerte nur wenige Minuten. Wieder befolgte sie buchstabengetreu Bottandos Anweisungen. Es kam nicht oft vor, daß sie quasi den Befehl erhielt, im berühmtesten und teuersten Hotel von Nordostitalien zu übernachten, und sie wollte sich diese Gelegenheit natürlich nicht entgehen lassen. Normalerweise war das Danieli gesteckt voll mit den reicheren unter den deutschen und amerikanischen Besuchern, und manchmal, wenn Horden hektischer Touristen nervös herumwuselten und in allen Winkeln sich Gepäck stapelte, zeigte die monumentale gotische Eingangshalle eine erstaunliche Ähnlichkeit mit einem Busbahnhof. Doch die Saison ging langsam zu Ende, und obwohl die Anwesenheit von Fremden durchaus noch zu spüren war, war sie doch auf ein erträglicheres Maß geschrumpft. Das Personal war deshalb weniger gehetzt und für venezianische Verhältnisse fast schon höflich.

Das Zimmer war wunderbar, das Wetter noch immer sonnig und das Bett erstaunlich bequem. Das einzige, was ein vernünftiger Mensch sich noch hätte wünschen können, war etwas Eßbares, und Flavia beschloß, sich sofort darum zu kümmern. Die Fahrt vom Flughafen in die Stadt hatte eine gute Stunde gedauert, und die Zeit für Flavias gewohnte Mittagspause war schon fast vorüber. Sie zog sich deshalb etwas dem beruflichen Anlaß Angemesseneres an und ging wieder hinunter in die Halle. Denn Bottando hatte ihr vor allem eins beigebracht, daß man nämlich mit leerem Magen keine solide und verläßliche Polizeiarbeit leisten könne. An der Rezeption fragte sie nach dem Weg zum Polizeipräsidium, kaufte sich dann am Kiosk eine Zeitung, um sich zu informieren, wie die

Lokalpresse über den Mord berichtete, und machte sich auf den Weg zu einem stärkenden, wenn auch einsamen Mittagessen.

Sie war zufrieden und litt nur unter einem sehr leichten Magendrücken, als sie gegen 15 Uhr an diesem Nachmittag langsam die Treppe zum Präsidium hochschritt. Das Gebäude war sehr venezianisch. Bevor der Staat es übernommen und für eigene Zwecke verwendet hatte, war es offensichtlich einmal der Palast eines sehr wohlhabenden Adeligen gewesen. Die Pracht von vergangenen Tagen konnte man freilich nur noch ahnen. Räume, die früher riesig und wohlproportioniert gewesen sein mußten, waren mehrfach unterteilt worden, bis nur noch schummrig-schäbige Kämmerchen übrigblieben, die durch noch dunklere, noch unordentlichere und deprimierendere Gänge miteinander verbunden waren. Wie hoch das Budget der venezianischen Polizei auch sein mochte, von dem Geld floß anscheinend nur sehr wenig in die Ausstattung ihres Präsidiums. Sicher, es war alles sehr ordentlich und funktionell, aber eigentlich war es eine Schande. Ihr Dezernat in Rom hauste zwar auf viel engerem Raum, aber dank Bottandos Fähigkeit, die Rückgabe von sichergestellten gestohlenen Kunstwerken zu verzögern (er schützte immer Schreibarbeiten vor, um Stücke, die er besonders mochte, noch einige Monate länger behalten zu können), war wenigstens eine gewisse optische Attraktivität gegeben. Das war sehr wichtig für die Moral in der ganzen Abteilung, auch wenn die besten Werke aus Sicherheitsgründen meistens in Bottandos Büro verwahrt wurden.

Die Urlaubsstimmung drohte Flavia schon abhanden zu kommen, nachdem sie zehn Minuten lang auf der Suche nach ihrem Bestimmungsort durch die Gänge geirrt war. Und sie verschwand zur Gänze, als sie in das Büro des Commissario Alessandro Bovolo geführt wurde und den kleinen Mann sah, der übellaunig hinter seinem Schreibtisch saß, ostentativ in irgendwelchen Papieren las und so tat, als hätte er ihr Eintreten gar nicht bemerkt. Aber sie hatte sich fest vorgenommen, die perfekte Kollegin zu spielen, und war deshalb entschlossen, dem Mann eine Chance zu geben. Also wartete sie geduldig und mit einer Miene fröhlicher Unbekümmertheit. Das Schweigen hing schwer im Zimmer und wurde nur unterbrochen vom gelegentlichen Schniefen Bovolos, dem Rascheln von Papier und dem schwachen, aber erstaunlich irritierenden Geräusch von Flavias leisem Vorsichhinsummen. Schließlich ertrug Bovolo ihr beschränktes musikalisches Talent nicht mehr. Er ließ seine scheinbar so fesselnde Lektüre sinken, strich sich über die glatten, stumpfbraunen Haare und hob den Blick wie ein wichtiger Mann, der sich nur ungern stören läßt.

Nicht einmal der Wohlmeinendste konnte ihn als gutaussehend bezeichnen, auch nicht unter günstigsten Umständen. Er war Ende vierzig und hatte ein schmales Gesicht, eine spitze Nase und kleine, farblose Augen. Auch sonst sprach nicht viel für ihn. Ohne den zerknitterten, grauen Anzug und die Nickelbrille auf seiner Nase hätte man ihn glatt für einen großen Hering halten können.

»Signorina di Stefano«, sagte er schließlich, wobei er für Flavias Geschmack die »Signorina« zu sehr betonte. »Die elegante junge Expertin aus Rom, die uns zeigen will, wie man Mörder fängt.« Das etwas wäßrige Lächeln, mit dem er die Bemerkung unterlegte, ließ in ihr den Verdacht aufkommen, daß er nicht gerade begeistert war, ihre Bekanntschaft zu machen. So etwas merkte sie sehr schnell.

»Aus Rom: ja. Expertin: nein«, erwiderte sie mit ihrem charmantesten und entwaffnendsten Lächeln. »Die Ergreifung von Mördern gehört wohl kaum zu den Spezialgebieten meines Dezernats.«

»Warum sind Sie dann hier?«

»Einzig und allein, um Ihnen zu helfen, falls Sie es wünschen. Schließlich kennen wir uns in der Kunstwelt sehr gut aus. Generale Bottando war zwar der Ansicht, daß meine Unterstützung gar nicht nötig sein würde. Aber da der Minister darauf bestanden hat, bin ich hier. Sie wissen doch, wie Minister sind.«

»Ich nehme an, Sie werden uns in ein paar Tagen wieder verlassen und einen Bericht über uns schreiben«, bemerkte er mit einem Anflug von argwöhnischem Sarkasmus in der Stimme. »In dem Sie zweifellos versuchen werden, Ihre Haut zu retten.«

Aha. Der Nachrichtendienst der Carabinieri funktionierte also mit gewohnter Effizienz. Bovolo hatte offensichtlich gehört, daß Bottando mit dem Rücken zur Wand stand, und es klang nicht so, als hätte er vor, ihm seine Hilfe anzubieten. Das hatte sie befürchtet, und deshalb war sie auch darauf vorbereitet. »Ich hatte gehofft, Sie in dieser Angelegenheit um einen Gefallen bitten zu dürfen«, sagte sie mit verschwörerischer Miene. »Da Sie in diesem Fall der Mann an der Spitze sind, derjenige, der genau weiß, was vor sich geht, habe ich mich gefragt – ich weiß natürlich, wie beschäftigt Sie im Augenblick sind –, ob nicht Sie den Bericht für mich schreiben könnten. Damit könnten wir unnötige Mißverständnisse vermeiden ...«

Flavia lächelte ihn noch einmal an und sah, daß er den Wink verstanden hatte. Sie gab ihm die Chance, zu bestimmen, was der Bericht enthielt – oder eben nicht enthielt. Ein attraktives Angebot, wie sie es sah. Wenn das die Feindseligkeit nicht verminderte, würde nichts es tun. Und natürlich konnte sie immer noch in Rom Anhänge und Fußnoten hinzufügen.

»Hm«, sagte er. »Ich bin nicht gerade davon begeistert, daß meine Abteilung für Sie die Arbeit erledigen soll, aber vielleicht kann man so am wirksamsten dafür sorgen, daß diese Bürokraten, die sich ständig überall einmischen müssen, einen präzisen Bericht bekommen.«

Er nickte, und sein Gesicht hellte sich auf, als er an die ausgesuchten Lobesworte für sich selbst dachte, die er an strategisch günstigen Stellen einfügen wollte. »Ja«, sagte er, nun schon viel zufriedener. »Das ist vermutlich eine vernünftige Entscheidung. Aber ich will nicht, daß Sie hier herumhängen und uns dauernd in die Quere kommen, verstanden? Wir sind überlastet und unterbesetzt und müssen uns um Wichtigeres kümmern als um den Mord an einer Ausländerin, die nicht einmal genug Verstand hatte, um auf sich selber aufzupassen.«

Offensichtlich war er kein Mann, der ein Geschenk mit Anstand annehmen konnte.

»Das glaube ich Ihnen gern«, erwiderte Flavia, etwas verwirrt, aber doch froh darüber, daß sie allem Anschein nach etwas erreicht hatte. »Und ich wäre sehr froh, Ihnen helfen zu können, wo ich nur kann.«

»Hm«, machte er nachdenklich und versuchte offensichtlich, etwas zu finden, das unwichtig genug war. »Ich nehme an, Sie sind eine von den Gebildeten. Sprachen und so«, sagte er schließlich in einem Tonfall, als ginge es um etwas Unanständiges.

Allmählich wurde es schwierig, das unverbindliche Lächeln aufrechtzuerhalten. Sie hoffte, daß sein Benehmen sich besserte, bevor ihre begrenzten Toleranzreserven erschöpft waren.

»Könnten Sie vielleicht mit einigen Ihrer Kollegen sprechen?« fragte er, ohne auf die zunehmende Verkrampfung ihrer Gesichtsmuskulatur zu achten. »Es bringt natürlich nichts mehr, da wir unserem Mann bereits auf der Spur sind. Aber es zeigt, daß wir alle Aspekte berücksichtigt haben. Sie könnten sich kurz mit ihnen unterhalten, die Unterlagen einsehen und morgen wieder nach Rom zurückkehren. Sie fahren doch morgen?« fügte er hinzu, als befürchte er in dieser Hinsicht Unerfreuliches.

»Ja. Oder übermorgen. Und ich werde sehr gerne mit den Leuten reden. Aber haben Sie das nicht bereits getan?« fragte sie leicht überrascht.

»Aber natürlich«, erwiderte er hastig. »Natürlich haben wir das. Was denken denn Sie? Ausführliche Befragungen. Aber ich bin mir sicher, es schadet nichts, wenn Sie noch einmal mit ihnen reden. Dann sind Sie beschäftigt und kommen uns nicht in die Quere.«

»Wenn das so ist«, sagte sie spitz und hörte auf zu lächeln, da es sie ohnehin nicht weiterbrachte, »könnten Sie mir dann vielleicht sagen, worum es genau geht? In Rom war nämlich nichts Näheres zu erfahren. Dort weiß niemand, was passiert ist und wie. Es wäre sehr hilfreich, wenn Sie mich aufklären würden. Natürlich nur, wenn Sie die Zeit dafür erübrigen können.«

Bovolo starrte sie mit seinen kleinen Fischaugen an, als wüßte er nicht, ob sie das höflich oder sarkastisch gemeint hatte. »Pff«, schnaubte er, so charmant wie eh und je. »Warum eigentlich nicht. Vielleicht hilft's sogar was, die Ansichten eines Außenseiters zu hören.« Offensichtlich dachte er genau das Gegenteil, aber er bemühte sich wenigstens, höflich zu sein. Flavia versuchte, sich geschmeichelt zu geben.

»Der Name des Opfers«, begann er nach umständlichem Wühlen in den Papierstapeln auf seinem Schreibtisch, »ist Louise Mary Masterson. Sie war achtunddreißig, alleinstehend, amerikanische Staatsbürgerin. Lebte in New York und war dort in einem Museum Kustos für Europäische Kunst. Einen Meter achtundfünfzig groß, von guter Gesundheit. Kam vor achtzehn Monaten zum Tizian-Komitee. Es war ihre zweite Tagung. Das Komitee trifft sich jedes Jahr in Venedig, auf Kosten des Steuerzahlers. Sie kam letzten Montag hier an, und die Tagung begann am Donnerstagnachmittag. Die erste Sitzung hat sie verpaßt, aber am Freitag war sie anwesend. Soweit die Ärzte das feststellen konnten, starb sie an diesem Tag um 21.30 Uhr.«

Er redete wie ein Maschinengewehr, man merkte, daß er nicht das geringste Interesse hatte, sie anständig zu informieren. Statt dessen spulte er ein Maximum an Fakten in einem Minimum an Zeit ab, um den lästigen Eindringling so schnell wie möglich wieder loszuwerden. Flavia ließ ihn weiterplappern, denn bis dahin hatte seine Aufzählung noch nichts erbracht, auf das sie hätte näher eingehen wollen.

»Ihre Leiche wurde in den Giardinetti Reali entdeckt. Die liegen übrigens zwischen der Piazza San Marco und dem Canal Grande. Sie hatte bis spät in der Marciana-Bibliothek gearbeitet und ging danach offensichtlich noch spazieren. Die öffentlichen Verkehrsmittel waren wegen eines Blitzstreiks lahmgelegt, und sie hat vielleicht auf ein Taxi gewartet. Ihre Leiche wurde in einem Gewächshaus gefunden, mit sieben Stichen von einem etwa zehn Zentimeter langen Messer – ein Taschenmesser, möglicherweise ein Schweizer Armeemesser. So was in der Richtung. Ein Stich in den Hals, vier in die Brust, einer in die Schulter und einer in den Arm. Keiner davon wäre tödlich gewesen, wenn sie rechtzeitig Hilfe bekommen hätte, aber offensichtlich hat man sie in das Gewächshaus gezerrt, um genau das zu verhindern.«

»Also ist sie verblutet?«

»Darauf läuft's hinaus. Nicht gerade die schönste Todesart, das muß ich zugeben. Ziemlich ruhige Gegend. An jedem anderen Ort hätte man sie rechtzeitig gefunden. Das ist leider alles. Keiner ihrer Kollegen weiß, warum sie dort war, und wir haben niemanden gefunden, der sie im Park gesehen hat. Wegen des verdammten Streiks waren nicht viele Leute unterwegs. Offensichtlich ein Mord. Aber wir wissen nicht, wer es getan hat und warum.«

»Irgendeinen Verdacht?«

»Na, hören Sie. Natürlich haben wir einen Verdacht. Sogar noch mehr als das. Es war mit Sicherheit ein einfacher Raubüberfall, bei dem der Täter die Beherrschung verloren hat. Es gibt keine Anzeichen für eine Vergewaltigung, und ihre Aktentasche fehlte. Offensichtlich kein venezianisches Verbrechen. Der Täter war ein Sizilianer oder ein anderer Ausländer, da bin ich mir ganz sicher.«

Flavia beschloß, diese unverschämte Behauptung stillschweigend zu übergehen. Sie zumindest betrachtete ihre Landsleute aus dem Süden nicht als Ausländer, und sie nahm auch nicht von vornherein an, daß Venezianer nicht fähig seien zu einem Mord. Aber sie mußte ja nicht unnötig Staub aufwirbeln. »Keine anderen Spuren oder Hinweise auf den möglichen Tathergang?« fragte sie.

Bovolo zuckte die Achseln wie jemand, der gesagt hat, was er zu sagen hat, und nun jede weitere Diskussion für unnötig hält. Aber sie hatten ja eine Abmachung getroffen – sie würde ihn nicht kritisieren, und er würde ihr ihren Willen lassen. Er schob ihr einige Unterlagen, die sie lesen sollte, über den Schreibtisch und redete weiter. »Das ist alles, was wir über ihre letzten Tage wissen. Absolut nichts Außergewöhnliches. Außer ihren Kollegen kannte sie in Venedig keinen Menschen. Wenn sie nicht in der Bibliothek war, verbrachte sie beinahe ihre ganze Zeit auf der Isola San Giorgio, entweder in ihrem Zimmer oder beim Essen oder in Sitzungen mit den anderen Mitgliedern des Komitees. Das da«, fuhr er fort, als

Flavia eben bemerken wollte, daß die Informationen sehr dünn seien, »sind Fotos des Opfers.«

Sie sah sie sich sehr genau an, nicht, weil sie sie wirklich studieren wollte, sondern eher aus dem Bestreben heraus, professionell zu wirken. Schon ein flüchtiger Blick auf diese Bilder kam ihr beinahe vor wie eine Verletzung der Privatsphäre dieser Frau.

Sogar im Tod war noch zu erkennen, daß diese Masterson eine ziemlich bemerkenswerte Frau gewesen war. Ein wohlgeformtes Gesicht, das Make-up verschmiert. Die Kleidung unordentlich und blutbefleckt, aber offensichtlich von guter Qualität, für Flavias Geschmack allerdings etwas streng und konservativ. Eine Großaufnahme der Hand zeigte, daß die Finger ein Büschel Blumen umklammert hielten, nach dem die Frau offensichtlich noch im Sterben gegriffen hatte. Und da war noch etwas, das Flavia allerdings nicht genau erkennen konnte. »Was ist das?«

»Eine Lilie«, antwortete Bovolo.

»Nicht die Blume. Das da.« Sie zeigte auf den Gegenstand.

»Ein Kruzifix«, sagte Bovolo. »Gold, mit einer Silberkette.«

»Das muß doch ziemlich wertvoll sein«, bemerkte Flavia. »Ich würde mir denken, daß ein Räuber so etwas mitnimmt.«

Bovolo zuckte unverbindlich die Schultern. »Vielleicht, vielleicht auch nicht. Sie hat wahrscheinlich darum gekämpft, der Räuber hat sie deswegen getötet, ist dann in Panik geraten und davongelaufen. Oder vielleicht wollte er nur Bargeld. Ist schließlich viel sicherer.«

»Was war in ihrer Aktentasche?«

»Berufliche Unterlagen, Brieftasche, Paß und ähnliches, soweit wir das rekonstruieren können.« Er gab ihr noch eine Liste und einige Fotokopien.

Flavia dachte einige Augenblicke lang nach. Sie liebte die Eingebungen des Augenblicks, die spontanen Vermutungen – im Gegensatz zu Bottando, der immer nach dem gleichen Schema vorging und seit Jahren versuchte, sie davon zu überzeugen, es ihm gleichzutun. Dagegen war nichts zu sagen, schließlich war er Polizist, und eine solche Vorgehensweise gehörte zu seiner Arbeit. Doch sie war keine Polizistin und hielt sich lieber an die Phantasie – womit sie genausooft recht hatte wie Bottando. Aber in diesem Fall konnte sie ruhig zeigen, daß auch sie Wert legte auf eine methodische Arbeitsweise. »Keine Fußspuren oder ähnliches?«

»Das ist ein öffentlicher Park«, erwiderte er sarkastisch. »Die ganze Zeit trampeln die Touristen durch und behandeln ihn wie einen Abfalleimer. Der Uferstreifen war absolut ekelhaft. Können Sie sich vorstellen, wie viele leere Dosen und halbaufgegessene Sandwiches meine Männer einsammeln mußten?«

Ein langatmiger Vortrag über die schlechten Angewohnheiten von Touristen war das letzte, was Flavia im Augenblick interessierte. Wahrscheinlich hätte Bovolo am liebsten alle Touristen aus der Stadt verbannt. Und da sie in Rom lebte, kannte sie das Problem bereits zur Genüge. »Ich habe mir nur gedacht, wenn sie in dieses Gewächshaus gezerrt wurde, müßten doch in der Umgebung Abdrücke zu finden sein.«

»Da waren aber keine. Zumindest keine frischen. Der Sommer war sehr trocken, und der Boden ist knochenhart. Hat seit Wochen nicht mehr geregnet. Wenn wir Glück haben, kommt vielleicht bald ein bißchen was runter, brauchen könnten wir's auf jeden Fall. Natürlich können Sie auch selber noch einmal nachsehen, wenn Sie glauben, das besser zu können als unsere Experten, die seit Jahren solche Fälle untersuchen.«

Sie nickte, so daß man hätte meinen können, sie hätte genau das vor. Das hatte sie zwar nicht, aber es irritierte Bovolo, und dafür hatte es sich gelohnt.

Viel war es ja nicht, was ihrer Phantasie als Sprungbrett dienen konnte, das mußte sie sich eingestehen. Aber die Fotos der Frau weckten auf eine eigentümliche Art ihr Interesse. Wieviel kann man anhand einer Fotografie erkennen? Nicht viel, zugegeben, aber diese Masterson sah aus, als wäre sie ein bißchen kompliziert gewesen. Sie kleidete sich in dem strengen, nüchternen Stil, den viele Amerikanerinnen bevorzugen. Von der Weiblichkeit, die eine Italienerin in ihrer Position vermutlich gezeigt hätte, war nichts zu sehen. Ihr Gesicht wirkte auf den ersten Blick sehr entschlossen. Doch es hatte auch – vor allem um die Augen herum – etwas Vieldeutiges, eine gewisse Weichheit, die den harten Schwung des Mundes Lügen strafte. Masterson vermittelte den Eindruck einer Frau, die skrupelloser sein wollte, als es ihrer Natur entsprach. Wahrscheinlich war sie recht liebenswürdig gewesen, wenn man es erst einmal geschafft hatte, zu ihrem Wesenskern durchzudringen.

Flavia lächelte, als sie daran dachte, wie Bottando über diese Vermutung, die sich ja auf keinerlei Fakten stützen konnte, die Nase gerümpft hätte. Und ein Blick auf Bovolo genügte, um sie davon zu überzeugen, daß er, was die Polizeiarbeit betraf, aus der gleichen Schule stammte. »Ich kann mir vorstellen, daß Sie sich erkundigt haben, wo ihre Kollegen sich an diesem Abend aufhielten«, sagte Flavia.

Wieder reagierte Bovolo, als wüßte er nicht, ob sie es nett oder sarkastisch meinte, aber das Schlimmste befürchtete. »Natürlich«, erwiderte er spitz und zog einen weiteren Stapel Blätter hervor. Er setzte sich seine Brille auf die Nasenspitze und ging die Aufzeichnungen sorgfältig durch, so als hätten sie sich in den letzten fünf Minuten verändert. »Alles vollkommen einsichtige Angaben. Und bevor Sie fragen, wir haben auch die Kleider in ihren Zimmern untersucht und weder Flecken noch einen blutigen Dolch noch ein Tagebuch mit einem vollen Geständnis gefunden. Die Professoren Kollmar und Roberts schließen sich gegenseitig aus dem Kreis der Verdächtigen aus, da sie zusammen in der Oper waren. Dr. van Heteren war mit Freunden in der Nähe des Bahnhofs beim Abendessen. Dr. Lorenzo war zu Hause, das können Freunde und das Personal bezeugen. Diese vier wohnen auf der Hauptinsel, nicht in der Stiftung. Somit bleibt nur noch Dr. Miller.«

»Dann erzählen Sie mir von ihm. Ich nehme an, er hat kein Alibi?«

Bovolo nickte. »Ja. Anfangs hatten wir uns da auch große Hoffnungen gemacht. Aber er war auf der Insel und hatte wegen des Streiks keine Möglichkeit, von dort wegzukommen. Kurz nach zehn kam er in die Küche und bat um ein Glas Mineralwasser, um eine Schlaftablette hinunterzuspülen, wechselte ein paar Worte mit jemandem vom Personal, während er es trank, und ging dann sofort ins Bett.«

»Aber er ist trotzdem der einzige, der für den Zeitpunkt des Mordes kein Alibi hat?«

»Stimmt. Aber der Pförtner ist bereit zu schwören, daß nach 18 Uhr niemand mehr das Haus verlassen oder betreten hat. Wenn Miller um zehn auf der Insel war, dann war er es auch um neun. Und in diesem Fall hat er die Frau nicht getötet. Außerdem sind das alles sehr ehrbare Leute ohne jedes erkennbare Motiv. Es ging da sehr harmonisch und gelehrt zu und nicht wie bei der Mafia.«

Flavia nickte nachdenklich. »Nachdem Sie also ihre Kollegen als Verdächtige ausgeschlossen haben, kommt für Sie nur noch ein fremder Räuber in Frage.«

Bovolo nickte. »Und dabei bleiben wir auch, außer Sie haben einen besseren Vorschlag«, sagte er mit einer Miene, die andeutete: Wagen Sie es ja nicht!

»Und was ist das?« fragte sie und deutete auf einen Umschlag.

»Das? Nur ihre Post. Wurde heute morgen auf ihr Zimmer gebracht, und wir haben sie abgeholt. Wir haben geglaubt, daß vielleicht etwas Wichtiges dabei ist, ist es aber nicht. Nehmen Sie sie, wenn Sie wollen, und sehen Sie sie durch. Lauter Kunstkram.«

Flavia ging die Post flüchtig durch. Rundschreiben, Notizen von ihrem Museum, ein Brief von einer Fotoagentur und einige Rechnungen. Nichts, was die Phantasie anregte. Sie legte sie wieder zurück. »Trotzdem«, meinte sie, weil sie sich bei der ganzen Sache noch nicht so recht wohl fühlte, »ist es doch komisch, daß jemand sich die Mühe macht, ihr ein goldenes Kruzifix vom Hals zu reißen, und es dann zurückläßt. War sie eigentlich Katholikin?«

Bovolo schüttelte den Kopf. »Glaub' nicht«, erwiderte er. »Sie wissen doch, wie diese Amerikaner sind. Lauter religiöse Fanatiker, so wie sie sich anhören.«

Noch eine Nation, die für ihn indiskutabel war. Offensichtlich war er nicht gerade ein Mann mit einem breiten Verständnis für die Verschiedenheit der Menschen.

»Kopieren Sie sich die, wenn Sie wollen«, sagte er und deutete in einem plötzlichen Anfall von Großzügigkeit und Kooperationsbereitschaft auf die Polizeiakten über den Fall. »Die Fotos natürlich nicht, aber alles andere. Solange Sie sie mir zurückgeben und keinem anderen zeigen. Sie wissen schon, die sind alle vertraulich.«

Was soll ich denn mit diesem ganzen Schrott, dachte sie, nachdem sie dem Inspektor das klebrige Händchen geschüttelt hatte und nun langsam zum Danieli zurückschlenderte. Bovolo hielt die Unterlagen offensichtlich für nutzlos, sonst hätte er sie ihr nicht überlassen. Allmählich erwachte in ihr ein gewisses Interesse an diesem Mord, trotz Bottandos Anordnung, sie dürfe sich in keiner Weise einmischen. Vielleicht lag es am Gesicht dieser Frau. Es war keine Angst darin zu erkennen. Es war nicht das Gesicht eines Menschen, der bei einem Raubüberfall umgekommen war. Wenn überhaupt ein Ausdruck in diesem Gesicht lag, dann der der Entschlossenheit – und der Empörung. Das paßte ganz und gar nicht zu Bovolos Theorie eines Raubüberfalls.

3

Jonathan Argyll saß in einem Restaurant auf der Piazza Manin und versuchte mit mäßigem Erfolg, sowohl seine Bestürzung über die Nachricht wie seine Abneigung gegen die Überbringerin zu verbergen. Es war nicht einfach. Er fühlte sich, wie gewöhnlich, der Situation nicht gewachsen, und allmählich beschlich ihn das Gefühl, daß die Natur ihn nicht zum Kunsthändler bestimmt hatte, mochte er sich auch noch so sehr anstrengen, in diesem Gewerbe auf ehrliche Weise sein Brot zu verdienen. Er wußte sehr gut, was er zu tun hatte: die Ohren aufsperren, um den Tratsch in der Szene mitzubekommen, in Bibliotheken recherchieren, um günstige Gelegenheiten aufzuspüren, behutsam an Besitzer herantreten mit einem Angebot, das sie, zumindest in der Theorie, bereitwillig akzeptierten. Kinderleicht! Und er konnte das alles auch ziemlich gut, bis auf den letzten Teil. Irgendwie schienen die Besitzer von Bildern nie so bereit, sich von ihren Kostbarkeiten zu trennen, wie sie es der Theorie nach hätten sein müssen. Vielleicht brauchte er einfach noch mehr Berufserfahrung, wie sein Chef meinte. An guten Tagen neigte auch er zu dieser Auffassung. An schlechten Tagen, und dieser war einer davon, glaubte er eher, er sei nicht geeignet für diesen Beruf.

»Aber warum, Signora Pianta?« fragte er in makellosem Italienisch, dem man gleichwohl die Erschöpfung und Enttäuschung anmerkte. »Wenn die Bedingungen nicht zufriedenstellend sind, warum hat sie das nicht schon letzten Monat gesagt?«

Die geiergesichtige, böswillige, hinterhältig dreinschauende alte Schachtel zeigte ein dünnes, unsympathisches Lächeln. Sie hatte eine Nase von furchteinflößender Größe, die sich wie ein Krummsäbel nach unten bog, und Jonathan merkte, daß er sich, je länger das Essen dauerte und je unerfreulicher die Unterhaltung wurde, immer stärker auf diese monströse Protuberanz konzentrierte. Ihr so überaus abstoßendes Äußeres hatte er erst bemerkt, als sie mehr Geld von ihm verlangt hatte – der Schock hatte offensichtlich seine Sinne geschärft. Allerdings hatte er noch nie gerne mit ihr verhandelt, und inzwischen war es ihm fast unmöglich, weiterhin den höflich Zuvorkommenden zu spielen.

Sehr irritierend! Vor allem, weil er sich mit der alten Marchesa ziemlich gut verstanden hatte. Sie war eine aufgeweckte, schlaue Frau mit Augen, die noch immer hell aus ihrem faltigen Gesicht strahlten, einem bizarren Humor und dem sehr erfreulichen Wunsch, einige Bilder loszuwerden. Es hatte sich alles ziemlich gut angelassen. Doch dann war sie krank geworden, und das hatte sie offensichtlich launisch gemacht. Seit ihre Freundin – sie selbst nannte sich Gesellschafterin – das Ruder übernommen hatte, waren die Verhandlungen immer wieder ins Stocken geraten. Und jetzt sah es so aus, als würden sie ganz zum Stillstand kommen.

»Ich habe Ihnen doch bereits erklärt, daß es vollkommen

unnötig ist. Wir haben viel Erfahrung in solchen Angelegenheiten.«

Eine ermüdende Frau. Den ganzen Abend war sie ihm ausgewichen und hatte nur unverständliche Andeutungen fallengelassen, bis er sie schließlich direkt gefragt hatte, was sie denn eigentlich wolle, außer den vereinbarten Festbetrag in einen Prozentsatz des Verkaufserlöses umzuwandeln. Damit konnte er ja noch leben, auch wenn es nett gewesen wäre, wenn sie sich das schon früher hätte einfallen lassen.

Es war die andere Kleinigkeit, die ihn so in Aufregung versetzt hatte. Schmuggeln Sie die Bilder aus dem Land, hatte sie gesagt. Halten Sie sich nicht mit Ausfuhrgenehmigungen, offiziellen Bestimmungen und dem ganzen Quatsch auf. Legen Sie sie in Ihren Kofferraum, fahren Sie in die Schweiz und verkaufen Sie sie, und zwar schnell.

Das war natürlich so ungewöhnlich auch wieder nicht. Jedes Jahr verlassen Tausende von Bildern auf diese Art Italien, und einige seiner weniger anständigen Kollegen in Rom verdienten als Kuriere recht ordentlich. Aber, und das machte er ihr unmißverständlich klar, die Byrnes-Galleries arbeiteten nicht auf diese Art. Sie hielten sich streng an das Gesetz und waren sehr geschickt darin, den Bürokraten Beine zu machen. Außerdem waren die Gemälde relativ unbedeutend – Familienbilder, zweitklassige Landschaftsdarstellungen, anonyme Porträts und ähnliches –, und Komplikationen waren höchst unwahrscheinlich. Zugegeben, er hatte nicht gerade einen großartigen Preis geboten, aber er entsprach dem Wert der Bilder. Waren sie erst einmal bezahlt, nach England verschifft, gereinigt, zur Auktion vorbereitet und verkauft, würden sie ihm und seinem Arbeitgeber einen hübschen Profit einbringen. Wenn er daraus einen Stundenlohn errechnete für die ganze Zeit, die er in dieses Geschäft investiert hatte – als Hamburgerverkäufer bei einer Schnellimbißkette hätte er wahrscheinlich mehr verdient.

Sie war aufgebracht über seine beharrliche Weigerung. In diesem Fall, sagte sie, müsse die Galerie alle Ausfuhrzölle und Anmeldegebühren übernehmen. Ob sie das ernst meinte oder ob es nur ein Trick war, um ihn zur Erfüllung ihrer Forderungen zu bringen, wußte er nicht, doch in diesem Punkt blieb er standhaft. »Ich habe es durchgerechnet. Wir machen keinen Profit mehr, wenn wir auch noch sämtliche Gebühren bezahlen. Das würde auf eine Annullierung des Geschäfts hinauslaufen.«

Signora Pianta lächelte und trank den Kaffee, den Argyll, so wie es aussah, würde bezahlen müssen. Ein Essen, das eigentlich ein in gutem Einvernehmen geschlossenes Geschäft hätte besiegeln sollen, wurde allmählich zu einer teuren Zeitverschwendung. Anfangs hatte er noch ein gewisses Mitgefühl für diese Frau gehabt, die in ihrer Rolle als Freundin der scharfzüngigen Marchesa nicht gerade zu beneiden war. Doch dieses Mitgefühl schwand sehr schnell.

»Es tut mir sehr leid«, sagte sie, ohne es ernst zu meinen. »Aber so lauten meine Anweisungen. Und da sich inzwischen auch andere für die Bilder interessieren...«

Diese letzte Bemerkung verwirrte Argyll. Wer konnte sich denn sonst noch dafür interessieren? Würde er in einen Bietkrieg um diese Bilder verwickelt werden? Sie waren einen solchen Aufwand doch gar nicht wert. Hätte er nicht als Gegenleistung für sein Gehalt Edward Byrnes hin und wieder einige Bilder nach London schicken müssen, er hätte sich jetzt sofort aus dem Geschäft zurückgezogen und wäre wieder nach Rom gefahren. »Also gut«, sagte er widerstrebend. »Ich werde darüber nachdenken und Sie morgen anrufen.«

Kühl und professionell, dachte er. Laß dich nicht überrumpeln, laß sie im ungewissen! Helfen wird's allerdings wenig.

Für den Rest des Treffens gab er sich alle Mühe, gelassen und höflich zu bleiben. Er tat alles, was sich gehörte: Er zahlte, ohne sich sein Zähneknirschen anmerken zu lassen, half ihr in den Mantel, führte sie aus dem Restaurant und war eben dabei, ihr die Hand zu küssen – das kam immer gut an, auch wenn sie es nicht verdient hatte –, als er hinter sich ein leises Hüsteln hörte.

Er drehte sich um, und seine schlechte Laune verschwand sofort, als er die Frau erkannte, die dort hinter ihm auf dem

Campo stand, das Körpergewicht auf das linke Bein verlagert, die Arme verschränkt, ein amüsiert spöttisches Grinsen auf dem Gesicht.

»Was tust denn du in Venedig?«

»Mich weniger amüsieren als du, so wie's aussieht«, erwiderte Flavia.

Argyll, den diese neue Situation wie so ziemlich alles Unerwartete in Verwirrung stürzte, versuchte nervös und nicht sehr geschickt, die beiden Damen miteinander bekannt zu machen. »Flavia di Stefano vom Kunstraubdezernat der Polizia in Rom«, schloß er.

Pianta war unbeeindruckt. Sie nickte nur kühl wie jemand, der Polizisten nicht für ehrbare Mitglieder der Gesellschaft hält, musterte mißbilligend Flavias etwas schäbigen Aufzug – besonders die ungeputzten braunen Stiefel – und ignorierte sie dann. Sie dankte Argyll für die Einladung auf eine unterkühlte Art, die in keinem Verhältnis zum Preis des Essens stand, und stolzierte davon.

»Charmant, charmant«, bemerkte Flavia trocken, während Signora Pianta sich entfernte.

Argyll rieb sich verärgert und frustriert die Nase. »Die scheint dich nicht sonderlich zu mögen, was? Nimm's nicht persönlich. Vielleicht liegt's daran, daß sie eben von mir verlangt hat, ich solle zum Gesetzesbrecher werden. Außerdem mag sie mich auch nicht, und ich habe ihr eben ein Abendessen spendiert.«

Ein langes Schweigen entstand, und er betrachtete sie mit einem Blick der Zuneigung, den sie immer als einen der Unbehaglichkeit interpretierte. Womit sie in gewisser Weise auch recht hatte. Er wußte nie so recht, wie er mit einer Frau umgehen sollte, die einerseits unter emotionalem Hochdruck stand, andererseits aber so kühl und distanziert war. Die Teile schienen einfach nicht zusammenzupassen, oder, besser gesagt, sie paßten natürlich zusammen, aber er konnte einfach das Verbindungsglied nicht entdecken. »Was machst du denn überhaupt hier?« fragte er schließlich. »Ich kann dir gar nicht sagen, wie froh ich bin, dich zu sehen. Endlich mal wieder ein freundliches Gesicht.«

»Vielen Dank«, sagte sie förmlich. Flavia hatte den Eindruck, daß die Zeit, die er nun schon in Rom lebte, ihn kein bißchen verändert hatte. Sie verstand ihn ebensowenig wie er sie. Seine distanzierte, wenn auch unübersehbare Zuneigung verwirrte sie. Ihrer Ansicht nach sollte er sie entweder vergessen oder in die Arme nehmen. Ihr wäre beides recht gewesen, aber unentschlossen, wie er war, schaffte er weder das eine noch das andere.

»Ich bin für ein paar Tage wegen eines Falls hier. So was in der Richtung. Ziemlich uninteressant.«

»Ach so.«

»Und was ist mit dir?«

»So wie's aussieht, vergeude ich hier nur meine Zeit.«

»Ach so.«

Wieder entstand eine Pause. »Willst du mir davon erzählen?« fragte sie nach einer Weile. »Du siehst aus, als müßtest du ein bißchen Dampf ablassen.«

Er warf ihr einen dankbaren Blick zu. »Ja«, sagte er. »Das würde mir guttun. Du bist am Verhungern, habe ich recht?«

Sie nickte heftig. »Ja. Woher weißt du das?«

»Nur so 'ne Vermutung. Komm, ich setze mich zu dir und trinke einen Kaffee. Ich sehe gern Profis bei der Arbeit zu.«

Sie betraten das Restaurant und nahmen an dem Tisch Platz, an dem er zuvor schon gesessen hatte. »Derselbe Platz, nur angenehmere Gesellschaft«, sagte er und versuchte dabei, charmant zu lächeln, was ihm etwas besser gelang als zuvor.

Während Flavia sich auf ihre sorgfältige und methodische Art durch einen beträchtlichen Teil der Speisekarte futterte, berichtete Argyll ihr in Kurzfassung von seinen Prüfungen und Leiden. Viel konnte sie dazu nicht sagen. Ihrer Ansicht nach war das Geschäft geplatzt, und sie hielt es für das Vernünftigste, wenn er nach Rom zurückkehrte. Aber sie versuchte, Optimismus zu verbreiten. Vielleicht sollte er, riet sie ihm, noch ein paar Tage dranhängen. Man konnte ja nie wissen. Und das mit dem Schmuggeln sollte er sich noch mal überlegen.

Argyll war richtig schockiert. »Und das sagst du als Mitarbeiterin der Polizei. Ich schäme mich für dich.«

»War ja nur so ein Gedanke.«

»Nein, danke. Ich werde es noch ein paar Tage auf legalem Weg versuchen und dann aufgeben. Am besten«, sagte er mit wiederaufflammender Begeisterung, »versuche ich gleich morgen, mit der Marchesa selber zu reden. Mit der Chefin. Vielleicht funktioniert das.«

Er gähnte, lehnte sich zurück und streckte sich. »Aber genug davon. Ich will von dieser verdammten Sache nichts mehr hören. Lenk mich ein bißchen ab. Wie war's denn in Rom in letzter Zeit?«

Das war ein deutlicher Hinweis darauf, daß sie, obwohl sie in derselben Stadt lebten, sich in der letzten Zeit kaum gesehen hatten. Argyll litt sehr darunter, und auch Flavia hatte ihn vermißt. Aber, so erklärte sie, er sei nicht da und sie sehr beschäftigt gewesen. Es sei eine schwierige Zeit, und sie stünden unter starkem Druck, da Bottando um das Fortbestehen seiner Abteilung kämpfen müsse. »Genaugenommen«, schloß sie, »bin ich nur hier, weil ganz Rom in heller Aufregung ist und Bottando Intrigen spinnt.«

»Wie immer, hm?«

Bei diesem Thema waren sie verschiedener Meinung. In den Augen des Engländers war Bottando mit seinem ständigen Taktieren ein leidenschaftlicher Manipulierer. Obwohl er den freundlichen Italiener sehr schätzte, wurde er doch das Gefühl nicht los, dessen Zeit wäre mit der Jagd nach Verbrechern sinnvoller gestaltet. Flavia dagegen stimmte mit Bottando überein, daß Effizienz wenig nutzte, wenn die ganze Abteilung im politischen Ränkespiel unterging. Es wäre ihr nur lieber gewesen, wenn er sie nicht ganz so oft in seine Intrigen verwickelt hätte. »Diesmal ist es ernst«, sagte sie stirnrunzelnd. »Uns steht ein Kampf bevor. Ich hoffe nur, daß er uns retten kann.«

»Sicher kann er das. Er hat ja schließlich viel Übung darin. Ich vermute, du bist hier wegen dieser Masterson-Affäre, von der ich in der Zeitung gelesen habe.«

Flavia nickte abwesend.

»Und wer hat sie umgelegt?«

»Woher soll ich das denn wissen? Die Polizei hier glaubt,

daß sie überfallen wurde. Vielleicht stimmt das sogar. Aber mich geht das ja nichts an. Ich bin nur hier, um den Ermittlungen einen seriöseren Anstrich zu geben, um eventuell Spuren nachzugehen, die etwas mit Kunst zu tun haben, und um für unser Dezernat in einer schwierigen Zeit Pluspunkte zu sammeln. Du kennst nicht zufällig die –«, sie hielt inne und zog den Brief aus der Tasche, um den Namen abzulesen, »die *Agenzia Fotografica Rossi*, oder?« fragte sie, um das Gespräch auf ein weniger bedrückendes Thema zu bringen.

»Ausgesprochen seriöse kleine Firma in Bologna, die ein Fotoarchiv unterhält. Wird oft von Kunstgeschichtlern benutzt, die Illustrationen für ihre Bücher suchen. Warum?«

»Kein besonderer Grund. Nur daß heute morgen ein Brief von ihnen für die Masterson angekommen ist. Ich habe mir gedacht, ich bin mal so gewissenhaft und gehe dem nach, damit ich was für meinen Bericht habe«, sagte sie, während Argyll ihr den Brief aus der Hand nahm und ihn las.

Es kommt nicht oft vor, daß einer ernsthaft behaupten kann, er habe gesehen, wie jemand vor Überraschung zurückschnellt. Vor allem nicht, wenn derjenige auf einem Stuhl sitzt. Und die meisten Leute haben auch nicht die Gelegenheit, jemanden wirklich die Farbe wechseln zu sehen. Flavia machte dank Argyll innerhalb von wenigen Sekunden beide Erfahrungen. Im ersten Augenblick glaubte sie, er würde vom Stuhl fallen. Sein eben noch rosiges Gesicht wurde blaß und dann fleckig grün, als er den Brief las – oder genauer: ihn anglotzte. »Was?« rief er in einem Ton, der schon beinahe an Hysterie grenzte. »Was um alles in der Welt tust du denn damit?«

Offensichtlich hatte er etwas entdeckt, das sie übersehen hatte, und sie reckte den Hals, um das Schreiben noch einmal zu lesen. »Was ist denn los mit dem Brief?«

»Nichts«, erwiderte er. »Ein ganz wunderbarer Brief. Mustergültig sozusagen. Es ist schön zu wissen, daß in unserem Zeitalter der Telefone und der Elektronik die Kunst des Briefeschreibens noch gepflegt wird.«

»Jonathan«, sagte sie mit warnendem Unterton. Argyll neigte leider dazu, Gespräche in Sackgassen zu lenken, wenn er verwirrt oder aufgeregt war.

»Sie bittet um das Foto eines Gemäldes.«

»Das die Agentur nicht hat, wie sie schreibt. Ich weiß das.«

»Ein Porträt«, fuhr er methodisch fort, »das der Marchesa di Mulino gehört. Und das seit fast einem halben Jahrhundert keinen Menschen mehr interessiert hat. Bis auf mich, und ich rackere mich seit Monaten ab und versuche es zu kaufen. Und gerade als ich glaube, daß jetzt alles gelaufen ist, erzählt mir diese Schreckschraube Pianta, daß noch jemand anderes Kaufinteresse zeigt. Und jetzt sieht's so aus, als sei diese andere Person eine Frau, die man gründlich erdolcht hat.«

Flavia dachte darüber nach. Sie sah zwar, wie besorgt er war, konnte sich aber nicht so recht vorstellen, warum. »Das eliminiert einen Konkurrenten«, sagte sie fröhlich.

Er warf ihr einen strengen Blick zu. »Allerdings ein bißchen zu buchstäblich.«

»Von wem ist dieses Bild eigentlich?« fragte sie.

»Von niemandem.«

»Aber jemand muß es doch gemalt haben.«

»Sicher. Aber weder ich noch ein anderer weiß, wer. Einfach nur venezianische Schule, so um 1500. Absolut mittelmäßig.«

»Und wessen Porträt ist es?«

»Das weiß ich auch nicht«, antwortete er. »Aber es ist wahrscheinlich ein Selbstporträt.«

»Nicht zufällig von Tizian?«

»Nie und nimmer. Tizian konnte malen.«

»Wie sieht es aus?«

»Ziemlich simpel. Mann mit großer Nase in langem Gewand, im Hintergrund Spiegel, Staffelei und Palette. Eigentlich nichts Aufregendes.«

Flavia legte die Stirn in tiefe Falten. »Das scheint mir aber schon ein sehr großer Zufall zu sein«, sagte sie mit dem deutlich spürbaren Widerwillen eines Menschen, der plötzlich merkt, daß ihm das Leben unnötig schwergemacht wird.

»Das ist mir auch schon aufgefallen«, sagte er verstimmt und las den Brief noch einmal, nur um sicherzugehen, daß er ihn richtig verstanden hatte. Er hatte. »Das ist wirklich sehr eigenartig. Und für mich ziemlich ärgerlich.« Er lehnte sich zurück, verschränkte die Arme und sah sie mißmutig an. »Vielleicht solltest du mal ihre Kollegen fragen«, fuhr er nach einer Weile fort. »Um herauszufinden, was sie vorhatte. Vielleicht können die weiterhelfen. Hat mit denen schon jemand gesprochen?«

»Natürlich. Die Carabinieri hier am Ort sind ja schließlich keine kompletten Idioten. Zumindest nicht ganz. Aber die haben hauptsächlich ihre Alibis überprüft. Sechs Mitglieder des Komitees, eins tot, fünf mit einleuchtenden Alibis.«

»Hm. Es liegt mir zwar fern, dir in deine Arbeit hineinzureden, aber ich glaube, ein Plausch mit diesen fünf Leuten wäre angebracht. Wenigstens mir zuliebe.«

»Das habe ich auch vor. Aber nicht dir zuliebe. Allerdings habe ich nicht viel Zeit und muß außerdem sehr diskret vorgehen. Ich wurde nämlich extra hierher geschickt, um dekorativ zu sein, nicht um etwas zu tun.«

»Du bist immer dekorativ«, bemerkte Argyll linkisch. »Aber ich kann mir nicht vorstellen, daß du je einmal nichts tust. Könnte ich nicht vielleicht so rein zufällig mit dir kommen?« Er gab sich die größte Mühe, gewinnend auszusehen und den Eindruck zu erwecken, er könnte in einem Verhörzimmer sitzen, ohne bemerkt zu werden.

»Kannst du nicht. Das wäre höchst unschicklich. Die Beziehung zu Bovolo ist jetzt schon ziemlich angespannt, und das würde ihm den Rest geben. Außerdem geht dich das nichts an.«

Es war spät geworden, Flavia war müde und wurde immer gereizter. Sie hatte das Gefühl, daß sie mehr Zeit brauchen würde, als man ihr für diesen Fall zugestanden hatte, und obwohl es keinen Grund dafür gab, fing sie an, es Argyll übelzunehmen, daß er mit seinem verdammten Bild die ganze Sache kompliziert hatte. Er konnte nichts dafür, und es war unfair, ihn deswegen anzufahren. Sie brauchte einfach dringend Schlaf. Deshalb rief sie nach der Rechnung, zahlte und scheuchte Argyll, so schnell es ging, in die kühle Nacht hinaus.

Dann stand sie, die Hände in den Taschen, vor dem Restaurant, bewunderte die Aussicht und fragte sich, welche der vielen Gäßchen wohl zu ihrem Hotel zurückführte. Sie besaß eigentlich einen ausgeprägten Orientierungssinn, und es betrübte sie immer, wenn der sie verließ. In Venedig passierte ihr das regelmäßig. Argyll stand vor ihr und trat von einem Fuß auf den anderen, wie er das immer tat, wenn er nachdachte.

»Na dann«, ließ er sich schließlich vernehmen. »Ich mach' mich jetzt besser auf den Weg in mein Hotel. Außer du willst, daß ich dich zu deinem bringe...«

Sie seufzte und lächelte ihn an. »Dann würd' ich ja nie hinkommen«, erwiderte sie, denn sie hatte natürlich nicht verstanden, worauf er hinauswollte. »Ist schon in Ordnung, ich schaff' das schon. Komm morgen irgendwann vorbei, und ich bring dich auf den neuesten Stand.« Damit marschierte sie davon, und dem etwas enttäuschten Argyll blieb nichts anderes übrig, als im Kreis umherzuirren, bis ihn der Zufall zu seinem Hotel führte.

4

Am nächsten Morgen saß Argyll in einem Sessel in Flavias Schlafzimmer und las die Zeitung. Da er genau gewußt hatte, daß ihre Schroffheit nach acht Stunden Schlaf verschwunden sein würde, war er zum Frühstück vorbeigekommen, um sie daran zu erinnern, daß sie sich wegen seines Bildes erkundigen mußte. Er hatte einige Zeit darüber nachgedacht und war etwas in Sorge.

Mit seiner eigenen Arbeit hatte er es nicht sehr eilig, denn genaugenommen hatte er im Augenblick gar keine. Er werde jetzt erst einmal abwarten, erklärte er mit der, wie er hoffte, gelassenen Pfiffigkeit eines erfahrenen Profis. Wenn sie meinten, ihm dumm kommen zu können, wollte er es ihnen zumindest mit gleicher Münze zurückzahlen. »Ich will diese Bilder, aber die Sache wird langsam ein bißchen kompliziert. Mein hochgeschätzter Arbeitgeber würde es mir nie verzeihen, wenn ich ihn noch einmal in einen kleinen Skandal hineinziehen würde«, sagte er nachdenklich, während er sich den letzten Kaffee in die Tasse goß.

Damit hatte er zweifellos recht. Sir Edward Byrnes war in vieler Hinsicht sehr nachsichtig, aber auf seinen makellosen Ruf als ehrbarer Fürst des internationalen Kunsthandels legte er größten Wert. Und die kleine, aber nicht unbedeutende Rolle, die Argyll bei Byrnes' Verkauf eines gefälschten Raffael an das italienische Nationalmuseum gespielt hatte, hätte dem Kunsthändler beinahe die Karriere ruiniert. Die Sache war zwar nicht Argylls Schuld gewesen – und in gewisser Weise hatte er sie zuletzt auch wieder ins reine gebracht –, aber sie wäre beinahe in die Hose gegangen, und eine Wiederholung wollte er daher in jedem Fall vermeiden.

»Wie bist du überhaupt auf diese Bilder gestoßen? Wieder mal eine deiner Glanzleistungen in kunstgeschichtlicher Detektivarbeit?«

Flavia hatte das mit leicht sarkastischem Unterton gesagt. Argylls bisherige Versuche auf diesem Arbeitsgebiet hatten höchst zweifelhafte Resultate erbracht. Er behandelte die Bemerkung mit der Verachtung, die sie verdiente. »Nicht unbedingt. Die alte Dame wandte sich vor etwa sechs Monaten an Byrnes. Ich glaube, sie hat die Bilder für wertvoller gehalten, als sie wirklich sind. Ich wurde zu ihr geschickt, um ihr diese Hirngespinste auszureden und das Geschäft zu arrangieren. Ich kann also gar nichts dafür, wie du siehst.«

Er seufzte angesichts der Mißlichkeiten des Lebens und trank seine Tasse aus. »Hast du Lust, dir heute mit mir ein paar Kirchen anzusehen? Oder ruft die Pflicht?« fragte er, als sie ihren Stuhl zurückschob.

Sie nickte. »Ich fürchte, sie ruft. Komiteemitglied Nummer eins. Und da sollte ich mich wohl so langsam auf die Socken machen. Es wird ein langer Tag werden.«

Wie großartig sie heute morgen wieder aussieht, dachte der Engländer verliebt. Die Haare, die im Sonnenlicht glänzten, das offene Gesicht, diese wunderbaren blauen Augen. Hm. Er unterdrückte seine Bewunderung, da sie, wie er meinte, zu dieser Tageszeit noch nicht gewürdigt werden würde. Nur schade, daß sie offensichtlich zu keiner Tageszeit gewürdigt wurde. »Und wer ist der Glückliche?«

»Tony Roberts. Ich treffe mich mit ihm auf der Insel. Ich

habe mir gedacht, ich nehme mir die Angelsachsen zuerst vor. Weißt du etwas über ihn?«

»Genug, um zu wissen, daß er kein Mensch ist, den man Tony nennen darf. Anthony, bitte. Für Verkleinerungsformen ist der viel zu distinguiert. Das wäre ungefähr so, als würde man Leonardo da Vinci Lenny nennen.«

»Und wie ist er?«

»Kommt drauf an, wen du fragst. Da ist einmal der Fan-Club: Dem zufolge ist er ein großartiger Mann mit bedeutenden Verdiensten um die Wissenschaft. Gentleman und Connaisseur. Du kennst das doch. Perfekte Umgangsformen und absolute berufliche Integrität. Ein Heiliger der Letzten Tage. Andererseits gibt es auch die Meinung, daß er, egal wie charmant, im Grunde nur ein aufgeblasener alter Sack ist. Allerdings wird diese Meinung vorwiegend von denen vertreten, die nicht in den Genuß seines sehr umfangreichen Mäzenatentums gekommen sind.«

»Aber kann er wenigstens etwas?«

Argyll zuckte die Achseln. »Auch hier gibt es unterschiedliche Ansichten. Sein Buch über den venezianischen Kunstwettstreit wird allgemein als Revolution der Methodik betrachtet. Die weniger Begeisterten fügen allerdings hinzu, daß er seitdem praktisch nichts mehr produziert hat. Und wenn man nur von seinem Ruf lebt, sind zwanzig Jahre eine lange Zeit. Ich persönlich habe keine Meinung. Ich bin ihm nie begegnet. Er ist ein eifriger Bildersammler, und soweit ich weiß, bezahlt er pünktlich seine Rechnungen. Was will man denn mehr?«

Fondazione Cini ist nur ein anderer Name für das alte Kloster San Giorgio Maggiore auf der Isola San Giorgio, ein Prunkstück aus dem sechzehnten Jahrhundert von Palladio, das vom Staat übernommen und in ein Konferenzzentrum für höchste Ansprüche umgewandelt wurde. Es gehört zu der Sorte von Einrichtungen, in denen internationale Gipfeltreffen abgehalten werden oder Konferenzen für Leute, die man beeindrucken muß. Wie es aussah, war für die Chronisten von Venedigs erfolgreichstem Maler nichts zu teuer, und jedes Jahr wurden ein gutausgestatteter Konferenzsaal, eine Reihe komfortabler Schlafzimmer, Telefone, Telefaxe, Fotokopierer sowie ein Schwarm von Köchinnen und Hausmädchen exklusiv für das Tizian-Komitee reserviert.

Nichts hätte der Konzentration der Wissenschaftler auf die vor ihnen liegende Aufgabe förderlicher sein können als eine Unterbringung auf dieser Insel. Ihr gegenüber liegt die Piazza San Marco, zur Linken Santa Maria della Salute, und Stein, Terracotta und Ziegel ihrer Gebäude erglühten förmlich im schräg einfallenden und immer seltener werdenden herbstlichen Sonnenlicht – das allein war schon ein schlagender Beweis, daß Venedig eines der größten Wunder dieser Erde ist.

Flavia stand auf dem Vaporetto und sah verzaubert zu, wie die Insel langsam immer näher kam. Ihr Gesicht war vom Sommer noch leicht gebräunt, ihre langen, blonden Haare wehten im Wind. Hätte Argyll sie so stehen sehen, mit leicht gespreizten Beinen, um das Gleichgewicht zu halten, die Hände in den Taschen ihrer Jeans vergraben, die Stirn gegen die Sonne in Falten gelegt, wäre er noch tiefer in Bewunderung versunken als beim Frühstück. Aber er hätte sich nie dazu durchgerungen, es ihr zu sagen, und Flavia war unfähig, seine Gedanken zu erraten.

»Zu spät«, sagte der Pförtner am Eingangstor barsch und wies auf eine Tafel, auf der zu lesen war, daß das Gebäude ab Mittag für Touristen geschlossen sei. Dabei war es erst zehn Uhr. Sie fischte ihre Kennkarte aus der Tasche und wies sich als Mitarbeiterin der Polizei aus. Er musterte eingehend Vorder- und Rückseite und sah Flavia beim Lesen argwöhnisch an. »Aus Rom, was?« fragte er in einem Tonfall, der nur bedeuten konnte, daß sie sich schämen sollte.

»Das Tizian-Komitee«, sagte sie streng. »Wo finde ich die Tagungsräume?«

»Aha«, entgegnete er wissend. »Die Dame, die sich hat umbringen lassen, nicht?« So wie er es sagte, klang es, als sei die Amerikanerin selbst schuld daran gewesen. Jeder schien das zu glauben.

»Genau. Haben Sie sie gekannt?«

»Ein wenig. Aber nicht besonders gut. Einige Leute nehmen sich die Zeit, stehenzubleiben und ein paar Worte mit mir zu reden, manche kennen sogar meinen Namen. Aber die nicht. Mit meiner Frau hat sie sich allerdings unterhalten. Sie sagt, sie sei recht freundlich gewesen, aber viel hätten sie nicht zu reden gehabt. Meine Frau putzt nämlich hier die Zimmer«, ergänzte er, obwohl das offensichtlich nicht mehr zum Thema gehörte.

»Ach wirklich?« fragte Flavia, hellhörig geworden. »Wie lange denn schon?«

»Ach, schon jahrelang. Im Jahr des Hochwassers hat sie angefangen.« Flavia versuchte sich zu erinnern. 1966? Im Oktober? So etwas in der Richtung. Aber es war ja auch unwichtig. »Acht Stunden am Tag. Und abends hilft sie noch beim Abwaschen. Und wissen Sie, wieviel sie dafür bekommt?«

Wahrscheinlich sehr wenig, aber Flavia hatte keine Zeit, sich Beschwerden anzuhören, so berechtigt sie auch sein mochten. »Jetzt scheint aber nicht sehr viel los zu sein. Im Augenblick sind doch nur die Kunstgeschichtler hier, oder?«

Etwas widerstrebend gab er zu, daß es zur Zeit ziemlich ruhig war. »Das heißt aber nicht, daß der Kasten so einfach sauberzuhalten ist«, fügte er einschränkend hinzu.

»Nicht?«

»Nein. Ist doch alles nur Pfusch hier. Sieht hübsch aus, das geb' ich ja zu. Aber alles Pfuscharbeit. Heutzutage wird bei uns überhaupt nichts mehr richtig gemacht.«

Sie hätte ihn beinahe gefragt, ob er nicht zufällig mit einem alten Gondoliere, den sie kannte, verwandt sei. »Qualitätsarbeit, daß ich nicht lache. Dieses sogenannte internationale Konferenzzentrum. Dabei schaffen sie es nicht eimmal, das Dach dicht zu halten. Das kommt von den ganzen Verträgen, Sie wissen schon.« Er zwinkerte ihr zu und legte die Finger an die Nase, womit er wohl schmutzige Geschäfte in höchsten Kreisen andeuten wollte. Sie wußte, was er meinte. Wahrscheinlich hatte er recht.

»Wissen Sie, letzte Woche ist doch glatt Wasser hereingekommen. Können Sie sich das vorstellen? Richtige Pfützen auf den Gängen, die meine Frau aufwischen mußte, obwohl ihre Schicht schon zu Ende war. Schadhaftes Dach. Läßt den

Regen durch. Nur gut, daß nichts in die Schlafzimmer getropft ist, die hätten sich schön beklagt. Das tun sie nämlich immer, müssen Sie wissen. Gewisse Leute sind einfach nie zufrieden.«

»Es müssen doch einige interessante Menschen hierher kommen«, warf sie ein, in der verzweifelten Hoffnung, ihn von seinem Thema abzubringen, damit er ihr endlich sagte, wo die Tagungsräume lagen.

»Interessant? Nicht daß ich wüßte. Aber komisch mit Sicherheit. Wir hatten wirklich schon einige schräge Vögel hier. Könnt' nicht sagen, daß ich darüber besonders begeistert bin. Und die nennen sich dann ehrbar.

»Sind sie das nicht?«

»Einige schon. Andere würd' ich nicht in mein Haus lassen. Aber ich will natürlich nicht über sie urteilen. Leben und leben lassen, so heißt es doch, und in Venedig werden ja alle Leute ein bißchen ausgelassener, wenn Sie wissen, was ich meine.«

Flavia hatte eine ungefähre Ahnung davon.

»Nehmen Sie zum Beispiel die Dame, die sich hat umbringen lassen«, fuhr er fort. Am Funkeln in seinen Augen merkte sie, daß er genau wußte, daß er mit ihr spielte.

»Sie hat sich nicht umbringen lassen. Sie wurde ermordet.«

»Das habe ich doch gesagt«, erwiderte er verstimmt über ihre Pedanterie.

Flavia seufzte. »Und was ist mit dieser Dame?« fragte sie.

»Das dürfen Sie mich doch nicht fragen. Ich weiß nur, daß sie eine ziemliche Nachteule war, diese Dame.«

»Sie meinen, sie hat bis in die Nacht hinein gearbeitet?«

Der Pförtner kicherte und rieb sich seine rote Säufernase. »Na ja, vielleicht war's sogar Arbeit.« Er grinste sie auf eine besonders abstoßende Art an.

»Hatte sie vielleicht Freunde bei sich?«

Das hielt er für einen besonders gelungenen Witz und sah Flavia an, als hätte er endlich einen Seelenverwandten gefunden. »O ja«, gluckste er. »Freunde, was?« Er kicherte fröhlich vor sich hin.

Flavia seufzte noch einmal. Mit Klatschmäulern hatte sie

immer Probleme. Einerseits hatten sie den unstillbaren Drang, einem alles zu erzählen, was sie wußten, andererseits aber auch eine tief verwurzelte Abneigung gegen jede Zusammenarbeit mit der Polizei. Das Ergebnis war deshalb meist eine Reihe schwerverständlicher Andeutungen, womit beide Neigungen befriedigt werden sollten.

»Erzählen Sie mir von den anderen«, begann sie, ließ jedoch gleich wieder von dieser Frage ab, als sie sah, daß der argwöhnische Ausdruck in sein Gesicht zurückkehrte. »Ich vermute, Ihre Frau war am Freitagabend mit Dr. Miller in der Küche?«

Diese Frage konnte er beantworten. Leute zu entlasten, schadete ja nichts. »Ja. Er kam so gegen halb zehn aus der Waschküche in die Küche und bat um etwas Wasser. Wir haben uns ein wenig unterhalten. Ein sehr aufmerksamer, charmanter Mann.«

»Und er hat die Insel zu keiner Zeit verlassen?«

»O nein. Er war die ganze Zeit hier. Öffentliche Verkehrsmittel gab's ja keine, und wenn er ein Taxi genommen hätte, hätte ich das bemerkt. Und bevor Sie mich danach fragen«, bemerkte er abschließend, »im Augenblick haben wir auch kein privates Boot hier, das er hätte nehmen können.«

»Müssen Sie die Tür aufmachen, um Leute außerhalb der Öffnungszeiten hereinzulassen?«

»Nein. Die Leute bekommen eigene Schlüssel. Aber, wie gesagt, ich hatte von sechs bis Mitternacht Dienst und hätte es gesehen, wenn jemand gekommen oder gegangen wäre. Da war niemand.«

Das klang ziemlich überzeugend. Nach einer kurzen Pause, in der sie sich Notizen von dem Gespräch machte, ging sie zum zweiten Innenhof, um dort nach dem Tagungsraum des Komitees zu suchen. Wieder einmal verließ sie ihr Orientierungssinn, und so landete sie schließlich am anderen Ende des Gebäudes vor etwas, das aussah wie ein Dienstboteneingang. Fluchend drehte sie sich um, begann von neuem und fand sich schließlich im Küchentrakt wieder.

Beim dritten Versuch hatte sie mehr Glück. Sie fand das richtige Stockwerk und ging einen Gang entlang, von dem

Türen allem Anschein nach in die Zimmer der Komiteemitglieder führten, die das Angebot der kostenlosen Unterkunft angenommen hatten.

Offensichtlich hatten nur Miller und Masterson das getan. Die anderen hatten es vorgezogen, eigene Arrangements zu treffen.

Ob nun das Dach höchsten Qualitätsansprüchen genügte oder nicht, der Tagungsraum schien seinem Zweck auf jeden Fall mehr als angemessen. Verschwenderische Eichentäfelung an den Wänden, an der Decke ein hübsches Gemälde von angemessener religiöser Natur, wenn auch die Unmenge nackter, sich räkelnder Leiber kaum dazu geeignet war, die Andacht alternder Mönche zu vertiefen, und dazu die für moderne Konferenzzentren übliche Ausstattung: bequeme Sessel, Settecento-Tische, venezianisches Glas, flämische Gobelins und ähnliches.

Und inmitten von all dem saß aufrecht am Ende des langen Holztisches, der offensichtlich für die Konferenzen benutzt wurde, Professor Roberts. Obwohl sich insgesamt drei Personen in dem Raum aufhielten, war Flavia sicher, daß es sich um Roberts handelte, denn er entsprach als Ältester mit seinen silbergrauen Haaren, dem Tweedsakko, der Adlernase und der aristokratischen Haltung perfekt dem Bild des Großmeisters seines Berufszweiges, während an den anderen nur ihre Unscheinbarkeit auffiel.

Professor Roberts hätte wohl im großen und ganzen Argylls Kurzcharakterisierung seiner Person zugestimmt. Er war ein Mann, der schon früh im Leben gelernt hatte, daß man es unmöglich schaffen kann, gleichzeitig von allen geliebt zu werden. Und da dem so ist, sorgt man am besten dafür, daß diejenigen, die einen nicht mögen, einem nicht schaden können.

Diese goldene Regel befolgte er, seit er sie vor einem Vierteljahrhundert aufgestellt hatte, doch man sollte ihn deswegen nicht für einen unangenehmen Menschen halten – ganz im Gegenteil. Roberts war berühmt für seine Höflichkeit, seine Großzügigkeit und seinen Charme. Eine ganze Generation von jungen Gelehrten sprach wegen seines immensen

Wissens und seiner Freundlichkeit Studenten gegenüber nur in ehrfürchtigem Ton von ihm. Wie Argyll gesagt hatte, legte er größten Wert auf die Integrität seines Rufes und tat alles, um sie zu erhalten.

Flavias Identifizierung des Professors war natürlich korrekt. Roberts stellte sich selbst auf eine Art vor, als erwiese er ihr damit eine Gunst, und anschließend, in äußerst knappen Worten, die beiden anderen Männer – die sich in ihrer Haut um einiges weniger wohl zu fühlen schienen – als seine Kollegen im Komitee, Dr. Miller und Dr. Kollmar. Von diesem Zeitpunkt an war klar, daß allein er das Reden übernehmen würde. Die anderen zeigten allerdings auch nicht die geringste Absicht, sich einzumischen.

Flavia stellte zuerst die üblichen Routinefragen und achtete dabei mehr auf die Art, wie er antwortete, als auf das, was er sagte. Die Fakten kannte sie ja bereits: Er war Gründungsmitglied des Komitees, hatte in England eine Professur inne und dies und jenes veröffentlicht. Nichts Außergewöhnliches, das besondere Aufmerksamkeit verdient hätte. Sie warf auch einen flüchtigen Blick in ihre Aufzeichnungen, um ihr Wissen über die beiden anderen aufzufrischen. Kollmar war Deutscher und ebenfalls Gründungsmitglied des Komitees. Miller war Amerikaner, jünger als die anderen, und hatte einen Job als Assistent an einem College in Massachusetts, wo er sich im nächsten Jahr der Festanstellungsprüfung unterziehen mußte.

»Kaffee?« fragte Roberts und deutete auf eine Silberkanne aus dem achtzehnten Jahrhundert, die in einer Ecke stand.

Während er eingoß, betrachtete sie die Unterlagenstapel auf dem Tisch. Sonst gab es nichts zu tun, denn die anderen schienen nicht die Absicht zu haben, bei der Überbrückung der Gesprächspause behilflich zu sein. Neben den Stapeln lag ein Buch, und sie nahm es in die Hand. »Das ist von Masterson, nicht?« fragte sie, während sie den Titel las.

Roberts warf ihr einen durchdringenden Blick zu, entspannte sich dann aber wieder. »Richtig. Ich habe es mir am Mittwoch von ihr ausgeliehen. Ich mußte für einen Artikel, den ich gerade schreibe, einige Stellen nachlesen. Es enthält einige ausgezeichnete Passagen.«

Ein ziemlich zweischneidiges Kompliment, dachte Flavia. Soweit sie das beurteilen konnte, handelte es sich um eine trockene, langweilige Materie. Trotzdem gehörte es zu ihrer Arbeit. Sie würde Argyll dazu bringen, es sich anzusehen. Es würde ihm guttun, zur Abwechslung einmal etwas Seriöses zu lesen. Sie fragte, ob sie es an sich nehmen dürfe, da es zusammen mit Mastersons restlicher persönlicher Habe den Angehörigen übergeben werden müsse.

Roberts war nicht gerade begeistert davon. »Es wäre mir lieber, wenn Sie es hierlassen«, sagte er. »Ich brauche es noch.«

Flavia gab zu bedenken, daß der Mord an Masterson möglicherweise ein klein wenig wichtiger sei, und er verstand den Wink und willigte ein, widerstrebend zwar, aber doch mit Anstand. »Aber natürlich. Wie egoistisch von mir. Ich muß gestehen, ich kann immer noch nicht glauben, daß sie tot ist. Bitte nehmen Sie es. Ich bin mir sicher, ich werde auch ohne das Buch auskommen.«

Kollmar scharrte mit den Füßen – das erste wirkliche Lebenszeichen, das dieser Mann zeigte. Er war vielleicht zehn Jahre jünger als Roberts, wirkte aber fünf Jahre älter. Er sah aus, als wäre das Leben nicht besonders freundlich mit ihm umgesprungen: kurz und drahtig, mit einem verkniffenen Gesicht, das Jahre der Mühe und der Sorgen mit tiefen Falten überzogen hatten. Er war ärmlich, aber leidlich ordentlich gekleidet, und Flavia rechnete ihn spontan zu den Verlierern des Lebens. Aber das hieß natürlich nicht, ermahnte sie sich in plötzlich aufwallender Professionalität, daß er unschuldig war oder auch nur nett.

»Darf ich fragen –«, begann er.

»Aber natürlich. Natürlich«, unterbrach ihn Roberts, der eben mit Flavias Tasse zum Tisch zurückkehrte. »Wie gedankenlos von mir. Gehen Sie ruhig. Ich bin sicher, daß das in Ordnung ist. Könnten Sie mir vielleicht die Ergebnisse heute abend vorbeibringen? Ich brauche diese Informationen sehr dringend.« Dann wandte er sich an Flavia. »Dr. Kollmar muß unbedingt in die Bibliothek, um etwas zu recherchieren. Das macht Ihnen sicher keine Probleme.«

Dem ist es doch egal, ob es mir welche macht, dachte sie, während der Deutsche seine Aktenmappe unter den Arm klemmte und davoneilte. Sie war tatsächlich ein wenig verärgert, zum einen, weil sie den Mann nun extra würde aufsuchen müssen, zum anderen, weil Roberts ihr so mühelos das Heft aus der Hand genommen hatte und alles so einrichtete, wie es ihm paßte. Sie war sich sicher, daß Kollmar eigentlich nur um eine Tasse Kaffee hatte bitten wollen. Es bestand kein Zweifel daran, wer in diesem kleinen Kreis von Brüdern das Sagen hatte.

Nachdem diese Sache erledigt war, reichte Robert Flavia ihre Tasse und setzte sich, wobei er wieder die Pose von gebieterischer Eleganz einnahm, die Flavia bereits beim Eintreten bemerkt hatte.

»Mir drängte sich der Gedanke auf«, sagte er leise, »mich zu fragen, wen von uns Sie verdächtigen. Stehe ich zum Beispiel auf Ihrer Liste?«

Die Art, wie er das sagte, machte deutlich, daß er diese Vorstellung für lächerlich hielt. Allerdings meinte Flavia tief unterhalb der selbstsicheren Oberfläche eine gewisse Besorgnis mitschwingen zu hören. Viel offensichtlicher war die Angst, die Miller bei dieser Bemerkung zeigte, die doch offensichtlich nur dazu bestimmt war, Flavia zu überrumpeln. Miller war sehr aufgeregt. Genaugenommen sah er so aus, als würde ihm gleich schlecht werden.

»Wie kommen Sie auf den Gedanken, daß wir ein Mitglied des Komitees verdächtigen? Commissario Bovolo hat Ihnen doch sicher erzählt –«

»Von seinem Sizilianer? Ja, und das ist natürlich ein Trost, auch wenn es Unsinn ist.«

»Warum glauben Sie das?«

»Louise war Amerikanerin. Sie lebte seit Jahren in New York und konnte sehr gut auf sich selbst aufpassen. Sie war eine sehr entschlossene und selbstsichere Frau. Keine, die sich von so einem hätte überrumpeln lassen.«

»Wollen Sie damit andeuten, daß einer Ihrer Kollegen etwas mit diesem Verbrechen zu tun hat?« fragte sie.

»Bei Gott, nein«, erwiderte er, offensichtlich entsetzt über den bloßen Gedanken, daß jemand ihm etwas so Vulgäres zutrauen könnte. »Ich habe nicht die geringste Ahnung, wer sie getötet hat. Aber mir kam der Gedanke, daß Sie sich vielleicht überlegen sollten, ob der Mörder nicht ein besseres Motiv gehabt haben könnte, als nur die Absicht, sie auszurauben.«

»Was Sie nicht hatten.«

Roberts nickte. »Was ich nicht hatte. Und, muß ich hinzufügen, auch kein anderer, den ich kenne. Was mich betrifft, war genau das Gegenteil der Fall. Ich habe sie eher als meinen Protegé betrachtet.« Er lächelte, während er das sagte. »Obwohl natürlich Louise viel zu stolz und unabhängig war, um eine solch untergeordnete Rolle irgend jemand gegenüber zu akzeptieren. Deshalb hatten wir auch gewisse Meinungsverschiedenheiten, die wir leider vor ihrem Tod nicht mehr beilegen konnten.«

»Wie war sie?«

»Wie meinen Sie das?«

»Als Kunsthistorikerin, als Mensch, als Kollegin? Beliebt? Bewundert? Oder was?«

»Das kommt natürlich darauf an, wen Sie fragen«, erwiderte Roberts, ohne zu wissen, daß er damit Argylls Worte über ihn wiederholte. »Was ihre Arbeit betraf, gab sie wirklich Anlaß zu den allergrößten Hoffnungen.«

Wieder eine gewisse Herablassung gegenüber einer Frau von Ende dreißig. »Persönlich«, fuhr er fort, »hatte ich nie einen Grund, meine Empfehlung für ihre Aufnahme in das Komitee zu bedauern. Sie war kurz eine Schülerin meines großen Freundes Georges Bralle, und damit waren meine Ansprüche mehr als erfüllt.«

Miller ließ ein leises Schnauben hören, und Flavia sah ihn fragend an. Roberts, das fiel ihr auf, warf ihm ebenfalls einen Blick zu, allerdings einen eher mißbilligenden.

»Also«, begann Miller zögernd – offensichtlich wußte er nicht, ob er damit zu weit ging, und hatte sich immer noch nicht ganz erholt von dem Schock, den Roberts ihm mit seiner Bemerkung versetzt hatte –, »das stimmt nicht ganz. Sie war mit mir auf der Columbia University und hat sich für ein Jahr beurlauben lassen, um nach Paris zu gehen. Sie hatte genug Geld von ihrer Familie, um sich das leisten zu können. Sie schrieb sich bei Bralle ein und kam ein Jahr später mit einem Empfehlungsschreiben von ihm zurück. Das hat ihr ihre Stellung verschafft, und seitdem ist sie ständig die Karriereleiter hinaufgefallen.«

Flavia fiel auf, daß die Bemerkung nicht gerade von Zuneigung und Bedauern über Mastersons Tod strotzte, aber sie beschloß, es für den Augenblick zu ignorieren. Sie wandte sich wieder Roberts zu. »Sie kam vor etwa achtzehn Monaten zum Komitee, stimmt das?«

Er nickte noch einmal. »Ja. Weil Bralle sich zur Ruhe setzte. Kennen Sie überhaupt die Geschichte des Komitees?«

Sie schüttelte den Kopf.

»Es wurde vor zwölf Jahren als private Einrichtung gegründet, von Bralle, mir selbst und Kollmar. Wir waren beide Schüler dieses großartigen Mannes. Van Heteren kam einige Jahre später dazu, und Miller hier vor fünf Jahren. Wir haben uns das Geld zusammengeborgt, so gut es ging, bis wir sozusagen verstaatlicht wurden.«

»Wie bitte?«

»Vom Staat übernommen wurden. Bis dahin hatten wir ohne finanzielle Unterstützung nur für ein paar Groschen gearbeitet und konnten es uns praktisch nicht mehr leisten. Dann beschloß das Italienische Kulturministerium, ein Prestigeprojekt zu finanzieren, und bot uns umfangreiche Mittel und einen offiziellen Status an. Ich habe mit dem Ministerium eine Vereinbarung ausgehandelt, die dann vor einigen Jahren in Kraft trat.«

»Sehr angenehm für Sie.«

Er schien nicht so erfreut darüber zu sein.

»Das Geld kam uns sehr gelegen. Andererseits bringt so etwas auch eine Menge Bürokratie mit sich. Bralle gefiel die Sache nicht besonders, und er beschloß deshalb, sich zur Ruhe zu setzen. Natürlich mußte ein Italiener in das Komitee aufgenommen werden – Dr. Lorenzo, der vor zwei Jahren zu uns stieß. Da wir nun mehr Geld hatten und das Kulturministerium uns sehr deutlich zu verstehen gab, daß es dafür Resultate sehen wollte, mußten wir unsere Arbeit beschleunigen und entschlossen uns deshalb, Dr. Masterson hinzuziehen.«

Etwas in seinem Tonfall deutete darauf hin, daß diese Umstellung nicht ganz so glatt und freundschaftlich abgelaufen war, wie er es darstellte.

»Aber Masterson hat die Erwartungen nicht erfüllt, die Sie in sie gesetzt haben?«

Roberts zögerte einen Augenblick, er schien sich seine Antwort genau zu überlegen. Flavia spürte, daß er versuchte, seiner Boshaftigkeit den Anschein von Objektivität zu geben. Sie merkte allmählich, daß sie ihn nicht sonderlich mochte. »*Ich* hatte keinen Grund zur Klage«, sagte er mit sorgfältig plazierter Betonung.

»Aber...?«

»Sagen wir mal, sie war ziemlich jung und unerfahren. Sie hätte sich natürlich noch eingelebt und wäre sicher unersetzlich geworden, wenn sie erst einmal unsere Arbeitsweise begriffen hätte. Aber ich glaube, einige meiner Kollegen hatten weniger Vertrauen in sie als ich.« Es war seltsam, daß er so tat, als wäre Miller gar nicht im Zimmer.

»Mit anderen Worten, Sie glauben nicht, einen Fehler gemacht zu haben, als Sie sie empfahlen?«

Roberts war nicht der Mann, der je zugeben würde, einen Fehler gemacht zu haben. Entweder das, oder er hielt viel von Loyalität. »Meine Güte, nein. Sie brachte Gewissenhaftigkeit und Begeisterung mit, das einzige, was ihr fehlte, war ein wenig mehr Erfahrung in den Methoden der Komiteearbeit. Und natürlich drückte sie sich nicht immer so taktvoll aus, wie sie es hätte tun können.«

Immer diese Andeutungen! Warum können die Leute nie sagen, was sie denken. Diskretion ist ja schön und gut, aber man kann es mit ihr auch zu weit treiben. »Was genau meinen Sie damit, Professor?«

»Nun, nehmen wir einmal ein Beispiel. Da Sie die Geschichte irgendwann sowieso erfahren werden, kann ich sie Ihnen auch gleich erzählen. Wissen Sie zufällig, wie wir bei unserer Arbeit vorgehen?«

Flavia schüttelte den Kopf. In den letzten vierundzwanzig

Stunden hatte sie sich eine beträchtliche Menge Fakten einprägen müssen, doch Details über kunsthistorische Methoden gehörten dabei nicht zu den Informationen mit hoher Priorität. Die Bemerkung war aber ohnehin nur eine Entschuldigung für eine längere Abschweifung.

Ihre Methode sei sehr einfach, erklärte Roberts. Jedem Mitglied des Komitees werde ein Bild zugewiesen, das es entweder allein oder in Zusammenarbeit mit anderen untersuche und über seine Ergebnisse einen Bericht verfasse. Diese würden dann bei ihren jährlichen Zusammenkünften diskutiert, und in einer Abstimmung würden die Bilder in Kategorien eingeteilt. »A« bedeute: ein echter Tizian, »B«: keine eindeutige Zuordnung möglich, und »C«: nicht echt. Die Arbeiten der Kategorie »A« würden dann wissenschaftlichen Tests unterzogen, um letzte Irrtümer auszuschließen. Die einzelnen Berichte und Gutachten würden gesammelt und in teuren illustrierten Hochglanzbänden veröffentlicht.

Flavias Verwunderung wuchs mit jedem Satz. »Wollen Sie damit wirklich sagen, daß die meisten von Ihnen über die Echtheit eines Bildes abstimmen, ohne das Original je gesehen zu haben?«

»Ja. In den meisten Fällen ist das auch vollkommen unnötig. Tizians sind über den ganzen Erdball verstreut, und wir können doch nicht alle nur herumreisen, um uns jedes einzelne Bild anzusehen. Außerdem sind wir, da wir staatliche Unterstützung akzeptiert haben, unter dem ständigen Druck, etwas zu produzieren, von dem das Ministerium glauben kann, daß es sein Geld wert ist. So ist das eben in der freien Marktwirtschaft, wie Dr. Lorenzo uns beständig einschärft. Eine höchst unangenehme Situation.«

»Und wie lange nehmen Sie sich für ein Bild Zeit?«

»Sie meinen mit der Untersuchung? Das kommt darauf an. Meistens genügen ein paar Stunden.«

»Das ist ja lächerlich. Mir scheint das sehr überstürzt zu sein. Ihre Arbeit soll doch verbindliche Ergebnisse liefern, oder?«

Roberts zuckte die Achseln. »Ich kann Ihnen versichern, daß wir gründlicher vorgehen, als bei den meisten anderen

Projekten dieser Art der Fall ist. Wir haben einige hundert Bilder zu untersuchen, und wir werden alle nicht jünger. Doch worauf ich eigentlich hinauswollte, ist folgendes: Bei Louises erster Tagung schlug Dr. Kollmar vor, daß ein Bild aus einer Mailänder Sammlung das Prädikat ›C‹ erhalten solle. Es war ein Bild, das ich untersucht hatte, während Dr. Kollmar die Recherchen in den Archiven erledigt hatte. Ich hatte keine eindeutige Meinung, doch Dr. Kollmar war der Ansicht, daß die urkundlichen Belege nicht ausreichten. Alle waren mit seiner Beurteilung einverstanden, bis auf Louise. Anfangs hatte auch sie ihm zugestimmt, doch am Tag darauf war sie plötzlich anderer Meinung und machte einen ziemlichen Wirbel.«

»Warum?«

»Ich glaube, es war vorwiegend ihr Arbeitseifer. Aber sie ging dann doch zu weit, und einige Leute waren darüber sehr verstimmt. Ich finde so etwas ja immer höchst bedauerlich. Was für einen Sinn hat denn ein solches Projekt, wenn nur persönliche Machtkämpfe daraus entstehen? Ich habe mich bemüht, sie zum Einlenken zu bewegen, um des lieben Friedens willen.«

»Hatten Sie Erfolg damit?«

»Zum Teil. Zumindest konnte ich sie so weit bringen, daß sie den Mund hielt. Es war alles sehr ermüdend. Louise sträubte sich gegen ein Einlenken und fand auch mir gegenüber einige harte Worte, wie ich bereits angedeutet habe. Das Bild ist nur eine Ölskizze für ein religiöses Gemälde mit nicht genau bestimmbarem Motiv. Stilistische Indizien legen eine Entstehung Anfang des sechzehnten Jahrhunderts nahe. Louise war der Ansicht, daß die Untersuchung nicht sorgfältig genug durchgeführt worden sei.«

»Aber das scheint doch gar nicht so unbegründet gewesen zu sein. Schließlich wollen Sie doch nicht, daß Fehler passieren«, gab Flavia zu bedenken, doch das brachte ihr nur ein Stirnrunzeln von Roberts ein.

»Natürlich nicht. Mir persönlich macht es auch nichts aus, aber Dr. Kollmar war verstimmt. Er fand es unangebracht, daß Louise schon bei ihrer ersten Tagung anfing, die Arbeit der Kollegen zu kritisieren. Aber da müssen Sie ihn selbst fragen. Es wäre höchst unangemessen, wenn ich an seiner Stelle über seine Reaktionen redete.«

»Und wie lauteten Mastersons Argumente?«

»Das weiß ich nicht. Sie hätte ihr Referat eigentlich gestern halten sollen. Ich nehme an, das Manuskript war in der Tasche, die ihr gestohlen wurde.«

»Ist es möglich, in einer solchen Frage zu wirklich unangreifbaren Schlüssen zu kommen?«

Das war eine Aufforderung zu einem Vortrag, der ein Mann wie Roberts nicht widerstehen konnte. Er lehnte sich zurück, schlug ein Bein über das andere und legte die Fingerspitzen aneinander, als würde er eine etwas zurückgebliebene Studentin unterrichten. »Nun ja«, begann er. »Sie müssen bedenken, daß Tizian zweifellos eines der größten Genies der Renaissance war. Theoretisch müßte es also möglich sein, in jeder seiner Arbeiten den Funken seiner Genialität auszumachen. Doch nicht einmal Künstler seines Formats fallen als Meister vom Himmel...«

Flavia bedauerte bereits, daß sie ihm diese Frage gestellt hatte. Der Mann redete so, als würde jedes Wort mit einem Großbuchstaben beginnen, und ein gewisses Funkeln in seinen Augen deutete darauf hin, daß er zu einer längeren Ausführung ansetzte. Ihr leuchtete zwar überhaupt nicht ein, inwieweit Tizians Geschicklichkeit im Umgang mit dem Pinsel zum Thema gehörte, aber sie hatte es schließlich darauf angelegt, und deshalb entspannte sie sich, so gut sie konnte, und versuchte gleichzeitig geduldig und interessiert zu wirken.

Roberts ließ sich eben über den jungen Tizian aus – wie er in Bellinis Werkstatt begonnen hatte und dann unter Giorgiones Einfluß kam. »Wie Sie sicher wissen, haben sie den Fondaco dei Tedeschi in Venedig zusammen gemalt.«

Flavia nickte leicht verstimmt. Sie wußte das sehr genau und ließ sich nicht gerne wie eine totale Ignorantin behandeln.

»Eine Zeitlang waren die beiden enge Freunde, doch die Freundschaft zerbrach, als Tizian 1510 seinem Lehrer die Geliebte wegnahm und sich aus dem Staub machte, um in Padua zu arbeiten. Giorgione starb noch im selben Jahr an gebrochenem Herzen, und die Geliebte starb an der Pest. Ende der Geschichte. Worauf ich hinauswill, ist, daß Tizian unter verschiedenen Einflüssen stand – zuerst malte er im Stil von Bellini, dann in dem von Giorgione – und erst allmählich seine für ihn so typischen Eigenarten entwickelte.«

»Das weiß ich. Aber was soll das?« fragte sie knapp, weil sie hoffte, daß eine gewisse Schroffheit den Mann in die zugegebenermaßen nüchternere Gegenwart zurückbrachte.

»Mit meinem kleinen Vortrag wollte ich Ihnen nur erläutern, daß Bilder aus Tizians früher Periode, in der er experimentierte und lernte und heranreifte, stilistisch unterschiedlich sind. Daraus ergeben sich bei einigen Bildern Zweifel, wenn nicht eindeutige urkundliche Belege für Tizians Urheberschaft vorliegen. Und Kollmar war zu der Überzeugung gekommen – er ist der Experte in diesem Gebiet –, daß solche nicht existieren. Ich vermute, Louise glaubte, Tizians Urheberschaft auf andere Art beweisen zu können.«

»Wissen Sie sonst noch etwas darüber, was am Freitagabend passiert sein könnte?« fragte Flavia, dankbar, daß er endlich zum Schluß gekommen war. Sie hoffte, das Gespräch nun wieder in die orthodoxeren und produktiveren Bahnen polizeilicher Ermittlungsarbeit lenken zu können.

»Nicht das geringste. Daß irgend etwas nicht stimmte, erfuhr ich erst, als ich am Samstagvormittag auf die Insel kam und Lorenzo in Panik und das ganze Haus voller Polizei fand. Über den fraglichen Tag fällt mir überhaupt nichts ein, was von Interesse sein könnte. Vormittags hatten wir eine Sitzung, mittags ging ich mit Dr. Miller zum Essen, um mit ihm über sein bevorstehendes Festanstellungskolloquium an seinem College in Amerika zu sprechen – ich bin einer seiner Gutachter – und nachmittags hatten wir eine zweite Sitzung bis etwa gegen drei Uhr. Anschließend habe ich die Karten abgeholt, mich etwas ausgeruht und mich dann für die Oper umgezogen. Alles vollkommen normal.«

»Haben Sie sich viel mit ihr unterhalten?«

Er schüttelte den Kopf. »Nur über berufliche Routineangelegenheiten, und auch da nicht sehr viel. Die Sitzung des ersten Tages hatte sie verpaßt, was ihr gewisse Feindseligkeiten einbrachte, hat sich statt dessen in Padua Sehenswürdigkeiten angesehen, wie Miller mir sagte. Sie wirkte eher noch entschlossener als sonst, hat aber nichts Bemerkenswertes gesagt. Eigentlich war sie für ihre Verhältnisse sogar ungewöhnlich still.«

Offensichtlich gab es im Augenblick nichts, was ein Weiterverfolgen gelohnt hätte. Flavia interessierte sich allmählich sehr für Miller, aber es war klar, daß sie nicht an ihn herankommen würde, solange Roberts in der Nähe war. Das war nicht automatisch verdächtig, es hieß nur, daß Roberts in allem gerne eine so dominierende Rolle spielte, daß es für andere schwierig war, auch zu Wort zu kommen. Sie fragte sich, wie wohl die Komiteesitzungen abliefen, wenn er anwesend war.

Sie stand auf, um zu gehen, und stellte dabei erfreut fest, daß diese Bewegung auch der trauten Zweisamkeit der Männer ein Ende bereitete. Miller verkündete, er wolle auf die Hauptinsel, um im Schwimmbad ein paar Runden zu drehen.

»Prächtig«, bemerkte Roberts leicht gereizt. »Ich sage ja immer, die Vereinigten Staaten sind der letzte Außenposten des Renaissance-Menschen. *Mens sana*, was, Miller?«

Miller lächelte pflichtschuldig, wenn auch nur halbherzig über den Witz, den er schon öfter gehört hatte, und murmelte, er finde Schwimmen in Zeiten der Belastung sehr hilfreich. Und im Augenblick stünden doch alle unter starker Belastung, fügte er hinzu.

»In der Tat. Aber ich hoffe, es lenkt Sie nicht von anderen Dingen ab. Besuchen Sie Kollmar und erinnern Sie ihn daran, daß ich das Archivmaterial bis heute abend brauche. Es ist sehr wichtig, wenn ich mit diesem Vortrag rechtzeitig fertig werden soll.«

Befehl ist Befehl. Und so, wie es aussah, waren sowohl Miller wie Kollmar daran gewöhnt, Befehle auszuführen. Flavia drückte sich vor Millers Zimmer herum, bis der mit Flossen, Handtüchern und anderen Schwimmutensilien unter dem Arm wieder heraustrat. Er schien ein Fanatiker zu sein, denn eine ganze Reihe von kleinen Aufklebern auf seiner Tasche erinnerten an Schwimmwettbewerbe, an denen er im Lauf der Jahre offensichtlich teilgenommen hatte. Körperliche Fißneß ist etwas Wunderbares, aber Flavia, die die ersten Stunden des Tages mit Kettenrauchen und Kaffeetrinken zugebracht hatte und deren Vorstellung von einer Schwimmausrüstung sich in Liegestuhl und Sonnencreme erschöpfte, bickte ihn doch etwas skeptisch an.

»Ich nehme an, Sie wollen mich jetzt in die Mangel nehmen, ohne daß Professor Roberts alle Fragen für mich beantwortet?« fragte er unverblümt, als sie auf dem Weg zur Anlegestelle die Treppe hinunterstiegen.

»Ich würd's zwar nicht ganz so hart ausdrücken, aber es kommt hin«, erwiderte sie. Sie waren ins Englische übergewechselt. Mit Roberts hatte sie nur italienisch gesprochen, und Millers einziger Einwurf hatte ein wenig gebrochen geklungen.

»Wie ist die Masterson in das Komitee gekommen?« fragte sie, weil sie vermutete, daß Millers Angaben sich ein wenig von denen seines Kollegen unterscheiden würden.

Miller zuckte die Achseln, während er klappernd die Steinstufen hinunterstieg. Flavia betrachtete ihn eingehend. Obwohl nur mit Jeans und einem T-Shirt bekleidet, hatte er, wohl aus einem eigenartigen und sehr unitalienischen Anfall von Modebewußtsein heraus, elegante, schwarze Schuhe angezogen. Komische Leute, diese Amerikaner.

»Jetzt glauben Sie bloß nicht, daß ich etwas gegen sie gehabt hätte«, sagte er. »Sie war außergewöhnlich gebildet und sehr motiviert. Aber es war nicht gerade einleuchtend, daß die Wahl auf sie gefallen war.«

»Nicht zufällig deshalb, weil ihre Arbeit gut war?« Wieder fiel Flavia auf, daß sie versuchte, die arme, tote Frau gegen Zweifel und Kritik ihrer männlichen Kollegen zu verteidigen. Allmählich identifizierte sie sich viel zu sehr mit dieser Leiche.

Zum erstenmal, seit sie Miller kennengelernt hatte, sah Flavia ihn wirklich amüsiert. »Bei Gott, nein«, sagte er. »Das allein reicht nur selten. Aber sie war keine Tizian-Spezialistin, ihr Forschungsgebiet war die Ikonographie der Renaissance im allgemeinen.«

»Also hat Masterson publiziert, im Museum gearbeitet und nebenbei noch Zeit für das Komitee gefunden?«

»Kein Mensch hat ihr je vorgeworfen, schlampig zu arbeiten. Sie war immer sehr gewissenhaft. Vielleicht hat sie ein bißchen zu viel publiziert? Ich weiß es nicht. Einiges davon ist etwas dünn. Und bei weitem nicht so originell, wie sie es immer gern hinstellte, das weiß ich schon. Nein, ich bin mir ziemlich sicher, daß sie nur aufgenommen wurde, weil sie eine Frau war.«

»Soll heißen?« fragte Flavia, der sich bei dieser Bemerkung die Haare aufstellten. Wenn sie eins haßte, dann...

»Das ist doch offensichtlich, oder? All diese Projekte haben heutzutage eine Frau mit dabei, um zu zeigen, wie unvoreingenommen und progressiv man ist. Lorenzo legt darauf großen Wert, deshalb hat er die Ernennung ja auch zugelassen. Ihm ist einfach keine andere eingefallen. Eigentlich hatte sie großes Glück, wenn man es sich überlegt.«

»Wenn man sich was überlegt?«

»Wenn man sich überlegt, daß Lorenzo und Roberts nicht gerade ein Herz und eine Seele sind. Der arme Roberts. Er hat geglaubt, er tut allen einen Gefallen, wenn er diese staatliche Unterstützung organisiert. Und das Geld hatten wir auch wirklich dringend nötig. Aber dann setzt Bralle sich zur Ruhe, und Roberts bekommt Lorenzo an den Hals, der sofort versucht, das Ruder an sich zu reißen. Wenn Louise keine Frau gewesen wäre, hätte sie nicht die geringste Chance gehabt, aufgenommen zu werden.«

»Wie war sie denn?« fragte Flavia, um wieder zu ihrem Lieblingsthema zurückzukehren. Noch so ein chauvinistischer Nadelstich, und sie würde vor Wut zerplatzen. Sie hatten die Anlegestelle erreicht, und Flavia sah das Vaporetto ankommen. Eine kurze Unterbrechung folgte, denn sie mußte zum Kiosk laufen und sich eine Fahrkarte besorgen.

»Ich hab' sie eigentlich schon gemocht«, sagte er, etwas zu überdeutlich um Fairneß bemüht, nachdem sie mit dem erforderlichen Stück Papier zurückgekehrt war. »Eine recht gute Kollegin. Nicht sehr umgänglich, eine ziemlich scharfe Zunge. Trottel hatten bei ihr nichts zu lachen.«

»Sie hatten kein Verhältnis mit ihr?« fragte sie. Nichts ist besser als Direktheit. Eine lange Pause folgte der Frage.

»Ach du meine Güte, nein«, antwortete er schließlich mit dem Anflug eines ironischen Lächelns. »Louise war ein menschlicher Eisberg. Allerdings hatte sie etwas mit van Heteren, soweit ich weiß. Er war wirklich ganz hingerissen von ihr. Ehrlich gesagt, ich hab' das nie so richtig verstanden. Aber er war ihr bei ihrer Arbeit im Weg, und sie hat ihm deshalb den Laufpaß gegeben. Er war ganz und gar nicht glücklich darüber. Aber selber schuld. Ich hab' ihn noch gewarnt, aber er hat nicht auf mich gehört.«

»Was ist eigentlich der Zweck von diesem Komitee? Ich meine für die einzelnen Mitglieder persönlich. Was haben Sie alle davon?«

Er überlegte einen Augenblick. »Verschiedene Leute, verschiedene Motive. Ich würde ja gern glauben, daß alle vorwiegend die Liebe zur Wissenschaft antreibt, aber wenn ich mir die dauernden Zankereien und Sticheleien ansehe, dann bekomme ich so meine Zweifel. Roberts und Lorenzo haben beide, jeder auf seine ganz spezielle Art, gern das Heft in der Hand. Kollmar ist ein echter, fast schon naiver Gelehrter. Der erkennt eine politische Intrige nicht einmal, wenn sie ihn direkt anspringt. Van Heteren läßt es sich einfach gern auf Kosten anderer gutgehen. Bei Louise, glaube ich, war vorwiegend Ehrgeiz das Motiv.«

Nicht gerade Empfehlungsschreiben, für keinen von ihnen, überlegte sie, während das Boot über die fünfhundert Meter breite Öffnung des Canal Grande auf die Piazza San Marco zutuckerte. Von hier aus kann man ganz deutlich den Park sehen, dachte sie abwesend, in dem Masterson erstochen wurde. »Und Sie?« fragte sie und konzentrierte sich wieder auf ihren Gesprächspartner.

Er lächelte sie an. »Sie halten mich jetzt wahrscheinlich für ziemlich abgebrüht. In gewisser Weise stimmt das auch. Aber ich will mich nicht herauswinden. Mein Hauptmotiv ist die Suche nach Sicherheit. Für mich ist dieses Komitee etwas, das mir bei meiner Festanstellungsprüfung hilft. Deshalb bin ich im Augenblick ja so kribbelig.«

»Wie bitte?«

»So nervös. Wenn man in den USA als wissenschaftlicher Assistent arbeitet, muß die Universität sich nach ein paar Jahren entscheiden, ob sie einen hinauswirft oder endgültig fest anstellt. Das ist eine sehr ernste Angelegenheit, bei der augenblicklichen Lage am Arbeitsmarkt. Wenn ich meine jetzige Stelle nicht behalte, komme ich nirgendwo unter. Da war die Berufung in dieses Komitee fast schon ein Wink des Schicksals. Hat mir Roberts' Unterstützung als Gutachter eingebracht und eine Menge Prestige. Doch dann wird Louise ermordet, und schon ist die Zugehörigkeit zu diesem Komitee nicht mehr so angesehen. Vor allem, wenn sich der Verdacht auf uns richtet. Wer gibt denn einem potentiellen Mörder eine Lebensstellung?«

Sie sah deutlich, wie angespannt er war.

»Hat Roberts recht? Haben Sie wirklich einen von uns in Verdacht?«

Flavia bekam plötzlich Mitleid mit ihm. »Nein«, erwiderte sie beruhigend. »Es gibt keinen Grund dafür. Ihre Alibis sind alle einwandfrei. Ich versuche nur, mir ein Bild zu machen.«

»Und wie stehen die Chancen, den Mörder zu finden?«

»Schlecht, wenn es ein Zufallstäter ist. Aber wir sollten genug Indizien zusammenkratzen können, um der Welt zu beweisen, daß keiner von Ihnen verantwortlich ist. Das hoffe ich zumindest. Ich möchte doch nicht, daß in dieser Sache noch andere zu Schaden kommen.«

Das Boot kam schlingernd vor der Piazza San Marco zum Stehen, und sie schoben sich in der Schlange der Passagiere von Bord, kurz bevor die Masse der Einsteigenden vorwärtsdrängte und die Laufplanke blockierte. Nachdem sie es endlich geschafft hatten, strich Flavia sich die Kleider glatt.

»War nett, Ihre Bekanntschaft zu machen«, sagte er, als sie sich zum Gehen wandte. »Und vielen Dank für die Beruhigung. Ich hatte sie wirklich nötig.«

»Viel Spaß beim Schwimmen.«

Miller war sich nicht sicher, ob auch sie sich über ihn lustig machte. »Ich finde es sehr entspannend«, sagte er entschuldigend. »Louise hätte sich in einer solchen Situation natürlich in die Bibliothek gesetzt und die neuesten Veröffentlichungen gelesen. Vielleicht ist das der Grund, warum sie immer erfolgreicher war als ich.«

Flavia zuckte die Achseln. »Vielleicht ist das der Grund, warum sie tot ist.«

Es war eigentlich nur ein guter Schlußsatz ohne jede beabsichtigte tiefere Bedeutung, doch er stürzte Miller in Verwirrung. Im Weggehen sah sie auf ihre Uhr. Zeit zum Mittagessen, zum Energienachladen vor dem nächsten Verhörkandidaten.

5

Für Flavia wurde Louise Masterson allmählich zum Inbegriff der amerikanischen Karrierefrau – tough, sachlich, effizient, beharrlich und gründlich. Und natürlich eine fleißige Arbeiterin, das zeigte schon die Tatsache, daß sie am Abend ihres Mordes bis zum Ende der Öffnungszeit in der Bibliothek gesessen hatte. Sie war dann auf die Piazetta hinausgetreten und am Ufer entlang zu den Giardinetti Reali gegangen. Dort war sie offensichtlich ihrem Mörder begegnet. Doch bis jetzt wußte Flavia noch nichts über ihren Charakter. Sie mußte doch mehr gewesen sein als dieser vom Ehrgeiz getriebene, schwer arbeitende Roboter, den Roberts und Miller hervorgehoben hatten, und Flavia hoffte, daß ihr nächster Gesprächspartner das Bild etwas abrunden würde. Zumindest wenn ihre Vermutung zutraf, daß der nächtliche Besucher, den der Stiftungspförtner in seiner zotigen Bemerkung über Mastersons nächtliche Aktivitäten gemeint hatte, wirklich Hendrick van Heteren gewesen war.

Van Heteren war, wie sein Name vermuten ließ, Holländer. Flavia hatte sich auf einen kleinen, nervösen Mann vorbereitet, der in sechs Sprachen gleichzeitig Hektik verbreiten konnte. Dieses Bild, so verschwommen es auch sein mochte, war so unzutreffend, wie man es sich nur vorstellen konnte.

Er war enorm. Nicht fett, einfach nur enorm. Ungefähr so groß wie die Insel Elba, plus oder minus einen Hektar. Unmengen von Haaren, die ihm vom Kopf abstanden, als hätte er vor kurzem einen Stromschlag erhalten, und ein Bart, der aussah, als würde er jeden dritten Tag mit der Heckenschere gestutzt. Einen knochenbrechenden Händedruck, ein breites, pockennarbiges Gesicht, das bemerkenswert häßlich und gleichzeitig auf erstaunliche Weise freundlich wirkte. Ein offenes, grellfarbiges Hemd, das in auffallendem Kontrast stand zum stumpfen Blick seiner Augen, zu der gedämpften Art, mit der er sie begrüßte, und zu seiner gequälten Redeweise. Anfangs beobachtete sie ihn schweigend, um ihn mürbe zu machen, doch als sie merkte, daß er nur mürrisch zurückstarrte, ließ sie es schnell sein und wandte sich konventionelleren Verhörmethoden zu.

Das winzige Apartment, das er bewohnte – es gehörte einem Freund und hatte nur den Vorteil, daß er so seine Zeit in Venedig nicht ständig in der Gesellschaft von Kunsthistorikern zubringen mußte, wie er ihr verdrießlich gestand –, war so klein, daß man sich nur wundern konnte, wie er überhaupt hineingelangt war. Es einen Sauhaufen zu nennen, wäre eine Untertreibung gewesen. Das Bett war nicht gemacht, überall auf dem Boden lagen Socken verstreut, ein halbes Dutzend Bücher waren quer durchs Zimmer verteilt, jede Tasse, jeder Teller und jeder Topf war schmutzig und verbreitete ein stechendes Aroma. Flavia gefiel es sehr. Das entsprach genau ihrer Art von Häuslichkeit. Aber sie fragte sich, wie so ein Mensch mit dem heiklen Roberts, dem aufrechten Miller und dem offensichtlich pedantischen Kollmar auskam.

Sie sprach die Frage laut aus, denn das schien ihr der schnellste Weg, ihre Neugier zu befriedigen.

Er lächelte halbherzig, als Eingeständnis, wie berechtigt diese Frage war. Flavia war verblüfft über seine so augenscheinliche Traurigkeit. Es war interessant, weil es so selten war. Van Heteren war bis jetzt der einzige Mensch, der über Mastersons Tod richtig betrübt zu sein schien. Das machte ihn ihr sofort sympathisch, und sie demonstrierte damit wieder einmal ihre Voreingenommenheit, die ihr immer das Gefühl gab, sie sei für diesen Fall nicht die Richtige.

»Sie glauben also nicht, daß wir alle vom gleichen Schlag sind, hm?« fragte er auf englisch. Er sprach gut, aber nicht perfekt Italienisch, und Flavias Holländischkenntnisse waren berühmt für ihre Nichtexistenz. Also einigten sie sich auf Englisch, das die Italienerin gut und van Heteren lebhaft, wenn auch etwas eigenwillig sprach.

»Wahrscheinlich haben Sie recht«, fuhr er fort. »Bralle – ich nehme an, Sie haben inzwischen von ihm gehört – ist ein sehr charmanter, sehr gebildeter Mann. Aber er zieht gern die Fäden im Hintergrund. Man könnte sagen, er hat Roberts alles beigebracht, was er weiß«, schloß er mit durchtriebenem Grinsen.

»Was soll das heißen?«

»Na ja. Was mein' ich damit? Es ist schwer, den alten Mann zu beschreiben. Er ist ein wirklich großer Kunsthistoriker, aber er liebt es, andere immer wieder aus dem Gleichgewicht zu bringen. Kleine Sticheleien, damit keiner sich in Sicherheit wiegt. Er spielt die Leute gegeneinander aus, so daß jeder immer das Gefühl hat, ein anderer ist besser. Er macht giftige Bemerkungen hinter dem Rücken von Leuten, Sie kennen das doch. Er gibt den Leuten Spitznamen, die zwar lustig sind, aber auf eine ziemlich grausame Art. Mich nannte er immer Saustall, weiß auch nicht, wieso. Kollmar war der Unsichtbare. Und so weiter. Sie sehen ja, worauf er hinauswollte, oder zumindest werden Sie es sehen, wenn Sie Kollmar kennenlernen. Aber es war nicht immer sehr angenehm. Ich glaube, er hat uns bewußt so ausgewählt, daß wir nicht gut miteinander auskommen, damit er allein das Projekt am Laufen halten konnte.«

»Aber er ist nicht mehr da, und das Projekt existiert immer noch.«

»Im Augenblick ja, da haben Sie recht. Aber da ist noch eine andere Geschichte. Roberts hat diese Förderung durch den italienischen Staat aus dem Zylinder gezogen. Es gibt nichts Besseres als Geld, um Leute zusammenzuschweißen, obwohl Bralle diese Idee überhaupt nicht gefiel. Wie lange sie es allerdings schaffen werden, die Fassade aufrechtzuerhalten, ist unsicher. Irgendwann bekommt einer einmal ein Messer in den Rücken.«

Sein Gesicht wurde noch länger, als er erkannte, daß die

Wahl seines Bildes nicht eben die glücklichste gewesen war. Flavia verglich diesen Kommentar mit den anderen, die sie an diesem Tag bereits gehört hatte. Eine harmonische Truppe schien dieses Komitee ja nicht gerade zu sein. Roberts und Lorenzo konnten sich nicht leiden, Miller hielt nicht viel von van Heteren, Masterson hatte es auf Kollmar abgesehen. Meine Güte. Keine gute Reklame für das kontemplative Leben. Sogar Bottando hätte mit diesem Haufen seine Mühe gehabt.

Sie schrieb sich alles auf und ging dann mit van Heteren die Einzelheiten seiner Aussage durch. Alles war überprüft. Er war bis nach Mitternacht bei Freunden gewesen, war dann direkt nach Hause und ins Bett gegangen. Für den Zeitpunkt von Mastersons Tod hatte er ein Alibi, wie alle anderen auch. Leider! Die Theorie mit dem Sizilianer gefiel ihr immer noch nicht. »War sie eigentlich religiös, wissen Sie das?«

Die Frage schien ihn zu verwirren. »Eigentlich nicht. Sie trug ein kleines goldenes Kruzifix um den Hals, das sie nie abnahm. Aber das war ein Geschenk von ihrer Großmutter, eine religiöse Bedeutung hatte es nicht. Warum fragen Sie das?«

»Ganz einfach, weil sie es in der Hand hielt, als man ihre Leiche in einem Lilienbeet fand. Der Täter hatte sie nach dem Überfall in ein Gewächshaus voll mit diesen Blumen geschleppt.«

Er starrte sie an, als sei sie nicht ganz bei Sinnen, und da es ihn offensichtlich sehr mitnahm, solche Details zu hören, beließ sie es dabei und wandte sich konkreteren Dingen zu. »Erzählen Sie mir von ihr. Sie hatten doch ein Verhältnis miteinander, soweit ich weiß?«

War er zu Anfang des Gesprächs noch gelassen, wenn auch mürrisch gewesen, wurde er nun mit jeder Frage bedauernswerter. Nach gut vier Minuten zeigte er bereits jedes erdenkliche Symptom der Verzweiflung. Er starrte den Boden an und rang eine Zeitlang seine riesigen Hände, bevor er murmelte, ja, sie hätten eins – oder genauer: hätten eins gehabt. So genau wisse er es nicht.

»Aber so etwas weiß man doch, oder?«

»Also, vermutlich hatten wir schon eins. Wir waren sehr verliebt, mußten nur gerade eine schwierige Zeit durchmachen, wenn Sie wissen, was ich meine. Sie war eine wunderbare Frau.«

Diese Aussage, die so gar nicht zur übereinstimmenden Meinung der anderen paßte, kam für Flavia ziemlich unerwartet. »Erzählen Sie mir mehr.«

»Ach, ich weiß schon, was die anderen denken – hart, skrupellos, ehrgeizig. Überhaupt nicht. Das war nur die Rolle, die sie nach außen spielte. Wissen Sie, sie war sehr sensibel. Sehr gutmütig, ganz und gar nicht der Mensch, der einem anderen etwas Gemeines antun konnte.«

Der ist aber wirklich verliebt, dachte sie.

»In den letzten paar Tagen war sie allerdings etwas nervös und gehetzt. Sie hat furchtbar hart gearbeitet, da mußte alles andere zurückstehen. Von der Arbeit war sie immer ziemlich besessen, das war ihre einzige schlechte Eigenschaft.«

»Sie hatte keine Zeit für Sie?«

»Darauf lief's im wesentlichen hinaus. Sie hat gesagt, es sei nur vorübergehend, daß sie an etwas sehr Wichtigem arbeite und es unbedingt zu Ende bringen müsse. Ich habe wirklich versucht, das zu verstehen, aber wir hatten uns nur einmal im Jahr gesehen und ich war verwirrt, weil sie offensichtlich die Bibliothek mir vorzog. Ich gebe zu, ich hatte Angst. Sie hatte ja zuvor schon Leute sitzengelassen. Ich habe mich gefragt, ob … na ja, ich war ein bißchen eifersüchtig und verärgert und habe mich gefragt, ob Miller nicht vielleicht doch recht hatte.«

Er lächelte entschuldigend, als schäme er sich über den Gedanken, und diese Bewegung veränderte sein bizarres Gesicht auf erstaunliche Weise. War er eben noch beinahe abstoßend häßlich gewesen, wurde er nun plötzlich ganz bemerkenswert attraktiv, und diese Verwandlung traf Flavia ganz unerwartet. Doch es war nur eine flüchtige Veränderung, es dauerte nur Sekunden, bis Traurigkeit und Kummer in sein Gesicht zurückkehrten. Aber für einen kurzen Augenblick hatte Flavia gesehen, was seinen Reiz ausmachte.

»In vieler Hinsicht war sie eine eigenartige Frau. Verschlossen, aber eigentlich etwas ganz Besonderes. Es hat mich geärgert, wie einige meiner Kollegen sie behandelten – als wäre sie überhaupt nicht da. Sie hat das auch aufgeregt. Ich habe ihr gesagt, sie solle sie einfach ignorieren, so wie ich. Aber für sie steckte mehr dahinter. Auf jeden Fall hat sie schwerer gearbeitet, mehr produziert und war in jeder Hinsicht professioneller als die anderen. Großzügig und gewissenhaft. Ein kleines Beispiel: Man hatte sie gebeten, ein Gutachten für Millers Festanstellungsprüfung zu schreiben, und sie wollte ihm wirklich eine Bombenkritik liefern. Sie mochte ihn nicht, schuldete ihm nichts, und auch von seiner Arbeit hielt sie nichts, aber sie fand es einfach eine Ungerechtigkeit, wenn er jetzt seine Stellung verlieren würde. Eine ganze Menge anderer Leute hätten dem Mann einen Verriß geschrieben. Er ist wirklich ein Langweiler. Und obendrein hat sie die Arbeit geliebt. Wirklich geliebt. Diese ewigen Streitereien konnte sie nicht ausstehen und hat sie die meiste Zeit auch gar nicht zur Kenntnis genommen.«

»Das klingt ja fast, als wäre sie wie Dr. Kollmar gewesen.«

Er nickte heftig. »Ja. Vielleicht war gerade das das Problem. Aus irgendeinem Grund mochten die beiden einander nicht. Das Bild war nur ein Vorwand für den Streit. Kollmar hat sie wie eine Amateurin behandelt, deren Meinung er nicht respektiert. So etwas gehört sich einfach nicht. Er ist ein bißchen antiamerikanisch. Louise ist der Kragen geplatzt, und soweit ich weiß, hat sie sich mit ein paar höchst unglücklichen Bemerkungen über ihn revanchiert. Das paßte eigentlich überhaupt nicht zu ihr.«

»Zum Beispiel?«

»Keine Ahnung. Ich habe sie nicht gehört, aber Roberts war sehr verärgert. Ich glaube, er hatte gehofft, nach Bralles Rücktritt einen etwas erhabeneren Ton anschlagen zu können. Alles etwas harmonischer, aber natürlich mit ihm an der Spitze. Er redet beständig von der Würde unseres Berufsstandes. Ein bißchen schwülstig, ein bißchen eingebildet, aber vielleicht meint er es ehrlich.«

Er bewegte die Hand, als wollte er die Erinnerung an etwas

wegwischen, das er für geschmacklos hielt. »Die ganze Sache war ja ziemlich lächerlich«, fuhr er entschuldigend fort, »aber trotz Roberts' Bemühungen typisch für die Art von pubertärer Kabbelei, die immer wieder mal durchbricht. Das hätte sich irgendwann wieder gelegt, da bin ich mir sicher. Zumindest für eine Zeitlang. Kollmar hatte den Eindruck, daß sie gegen ihn vorging, und war deshalb beleidigt. Er sprang ziemlich gemein mit ihr um, was mich doch etwas schockiert hat. Er ist schließlich kein Mann, bei dem man sich vorstellen kann, daß er starke Gefühle für irgend etwas entwickelt, außer für Archive. Was die angeht, kann er ziemlich leidenschaftlich werden.«

»Was hat sie in den Tagen nach ihrer Ankunft hier gemacht?«

»Wir sind beide am Montag in Venedig angekommen. Sie war meistens in der Bibliothek. Den Donnerstagabend haben wir miteinander verbracht, so ziemlich die ersten Stunden, die wir für uns allein hatten, abgesehen von dem Abend, an dem wir ankamen und ich in ihr Zimmer ging. Am Anfang lief alles gut. Doch dann hat sie sich hinter Unmengen von Arbeit vergraben, und ich habe sie kaum noch gesehen. Sie hat zwar gesagt, sie würde am Freitagabend zu mir kommen und mich dafür entschädigen, daß sie so selten Zeit hatte, aber für diesen Abend hatte ich schon mit Freunden etwas ausgemacht, und deshalb haben wir es auf einen anderen Abend verschoben. Und dann habe ich erfahren, daß sie tot ist.«

Flavia hatte großes Mitleid mit ihm, wußte aber, daß sie es auf keinen Fall zeigen durfte. Sie war hier, um Informationen zu sammeln, nicht um zu besänftigen oder zu trösten. Also unterdrückte sie ihre Gefühle und schnitt ein weniger betrübliches Thema an, in der Hoffnung, daß er ihr endlich die Hinweise liefern würde, die sie brauchte. »Woran hat sie gearbeitet?«

»Keine Ahnung. Vermutlich hatte es mit diesem verdammten Bild zu tun, über das sie und Kollmar sich stritten, aber ihre Argumente und Schlußfolgerungen behielt sie für sich. Anscheinend mußte sie ihr Referat in der letzten Minute noch einmal umschreiben. Sie hat nur durchblicken lassen, daß es schrecklich aufregend sei und daß sie viel lieber nur noch forschen würde – sie erwähnte ein Buch über jemanden wie Giorgione –, als ihre Zeit mit endlosen Streitereien in Komitees zu verbringen, in denen sie sowieso unerwünscht ist. Daß sie die Komiteearbeit hinschmeißen und sich zum Schmollen in ihre Höhle verkriechen wollte, klingt ein bißchen nach Selbstmitleid, aber sie war dabei erstaunlich fröhlich.«

»Waren Sie überrascht?«

»Natürlich. Giorgione war zwar ihr Lieblingsmaler, aber über den gibt's ja schon unzählige Bücher. Andererseits«, fuhr er fort und sah dabei wehmütig aus dem Fenster, »war Louise ein bißchen romantisch veranlagt« – schon wieder ein neuer Aspekt, dachte Flavia –, »und Giorgione war genau die Art Maler, die es ihr angetan hatte. Sie wissen schon, der größte Maler, den die Welt je gesehen hat, stirbt in Tizians Armen an gebrochenem Herzen.«

»Ich dachte, die hätten sich gestritten?« bemerkte Flavia, die sich an Roberts' Vortrag erinnerte und zeigen wollte, daß sie sich auskannte.

»O nein. Zumindest nicht nach Louises Theorie. Sie war der Meinung, daß Tizian und Giorgiones Geliebte einfach nur gute Freunde waren. Und daß der Mann, der sie Giorgione ausspannte, ein anderer Maler namens Pietro Luzzi war.«

»Und was war damit, daß sie aus dem Komitee austreten wollte?« unterbrach sie ihn etwas übereilt.

»Ach das. Das hab' ich nicht ernst genommen. Alle laufen sie dauernd herum und drohen mit Rücktritt, vor allem, wenn sie mal wieder einen ihrer Grabenkämpfe verloren haben. Ich hatte sie zwar noch nie so reden gehört, aber es hat mich eher ermutigt. Und Roberts genaugenommen auch. Zuerst war er ziemlich besorgt wegen ihrer Abwesenheit. Aber dann hat er gelacht und gemeint, er sei froh, daß sie sich langsam eingewöhne. Sie wissen schon, daß sie anfange zu jammern und sich zu beklagen wie wir anderen auch.«

6

Als Flavia in ihr Hotel zurückkehrte, wartete in ihrem Zimmer Argyll, der den ganzen Tag nichts Konstruktiveres getan hatte, als sich in Kirchen Bilder anzusehen. Er war durchaus bereit, noch ein wenig länger herumzuhängen, solange er nur ihr Telefon benutzen durfte, während Flavia im Bad war. Es war der Augenblick der Wahrheit. Er hatte endlich genug Mut zusammengekratzt, um die Marchesa anzurufen.

So schrubbte sie sich und er telefonierte, und als sie damit fertig war und sich, frisch und rosig, wieder im Einklang mit der Welt fühlte, war auch Argyll in besserer Stimmung.

Er hatte seine Meinung über seine Fähigkeiten als Kunsthändler geändert. Vielleicht war er doch ziemlich gut. Entschlossen, direkt, fair. Stahlhart – wie ein Pokerspieler, schloß er.

»Bingo«, verkündete er selbstgefällig, als Flavia in einer Dampfwolke ins Zimmer trat. »Ich hab' sie. Ich sag's ja immer, man muß nur die Mittelsmänner ausschalten. Ich habe mich noch einmal geweigert, es außer Landes zu schmuggeln, und sie hat gesagt, Pianta sei eine behämmerte Idiotin – ihre Worte –, wenn sie so etwas überhaupt vorschlägt. Natürlich werde alles so laufen wie abgemacht, das Finanzielle sei ja bereits geklärt. Der Sieg ist mein«, verkündete er großspurig. »Sie ist sehr zufrieden mit meinem Angebot und will, daß ich morgen zur Vertragsunterzeichnung komme. Jetzt kann ich endlich anfangen, mich um die Ausfuhrgenehmigungen zu kümmern.«

»Wunderbar«, sagte Flavia, die sich ehrlich freute, nicht nur, weil er endlich einen Erfolg vorweisen konnte, sondern auch, weil sie sich nun nicht den ganzen Abend sein Jammern würde anhören müssen. »Wir können das feiern und gleichzeitig was für mein Spesenkonto tun. Ich hab' nämlich den ganzen Tag beängstigend wenig ausgegeben. Und dann kann ich dir erzählen, was ich heute nachmittag bei meinen Befragungen herausgefunden habe. Du hast doch gesagt, du willst es hören.«

Sie mußte gestehen – wenn schon nicht Argyll, dessen Vertrauen in ihr Gedächtnis sie nicht erschüttern wollte, dann wenigstens sich selbst –, daß sie vollkommen vergessen hatte, wegen seines Bildes nachzufragen. Allerdings sah es ohnehin nicht so aus, als wäre Masterson ihren Kollegen gegenüber sehr mitteilsam gewesen.

Argyll sah fröhlich auf die Lagune hinaus, während sie wieder im Badezimmer verschwand und sich anzog. Dann führte sie ihn in ein ungewöhnlich teures Restaurant, wo sie einen kräftigen Aperitif bestellte, den er erst einmal austrinken mußte, bevor sie ihm in knappen, aber präzisen Worten berichtete, was sie tagsüber unternommen hatte. »Das ist alles«, schloß sie. »Was hältst du davon?«

»Sehr interessant«, erwiderte Argyll. »Es geht doch nichts über die Untersuchung der Dynamik kleiner Gruppen. Mir fällt auf, daß du Roberts nicht sehr ins Herz geschlossen hast.«

Flavia rümpfte die Nase. »Aufgeblasener Pedant. Der und sein ›Wir Connaisseurs‹-Quatsch.«

»Jaja«, sagte Argyll. »Ich weiß schon. Überlaßt uns die schönen Künste, und bleibt ihr Frauen bei euren Stricknadeln. Deshalb bist du sauer auf ihn.«

»Zum Teil. Verdammt, schließlich wurde jemand ermordet, und außer van Heteren scheint das keinen der Leute, mit denen ich bis jetzt gesprochen habe, sonderlich zu bekümmern. Miller sagt, sie sei sehr ehrgeizig gewesen, sorgt sich aber vorwiegend um die Auswirkungen ihres Todes auf seine eigene Karriere. Roberts schleimt mich mit seinem Charme ein und sagt über sie nichts anderes, als daß sie vielleicht irgendwann hätte nützlich werden können. Und Kollmar scheint sie für bösartig zu halten.«

»Sie scheint aber wirklich ein großes Geschick dafür gehabt zu haben, sich Leute zu Feinden zu machen«, gab Argyll vorsichtig zu bedenken und merkte sofort, daß er es besser nicht gesagt hätte.

»Ach ja«, zischte Flavia wutschnaubend. »Du bist doch genau wie alle anderen. Sie wird charakterisiert als streberisch, aggressiv und ehrgeizig. Van Heteren ausgenommen, fällt ihnen allen nichts Positiveres über sie ein, als daß sie gewissenhaft war. Gewissenhaft, pah! Ich an Roberts' Stelle würde sagen, wie dynamisch, produktiv und innovativ sie war. Sie veröffentlicht Bücher und Artikel, arbeitet wie eine Besessene, und Miller behauptet, sie sei nur eine Alibifrau gewesen. Sie kritisiert Kollmar wegen Schlampigkeit, und er sagt, sie sei bösartig. Die arme Frau wird ermordet, und du sagst, sie habe sich Feinde gemacht. Als nächstes heißt es, sie habe es darauf angelegt. Alles ihre Schuld. Ein gerechtfertigter Mord.«

Argyll sah sie mit gequälter Miene an. Beide schwiegen nach diesem Ausbruch, und sie starrte ihm wütend ins Gesicht.

»Meinst du nicht, daß du dich ein bißchen zu sehr mit ihr identifizierst?« fragte er schließlich.

»Natürlich tue ich das. Warum auch nicht? Kannst du dir vorstellen, wie es ist, mit älteren Männern zu arbeiten, die dich wie eine bessere Tippse behandeln? Roberts hält mir einen Vortrag, als wäre ich ein Erstsemester, Bottando schickt mich nur deshalb hierher, weil ich vollkommen harmlos bin, Bovolo macht mir schleimige Komplimente über mein Aussehen und läßt mich nur mit den Leuten reden, weil er überzeugt ist, daß ich eh nichts ausrichte. Wie würde dir das gefallen?«

Wieder entstand eine Pause, in der Flavia still vor sich hin kochte und Argyll sich von Sekunde zu Sekunde unbehaglicher fühlte. Das war ein Wesenszug, den er an ihr noch nicht kannte. Bis dahin hatte er angenommen, daß sie unempfindlich gegen alles, was von außen kam, durchs Leben stürmte. Offensichtlich hatte er nicht genau genug hingesehen.

»Du hast natürlich recht. Tut mir leid«, sagte er nach einer Weile. Und erneut schwiegen beide. Flavia beruhigte sich langsam, und Argyll hoffte, daß seine Bemerkung ihre so schöne Freundschaft nicht zerstört hatte. Doch dann mußte er sich schon wieder wundern, weil er sah, daß Flavia ebenso schnell, wie sie zur Atombombe wurde, auch wieder abkühlen konnte. »Ich hab' ja gar nicht gewußt, daß Bottando dich so aufregt«, bemerkte er, als er das Gefühl hatte, die Strahlung sei auf einen ungefährlichen Wert gesunken.

Flavia sah ihn verwirrt an. »Bottando? Der regt mich nicht

auf. Er gibt sich die größte Mühe. Außerdem bin ich inzwischen an ihn gewöhnt. Es sind die anderen. Ich wollte damit nur sagen, daß du das, was die über Masterson sagen, nicht für bare Münze nehmen darfst, vor allem weil eine dieser Aussagen ein Haufen Lügen ist, die sich ein Mörder ausgedacht hat.«

»Aber soweit ich das sehe, hast du bis jetzt nur gute Gründe für die Masterson, einen dieser Leute zu erstechen, und keine Ahnung, warum einer von ihnen sie hätte umbringen wollen«, gab er zu bedenken.

»Das stimmt.«

»Also doch der sizilianische Räuber, was? Das wäre schön einfach, löst alle Probleme.«

Sie warf ihm einen vernichtenden Blick zu. Der entsetzliche Gedanke, daß Bovolo am Ende vielleicht doch recht hatte, war ihr nach dem Besuch bei van Heteren durch den Kopf geschossen. Aber sie hatte ihn als Produkt ihrer Erschöpfung abgetan. Und jetzt wollte sie nicht, daß einer wie Argyll ihren Zweifel nährte.

Da sie aber keine andere Theorie anzubieten hatte, ließen sie das Thema fallen, beendeten ihr Abendessen und gingen zu Flavias Hotel zurück, wo Argyll zu einer längeren Rede ansetzte, um ihr eine gute Heimreise nach Rom zu wünschen. Sie war unentschlossen. Einerseits wollte sie diesen Fall vom Hals haben. Es schien ein aussichtsloses Unterfangen zu sein, das nirgendwohin führte, ihr dabei aber doch eine Menge Schwierigkeiten bereiten konnte. Andererseits haßte sie es, Dinge unerledigt zu lassen, und sie wußte, daß Bovolo den Fall total vermurksen würde. Außerdem war sie nicht gerade begeistert von der Aussicht, nach Rom zurückzukehren und womöglich zusehen zu müssen, wie ihr Dezernat auseinandergenommen wurde. Aber wenn sie es schaffen würde, den wahren Mörder zu präsentieren...

»Ach, Signorina, ich habe hier eine Nachricht für Sie«, sagte der Portier, als sie ihren Schlüssel abholte. Sie war von Bovolo. Da es mit Sicherheit um nichts Wichtiges ging, konnte es auch warten bis morgen. Aber es würde ein schrecklich hektischer Vormittag werden, wenn sie sich neben den notwendigen Unterhaltungen mit Lorenzo und Kollmar vor ihrem Abflug mit der Mittagsmaschine noch ein möglicherweise längeres Gespräch mit ihm aufhalste, und sie haßte es, Flugzeuge zu verpassen. Außerdem war es inzwischen schon nach zehn, und sie hatte Lust, den sturen Polizisten mit ihrem Arbeitseifer zu beeindrucken.

Sie wählte und wurde zu ihrer Überraschung sofort durchgestellt. Nach einigen »Hms«, »Ohs« und »Ahas« verstummte sie ganz und hörte nur noch zu. Sie drehte sich um und winkte Argyll zurück, der eben zum Ausgang schlurfte. Er solle dableiben, bedeutete sie ihm.

Schließlich murmelte sie ihr letztes »Mhm« und legte auf.

»Und?« fragte Argyll. »Was ist los?«

»Das war Bovolos Assistent«, antwortete sie, »mit den neuesten Entwicklungen. Ich glaube, meine Abreise aus Venedig wird sich verzögern.«

Sie ging zur Rezeption, um die Verlängerung ihres Aufenthaltes mitzuteilen.

»So wie's aussieht«, fuhr sie fort, nachdem das erledigt war, »haben sie eben Professor Roberts aus dem Kanal gezogen, und zwar so tot, wie's toter nicht mehr geht. Komm, nimm meine Hand. Ich hasse Leichen.«

Es war der gewohnte Anblick, den nur die besonderen Umstände ungewöhnlich machten. Eine enge Straße und zwei winzige Gehwege zu beiden Seiten eines schmalen, düsteren Kanals. In der Entfernung die dunklen Umrisse katzbuckliger Brücken. Bei besserem Licht und unter anderen Bedingungen wäre es eine perfekte Postkartenansicht von Venedig gewesen.

Ein paar hundert Meter weiter den Kanal hinunter, der an der Südseite der Ca' Rezzonico vom Canal Grande abzweigt, liegt ein kleines Plätzchen, das nur deshalb einen gewissen Ruhm erlangt hat, weil dort die Chiesa San Barnaba steht, eine kleine, in ihrer Kargheit sehr schöne Kirche. Es war fast vollkommen dunkel, ausgenommen nur einen kleinen Lichttümpel, den die starken Suchscheinwerfer eines Polizeibootes auf das Pflaster warfen. Sie beleuchteten ein formloses Bündel, das, bedeckt von einem großen weißen Tuch, auf der Wasserseite des Platzes lag.

Nachdem sie es endlich geschafft hatten, den Platz zu finden, eilte Flavia, diskret gefolgt von Argyll, zu der kleinen Gruppe von etwa einem halben Dutzend Leuten, die in dem Lichtkegel standen. Sie hatten einige Zeit gebraucht, um hierherzukommen, denn Venedigs Topographie ist nachts noch verwirrender als am Tage. Wenigstens regnete es nicht. Schon während des Tages war es für die Jahreszeit sehr kühl und windig geworden, und ein Wolkenbruch würde nicht mehr lange auf sich warten lassen. Aber noch war es trocken.

Flavia kuschelte sich in ihren Pelzmantel. Sie mochte ihn nicht besonders, aber er war ein abgelegtes Stück ihrer Mutter, das sie Flavia geschenkt hatte, weil sie der Ansicht war, ein Pelzmantel erhöhe die Chancen einer Frau auf dem Heiratsmarkt. Sie schenkte ihr dauernd solch ehefördernde Hilfsmittel und gab sich dabei die größte Mühe, ihren Kummer über das schreckliche Schicksal zu verbergen, eine dreißigjährige, immer noch unverheiratete Tochter zu haben. Doch welche magische Wirkung dieser Mantel auch auf heiratswillige Junggesellen haben mochte – auf Commissario Bovolo schien er keinen Eindruck zu machen, denn er sah sie nur mißbilligend an.

»Wir haben auf Sie gewartet«, sagte er mit tonloser Stimme, in der allerdings die Andeutung mitschwang, daß sie wohl eine bessere Polizistin wäre, wenn sie weniger Zeit fürs Anziehen verwenden würde.

»Was ist passiert?« fragte sie.

Er zuckte die Achseln. »Ertrunken. Fragen Sie mich nicht, wie. Ist nicht festzustellen. Wahrscheinlich ausgerutscht.«

»Keine Anzeichen für Gewalteinwirkung?«

»Keine für eine beabsichtigte Gewaltanwendung, wenn Sie das meinen.« Er wußte sehr genau, daß sie das meinte.

»Wie lange ist er schon tot?«

Bovolo zuckte noch einmal die Achseln. »Kann ich nicht genau sagen. Noch nicht lange. Gefunden wurde er vor ungefähr eineinhalb Stunden von den Müllmännern. Denen ist ein Sack über Bord gefallen, und als sie den wieder rausfischen wollten, haben sie statt dessen ihn gefunden. Ist ungefähr zwanzig Minuten in ihrem Kahn gelegen, bis wir eingetroffen sind. Ich fürchte, er stinkt ein bißchen«, schloß er.

Ein unnötiges Detail, aber mehr als zutreffend. Sie wandten sich dem zu, was das weiße Tuch so taktvoll verdeckte. Daß es sich dabei um einen der weltweit führenden Experten auf dem Gebiet der Malerei der Renaissance handelte, hätte ein zufällig Vorbeikommender wohl kaum vermutet.

Professor Roberts' Aussehen gewann nicht gerade dadurch, daß sein Sakko aus handgesponnenem Harris-Tweed über und über mit Kartoffelschalen bedeckt war, und seine professorale Autorität litt unter dem starken Geruch, den er verströmte. Der ehemals so elegant frisierte Schopf silbergrauen Haares war naß und schmutzig und verklebt mit Klumpen von...

Flavia verzog angewidert das Gesicht und dachte schnell an etwas anderes als an die Unzulänglichkeiten des venezianischen Abwassersystems. Sie hatte den Mann zwar nicht besonders gemocht, glaubte aber doch, daß er ein schicklicheres Ende verdient hätte. »Ist das alles, was Sie wissen? Er wurde also gegen 21.30 Uhr gefunden?« Bovolo nickte. »Und wann ist er hineingefallen?«

»Soweit wir das im Augenblick sagen können, so etwa gegen 19 Uhr. Vielleicht wissen wir mehr, wenn die Ärzte ihn sich vorgenommen haben.«

Er rief einen seiner Untergebenen zu sich, der Holzstücke ins Wasser warf und ihnen angestrengt nachsah. Flavia hatte angenommen, er sei einfach unterbeschäftigt, doch jetzt wurde sie eines Besseren belehrt. »Und?« fragte Bovolo, als der Beamte vor ihm stand.

Der pickelige Junge nahm Haltung an und sprach in dem eigenartigen Akzent der Venezianer. »Ungefähr zweihundert Meter pro Stunde, soweit ich das feststellen kann, Commissario. Die Strömung treibt das Wasser vom Canal Grande her.«

Bovolo wandte sich mit einem blasierten Lächeln an Flavia. »Venezianische Heimatkunde. Deshalb haben wir's nicht so gerne, wenn sich Fremde einmischen«, sagte er, was etwas unangebracht war, da sein eigener Akzent ihn unüberhörbar als Mailänder auswies. »Das bedeutet, daß das da« – er deutete auf Roberts' sterbliche Überreste – »vier- bis sechshundert Meter flußaufwärts ins Wasser gefallen sein muß, je nachdem, wann es passiert ist.«

Der junge Polizist wollte noch etwas sagen, aber Bovolo schnitt ihm ungeduldig das Wort ab. Er schien großen Gefallen an seiner Rolle zu finden. »Ist wahrscheinlich bei der Vaporettohaltestelle Ca' Rezzonico hineingefallen«, sagte er und deutete in Richtung des Canal Grande. »Muß von seinem Haus etwas weiter unten an dem kleinen Kanal da zur Haltestelle gegangen sein. Wir müssen uns dort nach Spuren eines Ausrutschers umsehen. Alle Anwohner befragen und so weiter. Ein schlimmer Unfall. Sehr schlimm.«

»Sie glauben, daß es ein Unfall war?« fragte ungläubig Argyll, der zum erstenmal den Mund öffnete. Bovolo starrte ihn kalt an, und Flavia trat ihm heftig auf den Fuß. Er verstummte wieder, und Flavia verhandelte mit dem Polizisten, um von ihm Kopien des Obduktionsberichts und der Ermittlungsprotokolle zu bekommen. Bovolo, der Argyll immer wieder argwöhnische Blicke zuwarf, willigte schließlich ein. »Aber daß Sie sich nur ja nichts einbilden«, sagte er als Abschiedsgruß. »Vergessen Sie nicht, welche Rolle Sie hier spielen. Und bitte glauben Sie nicht, daß Sie wegen dieses kleinen Unfalls hier Ihre Abreise aufschieben müßten. Ich bin mir sicher, Sie werden in Rom viel dringender gebraucht als hier.«

Seine Stimme verhallte, während Flavia, gefolgt von Argyll, vom Platz marschierte.

»Kein Grund zum Laufen«, rief er, als sie um die Ecke gebogen waren und der ihnen nachstarrende Bovolo sie nicht mehr sehen konnte. »Wir sind doch hier nicht in einem Wettrennen.«

Sie wurde langsamer, sobald sie auch außer Hörweite waren, und suchte sich mit Bedacht ein ruhiges und abgelegenes Gäßchen aus. Das ging sie laut schreiend und mit den Stiefeln gegen die Wände tretend entlang, um die in den letzten achtundvierzig Stunden aufgestaute Wut herauszulassen.

Argyll wartete mit den Händen in den Taschen geduldig,

bis sie fertig war. Sie neigte dazu, hin und wieder dezibelintensiv Dampf abzulassen. Ihre Ausdrücke waren infernalisch.

»Besser?« fragte er, als sie sich wieder ein wenig beruhigt hatte.

»Dieser blöde, schwachsinnige, selbstgefällige kleine... Mensch«, kreischte sie verbittert, ein hilfloser Versuch, sowohl Bovolos Bemerkungen wie seine Schlußfolgerungen zu verdauen.

»Glaubst du, daß er unrecht hat?«

»Unrecht?«

Argyll zuckte zusammen, als in einem der Häuser ein Licht anging und jemand den Kopf zum Fenster herausstreckte.

»Ha! Wie kann ein Mensch bloß so dämlich sein. Schlimmer Unfall. Pff!«

»Na, ich hab' mir ja auch gedacht, daß er ein bißchen vorschnell war«, sagte Argyll und versuchte, sie dazu zu bringen, etwas leiser zu reden. »Aber warum bist du mir dann auf den Fuß getreten? Du machst das immer. Das tut weh, weißt du das?«

Er konnte sie überreden, das Gäßchen zu verlassen, und sie überquerten eine schmale Brücke. Flavia wurde allmählich etwas ruhiger, aber innerlich kochte sie immer noch. Zweimal an einem Abend – kein schlechter Energieverbrauch, sogar für Flavia. Sie hob einen Stein auf, schleuderte ihn in den Kanal, um noch ein bißchen mehr von ihrem Kraftüberschuß loszuwerden, und wurde prompt belohnt mit einem Aufschrei der Entrüstung vom Besitzer des Kahns, der eben unten vorbeifuhr.

»Ach, Schnauze da unten«, schrie sie zurück. »Hab' dich doch gar nicht getroffen. Und du kannst auch die Schnauze halten«, ergänzte sie und drehte sich wütend zu Argyll um, der sich vor Lachen krümmte.

Argyll schluckte und prustete und versuchte, einen zusammenhängenden Satz herauszubekommen. »Tut mir leid«, begann er, bevor der nächste Lachanfall ihn unterbrach. Unwillkürlich, denn vor Lachen wußte er gar nicht, was er tat, legte er ihr den Arm um die Schulter und drückte sie kameradschaftlich an sich.

»Laß das«, fuhr sie ihn an, so voller Verärgerung, daß auch ihr Begleiter seinen Teil davon abbekam. Argyll hörte auf zu lachen und nahm seinen Arm wieder weg. »Tut mir leid«, sagte er ernüchtert. »Es ist ernst, ich weiß.«

»Genau«, erwiderte sie trotzig, merkte dabei aber bereits, daß sie etwas überspitzt reagiert hatte. »Mein Gott, bin ich plötzlich müde.«

»Wie wär's mit einem Spaziergang? Um den Kopf wieder klar zu bekommen. Du klingst, als würde dir ein flotter Trab durch die Straßen guttun.«

Sie schüttelte den Kopf. »Nein. Der Abend ist von einer Stunde zur anderen schlimmer geworden. Und je länger er dauert, um so schlimmer wird er. Ich will ins Hotel zurück und gleich ins Bett. Ich bin fix und fertig.«

7

Flavia saß apathisch am Frühstückstisch, als Argyll auftauchte. Sie winkte ihn zu sich, und er ließ sich schwer auf den Stuhl ihr gegenüber fallen. Der dynamische Kunsthändler vom Abend zuvor schien an diesem Morgen ein kleines Formtief zu haben. »Wie geht's?« fragte er tonlos. »Du siehst ein bißchen kränklich aus.«

Sie brummte. »Geht schon. Du scheinst aber auch nicht gerade der Frischeste zu sein. Was ist los?«

Argyll betrachtete das Frühstück mit Abscheu. »Na, vielleicht nichts«, sagte er widerwillig. »Aber ich hätte doch heute zur Marchesa gehen sollen, um den Abtransport der Bilder vorzubereiten. Weißt du noch? Ich habe angerufen, nur um ihnen mitzuteilen, wann ich komme, und wurde ziemlich kühl abgefertigt. Ich hatte wieder die Pianta an der Strippe, anscheinend versucht sie, sich dem Verkauf in den Weg zu stellen. Ich dürfe nicht kommen, hat sie gesagt. Kann mir nicht vorstellen, warum.«

»Vielleicht gehen sie einkaufen oder so was? Ist doch eigentlich egal, oder? Ich meine, die Marchesa hat dem Verkauf zugestimmt.«

»Hoffentlich. Aber ich habe den Vertrag noch nicht. Und das macht mich ein bißchen nervös. Instinkt. Du ißt aber nicht viel, wie ich sehe.«

Sie stupste mißmutig ein Croissant auf ihrem Teller herum. »Weil ich hier nicht gerade Höchstleistungen vollbringe. Man hat mich hierhergeschickt, damit ich bei der Aufklärung eines Todesfalles helfe. Und verdammt, jetzt sind's schon zwei. Und ich werd' das Gefühl nicht los, daß es meine Schuld ist.«

»Warum?«

»Das ist doch offensichtlich. Irgendwas an meinen Fragen hat die Sache ins Rollen gebracht. Und dann, platsch.«

»Also ich weiß nicht. Es sieht doch nicht so aus, als wäre einer von ihnen übermäßig erschrocken. Du hast sie auch kaum so rangenommen, als wolltest du einen von ihnen in eine Zelle stecken. Aber ich muß zugeben, daß für einen Außenstehenden ein zweiter Mord nicht gerade aussieht wie ein schneller Erfolg.«

Flavia brummte noch einmal. Das wußte sie, ohne daß er sie mit der Nase darauf stoßen mußte. »Du hältst es also für einen Mord, trotz Bovolo? Hast du schon gefrühstückt?«

»Ja und nein. Und ja. Das heißt, ich glaube, es war Mord, ich habe noch nicht gefrühstückt, und, als Antwort auf deine unausgesprochene Frage, ich hätte gern ein Frühstück. Sorgen regen bei mir immer den Appetit an.«

Sie bestellte für ihn und beschloß nach einem kurzen Augenblick des Nachdenkens, sich lieber zu enthalten. Argyll sah sie besorgt an. »Ich nehme an«, sagte er nach einer kurzen Pause, »daß er ausgerutscht sein *könnte*. Aber du mußt zugeben, daß es ein bißchen unwahrscheinlich klingt.«

Eins mußte sie Argyll zugestehen, auch wenn er sonst oft ein ziemlicher Idiot war: Er neigte dazu, ihre Meinung zu übernehmen. Sie wollte eben etwas erwidern, als der Kellner, dieser Engel der Gnade, dieser Überbringer froher Kunde, in polierten Schuhen mit seiner chromfunkelnden Last hereinschwebte. Sie betrachtete die Unmengen frischer Brötchen und Croissants und Marmelade, die da vor Argyll aufgebaut wurden, und wurde ein ganz klein wenig hungrig.

»Vielleicht. Aber es sieht nicht so aus, als würde Bovolo

dem zustimmen«, sagte sie, griff nach einem Brötchen und bestrich es geziert mit Marmelade. Zwing dich, etwas zu essen, dachte sie. Hör auf zu grübeln.

»Ein Unfall wäre natürlich eine einfache Lösung.«

»Unsinn«, erwiderte sie barsch, wischte sich die Lippen und faßte ein Croissant ins Auge.

»Du suchst also weiter?«

»Das kann ich nicht. Der Untersuchungsbericht geht an den Ermittlungsrichter. Und wenn der beschließt, den Fall als abgeschlossen zu betrachten, dann ist es vorbei.«

»Es sei denn, daß die Entscheidung falsch ist.«

»Abgesehen von dieser winzigen Kleinigkeit, ja. Warum glaubst du eigentlich, daß es Mord war?« fragte sie und spießte sich ein paar Melonenstückchen auf.

»Es wäre sonst einfach ein zu großer Zufall. Es scheint mir vernünftiger anzunehmen, daß ihm jemand einen Schubs gegeben hat. Du hast mein ganzes Frühstück aufgegessen, weißt du das?« schloß er mit Enttäuschung in der Stimme.

Flavia kam gar nicht dazu, sich zu verteidigen. Sie wollte Argyll eben empfehlen, noch mehr zu bestellen, als sie eine große, stattliche Gestalt bemerkte, die vom Eingang des Speisesaals auf sie zukam. »Ach du meine Güte«, entfuhr es ihr.

»Ah. Ich habe mir schon gedacht, daß ich Sie im Speisesaal finden würde«, sagte Bottando mit selbstgefälliger Miene, als er zu ihnen an den Tisch trat. »Nur so eine Ahnung, wenn Sie wissen, was ich meine.«

»Was tun Sie denn hier?«

Bottando sah sie verwundert an. »Arbeiten natürlich. Was sonst könnte mich denn an diesen schrecklichen Ort führen? Ich habe versucht anzurufen, aber Sie hatten ja schon immer einen gesunden Schlaf. Es sind wieder einmal ein paar Bilder verschwunden. Und da hab' ich mir gedacht, ich komme vorbei, stochere ein bißchen herum und schau' dabei gleich mal nach, wie Sie vorankommen. Ich hoffe, Sie wissen meine Anwesenheit so zu schätzen, wie Sie es sollten. Ich habe eben eine entsetzliche Stunde in einer dieser fliegenden Blechbüchsen durchlitten und fühle mich sehr schwach. Ich vermute«, ergänzte er mit einem Blick auf die Frühstücksteller, »daß es einen weiteren Todesfall gegeben hat.«

Er hielt inne, bestellte sich ein Frühstück und dann noch eine zweite Portion für Flavia, nur um sicherzugehen, daß er wirklich etwas abbekam. »Mr. Argyll. Was für eine Überraschung.«

So wie er es sagte, klang es, als wäre es alles andere als das. Argyll beschlich plötzlich das Gefühl, daß der Generale aus diesem gemeinsamen Frühstück gewisse Schlüsse zog. »Wir haben eben über den Fall gesprochen«, erklärte er, um keine Mißverständnisse aufkommen zu lassen. »Wie es aussieht, bin ich in gewisser Weise mit hineingezogen worden.«

Bottando schloß die Augen und stöhnte leise. »O nein«, sagte er. »Und ich hatte gehofft, es würde nur ein Tagesausflug werden.«

»Jonathan hat mir sehr geholfen«, erklärte Flavia. Sie wußte, daß Bottando Argyll für ein wenig unfallanfällig hielt, für einen Menschen, der einfache Dinge außergewöhnlich kompliziert machen konnte. Zugegebenermaßen hatte er damit nicht ganz unrecht. Aber der Gerechtigkeit halber mußte sie sagen, wie es wirklich war.

»Das glaube ich gerne«, sagte Bottando mürrisch. »Das Problem ist nur, daß ich vorwiegend wegen ihm hier bin.«

Argyll schaffte es einen Augenblick früher als Flavia, überrascht die Augenbrauen zu heben, doch dafür konnte sie sie einzeln nacheinander heben, eine Fähigkeit, um die er sie immer beneidet hatte. »Das gefällt mir aber gar nicht«, bemerkte er.

»Das überrascht mich nicht. Gestern abend gegen elf wurden aus einem Palast in Venedig ungefähr ein Dutzend Bilder gestohlen. An sich nichts Aufregendes. Das passiert dauernd. Aber da die Besitzerin angab, sie glaube, daß es sich bei dem Dieb höchstwahrscheinlich um Jonathan Argyll handle, dachte ich mir, daß –«

»Was!« schrie Argyll entsetzt auf. »Ich? Warum sollte jemand behaupten, daß –«

»Die Bilder gehörten – oder, um es formal-juristisch exakt zu formulieren, gehören – der Marchesa di Mulino. Offensichtlich haben Sie mit ihr Verhandlungen über einen Kauf der Bilder geführt. Sie waren mit dem geforderten Preis nicht einverstanden und haben sie sich deshalb auf billigere Art und Weise besorgt. Das glaubt zumindest sie, oder genauer: die Person, die die Anzeige aufgegeben hat, eine gewisse Signora Pianta.«

Argyll bekam allmählich beträchtliche Übung im Hin- und Herschaukeln auf seinem Stuhl. Er tat es auch jetzt wieder, öffnete mehrmals den Mund, ohne einen Ton herauszubringen, und legte sich – offensichtlich zum Zeichen der Besorgnis – die Hand an die Stirn. Bottando, der mit den gelegentlichen Umnachtungsanfällen des Engländers bereits vertraut war, sah keinen Grund, diese Aufführung als Schuldeingeständnis zu interpretieren. »Natürlich«, sagte er, um die Pause zu füllen, bis Argyll seine Sprache wiedergefunden hatte, »klingt das ein wenig unwahrscheinlich. Wie die Dinge liegen, hielt ich es allerdings für das Beste, die Ermittlungen selber in die Hand zu nehmen.« Er lächelte aufmunternd. »Ich hoffe, Sie wissen das zu schätzen. Ich habe die Haushaltsdebatte zu einem sehr kritischen Zeitpunkt verlassen.«

»Sie sind verschwunden?« fragte Argyll, ohne auch nur mit einer Silbe auf Bottandos administrative Probleme einzugehen. »Wie? Das ist ja absurd. Der Kauf war doch schon perfekt. Ich wollte heute vormittag hingehen und den Vertrag unterschreiben. Das ist ja schrecklich«, plapperte er.

Bottando breitete seine fleischigen Hände auf dem Tisch aus. »Ich wiederhole die Geschichte nur so, wie sie mir heute früh zu Ohren gekommen ist. Sehr früh, wie ich betonen möchte. Nicht, daß ich Dankbarkeit erwarte. Ich nehme nicht an, daß Sie ein Alibi für die fragliche Zeit haben, oder etwa doch?«

»Natürlich. Ich war mit Flavia zusammen.«

Bottando, tief im Herzen ein Romantiker, strahlte ihn in einer Art an, die zeigte, daß er die Situation vollkommen mißverstanden hatte. »Ausgezeichnet. Aber ich vermute, das bedeutet, daß Sie die Bilder nicht gestohlen haben.«

»Natürlich nicht«, erwiderte Argyll indigniert.

»Schade. Überlegen Sie nur, um wieviel einfacher das für mich wäre. Sie wollen nicht zufällig ein kleines Geständnis ablegen, um einem alten Mann seine letzten Jahre ein wenig leichter zu machen?«

»Nein. Ich hab' die verdammten Dinger nicht geklaut. Ich wüßte ja gar nicht, wie ich das anstellen sollte. Außerdem, was glauben Sie denn, wo ich sie versteckt habe? In meinem Hotelzimmer vielleicht? Welche wurden denn überhaupt gestohlen?«

Bottando zog eine Liste aus der Tasche und gab sie ihm. »Hab' ich mir fast gedacht, daß Sie nicht besonders hilfsbereit sein werden«, bemerkte er wehmütig.

Argyll überflog die Liste, und Flavia reckte den Hals, um mitlesen zu können. »Alle meine Bilder«, sagte er traurig.

»Einschließlich des Masterson-Porträts«, ergänzte Flavia. Bottando bat sie, ihm das zu erklären.

»Louise Masterson war an einem dieser mehr als unwichtigen Bilder, die Argyll kaufen wollte, interessiert. Im Augenblick wissen wir noch nicht, warum.«

»Ich hab's gewußt«, stöhnte ihr Chef. »Ich glaube, ich lasse diesen Freund von Ihnen deportieren. Also los, erzählen Sie mir alles.«

Bottando hatte beinahe fertiggegessen, als sie ihren Bericht beendete. Wie versprochen, hatte er, bis auf ein gelegentliches Nicken oder Grunzen, geschwiegen. Er war ein guter Zuhörer und immer sehr respektvoll. Das war einer seiner Vorzüge. Und auch seine Laune wurde deutlich besser, da er sich langsam von seiner fliegerischen Heldentat erholte. Flavia konnte nicht verstehen, daß jemand wie er aus einer Stunde in einem Flugzeug ein solches Drama machte.

»Sie sehen also, ich hatte recht«, sagte er gutmütig, als Flavia geendet hatte. »Sobald unser Mr. Argyll hier mit ins Spiel kommt, wird die Sache umständlich und extrem schwierig. Als ich Sie hierher schickte, ging es nur um einen einfachen Raubüberfall. Und was haben wir jetzt? Das reinste Chaos.« Doch wenn man genau hinsah, konnte man in seinen Augen ein Blitzen entdecken, während er das sagte. Es schien ihn zu erfrischen, daß eine auf den ersten Blick so langweilige Angelegenheit sich nun doch noch zu etwas entwickelte, das sein Kommen rechtfertigte. »Was halten Sie von der Sache?«

Er sprach beide an, und gab damit Argyll zu verstehen, daß seine Anwesenheit verziehen sei und er frei reden dürfe. Doch dem steckte der eben erlittene Schock noch zu sehr in den Knochen, und er zog es deshalb vor, sich bedeckt zu halten.

»Ich habe noch nicht alle verhört«, begann Flavia. »Aber wenn wir annehmen, daß Masterson von jemand ermordet wurde, der sie kannte, und nicht von einem geheimnisvollen Sizilianer, dann haben wir fünf in Frage kommende Kandidaten – die anderen Mitglieder des Komitees. Wenn man Roberts eliminiert – was ja jemand wirklich getan hat –, bleiben uns noch vier.«

»Na, vielleicht«, unterbrach sie Bottando, »sollten wir einfach noch einmal achtundvierzig Stunden warten, damit der Kreis noch ein wenig kleiner wird.«

»Ha ha. Wie gesagt, alle haben vernünftige Alibis, auf diese Art kommen wir also nicht an sie heran. Da ist zunächst einmal Miller. Er hat ziemlich abfällig über Masterson geredet. Daß sie zu ehrgeizig und nur auf Wirkung bedacht und eigentlich keine richtige Wissenschaftlerin gewesen sei. Da spielt ein gewisses Maß an Neid mit, sie war viel erfolgreicher als er. Andererseits hatte er kein wirkliches Motiv, und er brauchte sie für ein Empfehlungsschreiben. Außerdem scheint er Roberts' Schoßhündchen gewesen zu sein.«

Bottando nickte. »Nicht sehr überzeugend«, sagte er munter. »Nächster Versuch.«

»Zweitens ist da Kollmar. Ich besuche ihn zwar erst heute vormittag, aber es ist allgemein bekannt, daß er und Masterson einen Streit hatten wegen eines Bilds, das er untersucht hatte. Die beiden kamen nicht gut miteinander aus, obwohl er und Roberts langjährige Kollegen waren. Wichtig ist allerdings, daß Kollmar Roberts gestern abend einige Unterlagen vorbeibringen sollte, und die Leiche wurde in der Nähe seiner Wohnung aus dem Kanal gefischt. Das Alibi für Masterson ist in Ordnung.«

»Auch nicht überzeugend, aber wert, daß man sich genauer damit beschäftigt.«

»Drittens Roberts. Absolut kein Motiv für den Mord an Masterson, soweit ich das sehen konnte. Und außerdem ist er ja selber tot. Er war zwar ein affektiertes Ekel, aber Mastersons Gönner.«

Bottando nickte.

»Und schließlich bleibt, wenn man Lorenzo außer acht läßt, mit dem ich noch nicht gesprochen habe, nur noch van Heteren, bei dem nach seiner Affäre mit Masterson möglicherweise eine Sicherung durchgebrannt ist. Vielleicht ein bißchen Eifersucht. Ein impulsiver Mann, so wie er auf mich wirkt, ein potentieller Kandidat für ein Verbrechen aus Leidenschaft, aber einer – das würd' ich mal annehmen –, den danach die Reue überkommt und der sofort gesteht. Außerdem hat auch er ein gutes Alibi und keinen Grund, Roberts auszuradieren.«

»Was hat sie eigentlich in dem Park gemacht?«

»Das weiß ich nicht. Bovolo glaubt, daß sie wegen des Streiks im öffentlichen Verkehr auf ein Taxi gewartet hat, das sie auf die Insel zurückbringen sollte, aber eigentlich ist es immer noch ein Rätsel. Und der Diebstahl dieser Bilder ist ein neues, wenn man davon ausgeht, daß ein Zusammenhang besteht.«

»Warum sollte einer bestehen?«

»Keine Ahnung. Aber wenn eine Frau sich für ein obskures Bild interessiert, ermordet wird und ein paar Tage später das Bild gestohlen wird, dann juckt mich mein kleiner Finger.«

Bottando goß sich frischen Kaffee ein, fügte ein paar winzige Tropfen Milch und eine großzügige Menge Zucker hinzu und rührte nachdenklich um. »Das ist alles sehr dünn«, bemerkte er vorsichtig, um niemanden zu verletzen. »Ich weiß, daß Sie erst einen guten Tag an der Sache dran sind, aber wir haben absolut nichts Solides in der Hand.«

Flavia nickte traurig. »Ich weiß. Aber dieser Bovolo ist ein solcher Mistkerl, da ist es direkt erstaunlich, daß ich überhaupt so weit gekommen bin. Ich werde heute noch einmal mit allen reden. Und ich habe mir auch gedacht, daß vielleicht Jonathan sich die Unterlagen und Komiteeprotokolle, die Bovolo mir gegeben hat, ansehen könnte. Die Carabinieri haben zwar nichts Interessantes gefunden, aber man weiß ja nie. Das heißt, ich habe das für eine gute Idee gehalten, bis Sie aufgekreuzt sind und –«

»Und angedeutet haben, daß auch ich in die Geschichte verwickelt sein könnte«, ergänzte Argyll. »Vielleicht sollte ich hier aussteigen und nach Rom zurückgehen. Sonst schiebt man mir die Morde auch noch in die Schuhe. Außerdem möchte ich das Dezernat nicht schädigen. Das macht sich bestimmt nicht gut, wenn Sie einen Verdächtigen als inoffiziellen Assistenten einsetzen.«

»Ach du meine Güte, junger Mann, nein. Ich bin mir sicher, daß dazu keine Notwendigkeit besteht. Zweifellos haben Sie für beide Morde wunderbare Alibis. Und wenn Sie mit denen nichts zu tun haben, gibt es keinen Grund zu der Annahme, daß Sie mit dem Diebstahl etwas zu tun haben«, sagte Bottando, doch auch damit schaffte er es nicht, den Engländer sonderlich zu beruhigen. »Außerdem fällt der Diebstahl in meinen Zuständigkeitsbereich, nicht in den der Carabinieri. Deshalb kann ich Sie ermächtigen, so vorzugehen, wie Flavia es vorgeschlagen hat. Solange ich noch für etwas zuständig bin, was ich vielleicht nicht mehr lange bin, bestimme ich, wo's langgeht.«

»Immer noch der Haushaltsplan?«

»Leider ja. Die Sache wird langsam ziemlich heikel. Es ist zwar noch nicht ganz so weit, daß die Kollegen mich fragen, was ich im Ruhestand tun werde, doch viel fehlt nicht mehr. Aber was soll's«, fuhr er fort und faltete seine Serviette sorgfältig zusammen. »Im Augenblick kann man da sowieso nichts tun. Mr. Argyll, Sie verbringen den Vormittag mit Lesen, Flavia, Sie werden wohl in Venedig bleiben und mit Ihren Verhören fortfahren müssen, und ich werde mal sehen, was ich bei unserem Freund Commissario Bovolo ausrichten kann. Wie ist er übrigens?«

»Nicht Ihr Typ«, erwiderte Flavia. »Kalt, unfreundlich und strohdumm. Mit dem werden Sie nicht zurechtkommen, vor allem, wenn er sieht, daß Sie einen Fall komplizieren wollen, den er so schnell wie möglich und mit Schleifchen drum dem Ermittlungsrichter übergeben will. Außerdem erwartet er das bevorstehende Ende unseres Dezernats mit besonderer Schadenfreude, wobei ich allerdings nicht weiß, was ihn das angeht. Bis später dann.« Sie stand auf, warf einen kurzen Blick in ihre Tasche und marschierte davon.

Während Bottando und Flavia sich mit den Lebenden und den erst kürzlich Verschiedenen beschäftigten, vertiefte Argyll sich den Vormittag über in das Studium der vor langer Zeit Verstorbenen. Das heißt, er ging in die Biblioteca Marciana, diese lange und ergötzliche Halle des Wissens, die einen Großteil der Südseite der Piazza San Marco einnimmt. Sein Plan war einfach, und er war ziemlich stolz auf ihn.

Zunächst würde er sich in den folgenden Stunden keine Sorgen machen über Bilderkaufen, Geldverdienen und ähnlich Bedrückendes. Er hatte kurz daran gedacht, sofort zur Marchesa zu laufen und sich wenigstens die noch verbliebenen Bilder zu sichern. Da er aber annahm, daß es vernünftiger war, zunächst einmal Bottando die Welt von seiner, Argylls, Unschuld überzeugen zu lassen, beschloß er zu warten, bis sich die Wogen wieder geglättet hatten.

Er hatte den Auftrag, die Sitzungsprotokolle des Komitees durchzugehen, und deshalb überflog er sie kurz, ohne etwas Interessantes zu entdecken. Es ging vorwiegend darum, wer welches Bild untersucht, welchen Bericht verfaßt und wer wie abgestimmt hatte. Er machte sich einige Notizen, um später den Eindruck von Gewissenhaftigkeit erwecken zu können, und wandte sich dann anderen, interessanteren Fragen zu.

Er hatte vorgehabt, mit seinem Charme und seinen Überredungskünsten die Bibliothekarin dazu zu bringen, ihm Mastersons Bestellzettel für die von ihr ausgeliehenen Bücher auszuhändigen. Das war viel einfacher, als er es sich vorgestellt hatte. Er hatte noch kaum mit seinen Erläuterungen zu Masterson begonnen, als die etwas abweisend wirkende Dame sich hinter ihrem Schreibtisch bückte, in einer Schachtel auf dem Boden herumwühlte und einen großen Umschlag herauszog.

Wenn diese Amerikanerin nun tot sei, fragte sie gereizt, wer werde dann für das da bezahlen? Das da erwies sich als ein Stapel Fotokopien, die Masterson am Abend ihrer Ermordung bestellt hatte. Die Dame vermittelte den Eindruck, als hielte sie es für den Gipfel der Unhöflichkeit, sich ermorden zu lassen, ohne vorher seine Rechnungen zu bezahlen.

Argylls Angebot, die Kopien zu bezahlen, heiterte sie allerdings beträchtlich auf, und nachdem er bei der Zahlstelle eine in seinen Augen unverschämt hohe Summe losgeworden war, kehrte er zu ihr zurück, nahm den Packen entgegen und machte sich daran, zu lesen, was Masterson hatte lesen wollen.

So verbohrt die Masterson auch gewesen sein mochte, eine Tranfunzel war sie auf jeden Fall nicht, das wurde Argyll schnell klar. An einem einzigen Abend hatte sie mehr als ein Dutzend Bücher durchgeackert. Argyll, der in Bibliotheken kaum einmal ein Kapitel schaffte, ohne in tiefen Schlaf zu fallen, war gebührend beeindruckt. Ein solcher Fleiß rief bei ihm immer Minderwertigkeitskomplexe hervor. Er unterdrückte ein Seufzen und wappnete sich für die schwierige Aufgabe, ihren Spuren in der Literatur zu folgen, wohin sie ihn auch führen mochten.

Nicht sehr weit, wie er nach der ersten Stunde feststellen konnte. Anscheinend hatte sie bereits begonnen, ihren Entschluß, das Komitee zu vergessen und sich auf Giorgione zu konzentrieren, in die Tat umzusetzen. Da waren Ridolfis und Vasaris Künstlerbiographien, beide in ziemlich hübschen Ausgaben aus dem siebzehnten Jahrhundert – Ledereinbände mit Goldprägung und solche Sachen. Was Giorgione betraf, schienen die beiden nur in einem Punkt übereinzustimmen, nämlich daß seine Geliebte Violante di Modena geheißen habe. Im Einklang mit den Moralvorstellungen der Renaissance vermerkten beide, daß sie tot umgefallen sei, kurz nachdem sie ihn verlassen hatte, doch schon bei der Frage, in wessen Armen sie in diesem Augenblick lag, unterschieden sich ihre Ansichten. Allerdings glaubten beide, es sei nur eine gerechte Strafe gewesen, da sie doch ein Genie betrogen hatte, und sie bedauerten, daß Giorgione es daraufhin für angebracht gehalten hatte, an gebrochenem Herzen zu sterben.

Als nächstes folgte eine kurze Biographie von Pietro Luzzi,

einem Schüler Giorgiones, der in diesem Buch als der wahrscheinlichere Kandidat für die Rolle des leidenschaftlichen Ver- und Entführers Violantes gehandelt wurde. Die Beweisführung war jedoch ein bißchen dünn. Abgesehen von der Tatsache, daß Luzzi 1511 in einer Schlacht getötet wurde, schien der Verfasser nichts über ihn zu wissen. Und das schien ihm auch wenig auszumachen, gab er doch mehr als deutlich zu verstehen, daß Maler von so beschränktem Talent und so zweifelhaftem Charakter wie Luzzi am besten der Vergessenheit anheimfallen sollten.

Die Hinweise auf Tizian waren eher beiläufig und bestachen höchstens durch ihren Mangel an Beweisen, daß er das Porträt, das nun der Marchesa gestohlen worden war, gemalt oder überhaupt etwas mit ihm zu tun hatte. Es gab Zitate aus alten Dokumenten, die berichteten, wie er nach Padua gegangen war, um dort Szenen aus dem Leben des Schutzheiligen der Stadt zu malen. Eine Zusammenstellung venezianischer Stadtbücher enthielt die Petition des Alfonso di Modena – wieder dieser Familienname, dachte Argyll –, in der er bat, man möge dem Künstler wegen der Dienste, die er der Stadt erwiesen habe, die Rückkehr gestatten. Hierzu wurde in einer Fußnote vermerkt, daß die Behörden es nicht gern sahen, wenn Künstler die Stadt ohne Erlaubnis verließen, wie Tizian es offensichtlich getan hatte, als er so überstürzt nach Padua abreiste. Beschreibungen der drei in Padua entstandenen Gemälde bildeten den Abschluß der Lektüre.

Das war ja gewiß alles sehr erbaulich, aber man konnte nicht behaupten, daß es von Hinweisen strotzte, die unweigerlich zur Tür eines Mörders führen würden.

Argyll hatte keine Lust mehr, sich weiter mit diesem Unsinn herumzuschlagen. Und da er ein praktisch denkender Mensch war, steckte er die Kopien wieder in den Umschlag, gab die Bücher zurück, machte sich dann auf den Weg in das nächste erschwingliche Café – er war viel zu schlau, um sich in einem der sündhaft teuren Dinger auf der Piazza San Marco erwischen zu lassen – und bestellte sich einen Drink.

Flavia hatte noch am Abend zuvor mit Franz Kollmar eine Unterredung in dem Haus vereinbart, das er auf der Giudecca, dieser langgezogenen und ziemlich aus der Mode gekommenen Insel südlich der Hauptinsel, gemietet hatte. Während der Überfahrt zur Insel las sie das Polizeiprotokoll, um eine ungefähre Vorstellung von dem Mann zu bekommen. Es war nicht gerade eine beeindruckende Ansammlung von Daten: Stelle in Baden-Baden, Spezialist für italienische Malerei des sechzehnten Jahrhunderts, verheiratet, sechs Kinder zwischen einem und vierzehn Jahren. Sechs Kinder? Das schien doch ein bißchen übertrieben. Dreiundvierzig Jahre alt, Gründungsmitglied des Komitees, solider wissenschaftlicher Ruf.

Das Boot legte bei San Eufemia an. Flavia hatte Glück, denn das Haus, das der Deutsche bewohnte, lag nahe am Ufer, was ihrem bereits angeschlagenen Orientierungssinn weitere Verwirrung ersparte. Nach einem kurzen Spaziergang den Rio di San Eufemia entlang stand sie vor einer kleinen, sonnenlosen Bruchbude.

Leicht außer Atem, drückte sie die Klingel. Eine attraktive, aber gehetzt wirkende Frau – offensichtlich Frau Kollmar – öffnete ihr und führte sie in einen kleinen Salon. Man sah deutlich, daß Kollmar kein reicher Mann war. Das Haus ist doch viel zu klein für eine so große Familie, dachte Flavia, während sie einen Teddybär vom Sofa nahm und sich setzte. Die Miete war vermutlich ziemlich günstig, die Einrichtung war billig, von den Wänden blätterte die Farbe. Alles in allem verströmte es eine bedrückende Atmosphäre, die nicht einmal die Anwesenheit einer kleinen Armee von jungen Kollmars aufheitern konnte.

Aus einem Nebenzimmer drangen die hohen, spitzen Töne eines Babys, das sich die Lunge aus dem Leib schrie. Auch eine dunkle Männerstimme war zu hören, die – in der internationalen Säuselsprache, die jeder auf der ganzen Welt versteht – dem Baby beruhigend und tröstend zuredete.

Flavia saß da mit einer Puppe auf dem Knie und einem geduldigen Ausdruck auf dem Gesicht. Allmählich wurde das Geschrei schwächer und endete schließlich in einem kehligen

Glucksen, begleitet von gratulierenden Geräuschen des erleichterten Vaters. Augenblicke später erschien dieser höchstpersönlich in der Tür. Wie es aussah, bemühte Kollmar sich rechtschaffen, seinen Teil zur Kindererziehung beizutragen, auch wenn ihn diese Aufgabe den letzten Nerv kostete. Er wirkte nicht allzu glücklich: Seine Bewegungen waren fahrig, und seine Stimme klang abgehackt, wobei Flavia allerdings nicht feststellen konnte, ob die Angst vor ihr daran schuld war oder die Erschöpfung nach dem Kampf mit dem Milchfläschchen.

Die Mitglieder dieses Komitees sind wirklich ein bunt zusammengewürfelter Haufen, dachte sie. Roberts der kultivierte Connaisseur, Masterson die halsstarrige Karrierefrau. Und jetzt diese bekleckerte Erscheinung, ein windelnwechselndes Nervenbündel. Schon vom Aussehen und der Persönlichkeit her war es kein Wunder, daß sie Meinungsverschiedenheiten hatten.

Sie sprachen italienisch. Kollmars Stil klang wie aus einem alten Kriegsfilm, aber er war schrecklich akkurat. Sein Fehler war, daß er viel zu gut sprach, um je als Italiener durchgehen zu können. Wenn man Deutsch lernen kann, kann man alles lernen, aber mit dieser Leistung scheint auch eine Neigung zur Angeberei einherzugehen. Flavia ging innerlich in Deckung, um dem Sperrfeuer an *passato remoto*-Formen auszuweichen, das auf sie einprasselte, sooft er den Mund öffnete.

»Ich bin sicher, Sie werden mir verzeihen, wenn wir dieses Gespräch kurz halten«, sagte er, zu Flavias gelinder Überraschung. »Ich habe noch sehr viel zu erledigen, und ich habe in den letzten Tagen bereits mehr als genug Zeit mit der Polizei vergeudet.«

»Ich hätte mir gedacht, daß der plötzliche Tod von zwei Kollegen doch ein wenig Zeit verdient hätte.«

Die Bestürzung, die sich in Kollmars Gesicht spiegelte, war echt, daran gab es keinen Zweifel. Er stutzte, sah sie an, als wäre sie verrückt, runzelte dann die Stirn und rutschte in seinem Sessel hin und her wie jemand, der plötzlich merkt, daß etwas nicht stimmt. »Zwei?« fragte er schließlich. »Wovon reden Sie denn?«

»Hat man Sie etwa nicht informiert?«

War Kollmars Verwirrung schon eindrucksvoll, war es die Art, wie sein Gesicht sich vor Entsetzen verzerrte, als sie ihm von Roberts' Tod erzählte, noch um einiges mehr. Sie schilderte die Geschichte so blutrünstig wie möglich, nicht weil sie gefühllos war, obwohl sie den Mann nicht sonderlich ins Herz geschlossen hatte, sondern weil sie glaubte, daß Leute, wenn sie schockiert sind, weniger auf ihre Worte achten. Und so bestürzt, wie er reagierte, schien es ihr unwahrscheinlich, daß er für den Tod des Engländers verantwortlich war. Flavia fiel auf, daß ihm Mastersons Tod sehr viel weniger auszumachen schien.

»Tot?« fragte er mit dümmlichem Gesichtsausdruck. »Ich kann es nicht glauben. Warum wurde ich denn nicht informiert? Mein Gott, ich bin doch jetzt der Rangälteste im Komitee. Da habe ich doch wohl ein Recht, so etwas zu erfahren.«

Flavia mußte sich anstrengen, um sich die Überraschung über eine so bizarre Reaktion nicht anmerken zu lassen. In einer solchen Situation auf seinem Rang zu beharren, erschien ihr als kleinlich, wenn nicht sogar gefühllos. Sie vermutete, daß er nicht informiert worden war, weil die Polizei wie immer ineffektiv arbeitete und einfach noch nicht dazu gekommen war. Anderseits, dachte sie, denn Bralles Spitzname für den Mann fiel ihr wieder ein, ist Kollmar genau der Typ Mann, den man schlicht und einfach vergessen kann. Sie beschloß, die Bemerkung zu übergehen.

»Soweit ich weiß, haben Sie Professor Roberts gestern abend einige Unterlagen vorbeigebracht«, sagte sie. »Um wieviel Uhr war das?«

»So gegen acht«, erwiderte er. »Auf dem Heimweg zum Abendessen. Er war nicht zu Hause, und ich habe sie ihm deshalb einfach mit einer Notiz unter der Tür hindurchgeschoben. Warum?«

»Das war ungefähr die Zeit, in der er getötet wurde.«

»O Gott«, stöhnte er, als er merkte, welch unangenehme Konsequenzen das für ihn hatte. »Und Sie glauben, ich –?«

»Nicht unbedingt. Aber ich kenne niemanden, der sich

sonst noch zu diesem Zeitpunkt in der Gegend aufgehalten hat. Waren Sie allein?«

Er nickte, und die Bestürzung in seinem Gesicht wurde immer größer. Er sah aus wie jemand, der aus einem Alptraum aufwacht und plötzlich merkt, daß der Traum Wirklichkeit ist. »Aber das ist doch lächerlich«, fuhr er fort, nachdem er eine Weile ungläubig den Kopf geschüttelt hatte. »Ich kann nicht glauben, daß es sich bei dieser Tragödie um einen Mord handelt. Ich kann mir nicht vorstellen, daß irgend jemand Roberts hätte umbringen wollen. Er hatte auf der ganzen Welt keinen einzigen Feind. So ein dynamischer, produktiver, innovativer Mann.«

Flavia schnaubte. »Und Masterson?« fragte sie.

»Ganz and–«, begann er, brach dann aber ab.

»Anders? Meinen Sie damit, daß *sie* Feinde hatte? Wie Sie zum Beispiel?«

»Das ist doch ebenso lächerlich«, sagte er steif und fing nun an, sich zu wehren. »Wir hatten wissenschaftliche Meinungsverschiedenheiten, nicht mehr. Ich kann nicht behaupten, daß ich die Frau mochte. Ich fand sie im Gegenteil höchst schwierig. Aber wenn jeder seine schwierigen Kollegen umbringen würde, wäre bald niemand mehr übrig.«

Da hatte er recht. Flavia hätte selbst auf Anhieb einige hundert Kandidaten nennen können. »Also gut. Ob Sie mir wohl erklären können, warum sie schwierig war?«

Er dachte eingehend darüber nach. »Wie soll ich das erklären?« begann er schließlich. »Wie Sie sicher wissen, ist das Studium der Kunstgeschichte eine sehr spezielle Disziplin. Bei einem Projekt wie unserem Komitee muß Eintracht und Verständnis unter den Mitgliedern herrschen, damit es funktioniert. Es muß Sympathie und eine gemeinsame Herangehensweise geben, wenn Sie wissen, was ich meine.«

An seinem Lächeln war zu erkennen, daß er gar nicht von ihr erwartete, solche Feinheiten zu verstehen. Flavia lehnte sich zurück, verschränkte die Arme und versuchte, ihre Verstimmung zu unterdrücken.

»Lange herrschte unter uns diese Einigkeit. Doch ich fürchte, in letzter Zeit wurden unsere Sitzungen eher von

Streitigkeiten bestimmt denn von der Harmonie, die angemessener und produktiver gewesen wäre.«

Hier brach er ab, anscheinend hielt er es für unangebracht, noch weiter ins Detail zu gehen. Flavia fand, daß es an der Zeit war, ihm etwas auf die Sprünge zu helfen. »Sie meinen, daß das Auftauchen von Dr. Masterson Ihre nette kleine Bruderschaft gestört und daß sie Unruhe gestiftet hat?«

Das kam alles andere als gut an. Kollmar spielte mehr und mehr den beleidigten Heiligen. Wenn Louise Masterson nur halb so unverblümt gewesen war wie Flavia, war eine harmonische Zusammenarbeit zwischen den beiden von vornherein ausgeschlossen gewesen.

»Das war ein Aspekt. Ein anderer war der permanente Druck von Dr. Lorenzo, der uns zur Arbeit antrieb. Er ist ein Mann mit vielen Qualitäten, aber ich fürchte, er ist bereit, unangebracht überhastete Vorgehensweisen zu akzeptieren, nur um seine Gönner in Rom zu beeindrucken.«

»Erzählen Sie mir mehr von Louise Masterson.«

»Es liegt mir fern, sie zu kritisieren, insbesondere unter diesen Umständen, aber sie war zweifellos eine sehr energisch vorwärtsstürmende Frau in einem Fachgebiet, das vor allem – wie soll ich es sagen? – Nachdenklichkeit, Geduld und die Bereitschaft zum Lernen verlangt.«

»Sie wollen damit sagen, daß sie mit Ihnen im Streit lag?«

»Ich will damit sagen, daß sie mit jedem im Streit lag. Soweit ich weiß, war sie zum Beispiel gerade dabei, für Dr. Miller ein höchst unvorteilhaftes Gutachten zu schreiben, obwohl sie wußte, daß es ihn die Stellung kosten konnte. Ich persönlich halte ein solches Verhalten für unverzeihlich.«

»Wie kommen Sie darauf, daß sie so etwas vorhatte?«

Kollmar wirkte plötzlich defensiv. »Hm, das weiß ich nicht mehr. Ich glaube, Roberts hat es mir gesagt. Er machte sich zwar keine Sorgen deswegen, weil er wußte, daß sein eigenes Empfehlungsschreiben das mehr als wettmachen würde. Aber er war natürlich erregt. Und das mit gutem Grund. Was mich persönlich angeht, so hat sie meine Schlußfolgerungen bezüglich eines Bildes aus dem Besitz eines Mailänder Sammlers in Zweifel gezogen. Ursprünglich wollte ich davon nicht viel Aufhebens machen, doch dann mußte ich feststellen, daß sie hinter meinem Rücken intrigierte.«

»Was wollen Sie damit sagen?«

»Professor Roberts machte mich darauf aufmerksam, daß sie höchst Unerfreuliches über mich verbreitete. Der arme Mann, man merkte deutlich, wie ihn das bekümmerte. Wie ich so etwas hasse. Mir ins Gesicht – bei unserer Sitzung – sagte sie ja nur, daß sie das Bild selbst ein wenig unter die Lupe nehmen wolle. Und dann erfahre ich, daß sie mein Urteil und meine wissenschaftliche Qualifikation anzweifelt und behauptet, daß die ganze Sache noch einmal aufgerollt werden müsse. Ich fürchte, bei Dr. Lorenzo hat sie damit ein offenes Ohr gefunden.«

»Aber Sie wollten sich auf keinen Streit einlassen?«

»Auf gar keinen Fall. Ich war mir ganz sicher, mit der nötigen Sorgfalt gearbeitet zu haben. Das ist eine wichtige Angelegenheit, diese Zuschreibung von Bildern. Da ist die Vorsicht die Mutter der Weisheit. Ich war unentschlossen, bis Roberts selbst zu dem Schluß kam, daß es sich bei dem Bild wahrscheinlich um eine Niete handelte.«

Flavia fiel auf, daß Roberts etwas anderes behauptet hatte, doch sie ging nicht weiter darauf ein. »Und zu welchen Schlüssen ist Dr. Masterson gekommen?«

Kollmar spitzte die Lippen und schüttelte den Kopf. »Woher soll ich das wissen? Ich kann nicht behaupten, daß wir uns über die Sache ausgesprochen hätten. Das Thema kam zwischen uns nur einmal kurz zur Sprache, und da fand ich ihre Haltung ziemlich verletzend.«

»Warum?«

»Das war am Freitag, bei der Überfahrt zur Hauptinsel nach unserer Sitzung. Es war das letzte Mal, daß ich mit ihr sprach. Ich wollte mit ihr zu einer Aussöhnung kommen und schlug deshalb einen gemeinsamen Drink vor. Sie lehnte ab. Ich muß sagen, ich fand das ein bißchen unverschämt, schließlich hatte ich doch den ersten Schritt getan. Ich hätte es ja nicht tun müssen. Roberts und Miller waren mit dabei, und ich merkte, daß auch sie etwas verwundert waren. Aber ich fürchte, so war sie eben«, fügte er nachdenklich hinzu. »Wissen Sie, sie wollte immer gewinnen. Es ging ihr eigentlich gar nicht um einen Gedankenaustausch, sie wollte einfach nur jeden schlagen, der nicht ihrer Meinung war. Ich finde so etwas unerträglich. Vor allem bei einer Frau.«

Sie ließ ihm auch das durchgehen und gratulierte sich selbst zu ihrer erstaunlichen Nachsicht an diesem Vormittag. Also hast du dich aus der Oper davongeschlichen, sie in den Park gelockt und mit sieben Stichen ermordet, dachte sie, vor sich hin spekulierend. Aber irgendwie klang das nicht richtig, auch wenn es für ihren Fall eine durchaus erstrebenswerte Lösung gewesen wäre.

»Haben Sie irgendwelche Hypothesen über diese Todesfälle?«

»Was den armen Roberts angeht, kann ich nur annehmen, daß es sich um einen höchst tragischen Unfall handelt. Und Masterson wurde ja, soweit ich weiß, überfallen und im darauf folgenden Handgemenge ermordet. Sie war eine sehr energische Frau, die sich in einer solchen Situation immer gewehrt hätte. Kein Räuber hätte ihr die Aktenmappe so einfach abnehmen können. Sie war eben sehr kämpferisch. Es tut mir leid, daß gerade dieser Wesenszug sie das Leben gekostet hat.«

»Und zu dem Zeitpunkt von Mastersons Ermordung waren Sie mit Ihrer Frau und Professor Roberts in der Oper?«

»Ja. Es war seit Monaten der erste Abend, an dem wir miteinander ausgehen konnten. Wir hatten uns in der Nachbarschaft einen Babysitter besorgt, verließen das Haus etwa gegen acht und kamen erst weit nach Mitternacht wieder zurück.«

»Sind Sie mit einem Taxi gefahren?«

»O ja. Es blieb uns nichts anderes übrig. Wir hatten Glück. Wegen des Streiks wären wir beinahe gar nicht hingekommen. Und danach dauerte es Stunden, bis wir wieder zu Hause waren. Ich fürchte, das vergällte uns ein wenig die Freude an Roberts' ansonsten sehr großzügiger Geste. Er hatte einige nicht abgeholte Karten bekommen und rief sofort an, um uns einzuladen. Sehr aufmerksam, vor allem, da er selbst kein großer Freund von Donizetti ist. In der Pause hat er uns sogar Champagner spendiert. Wie gesagt, ein äußerst großzügiger Mann.«

Ein längeres Schweigen folgte. Flavia wußte nicht mehr, was sie noch fragen sollte, und hatte außerdem schon genügend Informationen, über die sie nachdenken konnte. Kollmar noch weiter überRoberts auszufragen, schien wenig erfolgversprechend: Roberts hatte keine Feinde, es gab niemanden, der einen so guten, angesehenen Mann hätte umbringen wollen, und so weiter. Seine Antworten waren eindeutig. Also leierte sie die üblichen Abschiedsfloskeln herunter, daß er sich keine Sorgen zu machen brauche und daß das alles sehr lästig, aber leider notwendig sei. Doch trotz ihres gewinnenden Lächelns schien ihn das nicht sehr zu beruhigen.

Die drei trafen sich, wie vereinbart, in einem Restaurant in der Nähe der Santa Maria Formosa. Es war eins dieser sehr seltenen Mittagessen, bei denen die Speisen perfekt sind und unter den Anwesenden eine harmonische Stimmung herrscht. Nur das Wetter spielte nicht recht mit, doch wenigstens mit Regen hielt es sich zurück.

Angesichts zweier Morde, eines Diebstahls, des drohenden Handstreichs gegen das Dezernat und der zu erwartenden Verärgerung von Edward Byrnes erschien Argyll die fröhliche Stimmung ein wenig zu sorglos, wenn nicht sogar unangebracht. Aber Bottando war zu sehr Profi, um sich davon die Freude an einer guten Mahlzeit nehmen zu lassen, und da er der Rangälteste war und außerdem bezahlte, gab er den Ton an. Seine gute Laune war um so erstaunlicher, als er fast den ganzen Vormittag in der Gesellschaft von Roberts und Bovolo verbracht hatte, der eine tot, der andere etwas blaß und farblos. »So ein blasierter Kerl«, bemerkte Bottando und meinte damit letzteren. »Rechnet sich schon die höchsten Belobigungen aus, weil er diesen Fall so schnell zum Abschluß bringen konnte. Der ist so überzeugt davon, daß er nicht einmal was dagegen hatte, als ich sagte, daß Sie hierbleiben würden, um mir bei der Aufklärung des Diebstahls zu helfen – solange Sie Ihre Nase nicht in Sachen hineinstecken, die Sie nichts angehen, hat er mir mit seinem, wie ich annehme, üblichen Charme gesagt. Auf jeden Fall wird er seinen Bericht noch heute abend abschließen und morgen beim Ermittlungsrichter alles klarmachen. Ein Sizilianer und Roberts' eigene Unvorsichtigkeit! Anscheinend will man hier kräftig die Effizienz steigern und daher Kosten sparen. Er hat die ganze Zeit nur von Durchsatz und Fallösungsquoten gesprochen und dabei immer wieder durchblicken lassen, wie nachteilig sich Störungen aus Rom auf die Effizienz auswirken. Uns kann er damit ja wohl nicht gemeint haben. Und das Ganze spielte sich im Leichenschauhaus und in Anwesenheit eines etwas undurchsichtigen und feindseligen Ermittlungsrichters ab. Ich habe übrigens herausgefunden, warum Bovolo sich uns gegenüber so ablehnend verhält.«

»Warum?« fragte Flavia neugierig.

»Weil er, falls es zu dieser Dezentralisierung kommt, das Kunstraubdezernat der Carabinieri hier in Venedig leiten wird. Sehr beunruhigend für uns, aber günstige Aussichten für Diebe. Ich hatte gar nicht gewußt, daß die Carabinieri mit ihrer Planung schon so weit sind. Die müssen siegessicherer sein, als ich gedacht habe. Auf jeden Fall hängt Bovolos Beförderung davon ab, ob man uns absägt oder nicht, und dem will er natürlich kräftig nachhelfen. Deshalb ist er ja so scharf darauf, daß dieser Fall in Rekordzeit abgeschlossen wird.«

»Warum wollten Sie ihn eigentlich sehen?«

»Ach, ich weiß nicht. Ich habe mir gedacht, ich sollte ihn mal besuchen, man muß doch seine Feinde kennen. Und ich bin froh, daß ich es getan habe. Ich habe mich nämlich kurz mit dem Gerichtsmediziner unterhalten. In seinem Bericht erwähnt er einen Flecken auf Roberts' Hals.«

»Und woher stammt der?«

»Gute Frage. Der Gerichtsmediziner hat was von zu engen Krägen genuschelt, aber es scheint genauso möglich zu sein, daß jemand ihn am Hals gepackt hat. Ich bin da natürlich kein Experte, aber der Gerichtsmediziner hat ziemlich widerwillig zugegeben, daß das möglich sein könnte. Er hat mir gestanden, daß er in seinem Bericht eigentlich auf alle Möglichkeiten eingehen wollte, aber vom Ermittlungsrichter die Anweisung erhielt, zu einer Entscheidung zu kommen und dabei zu bleiben. Sein Vertrag läuft in Kürze aus, und er hofft auf eine Verlängerung. Ich habe ihm geraten, auf Nummer Sicher zu gehen.«

»Warum haben Sie das getan?« fragte Flavia überrascht. »Es gibt doch allen Grund zu der Annahme, daß Roberts ermordet wurde, wahrscheinlich von demjenigen, der auch Masterson getötet hat. Ein Mörder kommt ungestraft –«

Bottando hob die Hand, um dem entrüsteten Wortschwall Einhalt zu gebieten. »Ihr Gewissen macht Ihnen ja alle Ehre, meine Liebe, aber Ihr Hirn hat wohl gerade die Rolläden heruntergelassen. Überlegen Sie doch mal! Solange die Mordermittlungen noch offen sind, ist Bovolo der Verantwortliche, und der wird alles tun, um uns aus der Sache herauszuhalten. Und vergessen Sie nicht, was dem so alles einfällt. Erst hat er es auf einen wahrscheinlich nicht existierenden Sizilianer abgesehen, und jetzt ist er besessen von der Vorstellung, daß Roberts' Tod ein Unfall war. Reden Sie ihm das aus, und es kann durchaus passieren, daß er unseren Argyll hier verhaftet. Ich kann ja nichts dafür, daß der Mann ein Idiot ist. Aber so ist er wenigstens zufrieden, und wir haben freie Hand. Und da ich fürchte, daß wir die Bilder nicht finden, ohne den Mörder zu finden, können wir uns jetzt ohne Behinderung an die Arbeit machen. Wir müssen nur dafür sorgen, daß wir bis zum nächsten Montag ein Ergebnis haben.«

»Warum nächsten...? Aber natürlich. Dann wird der Haushaltsplan vorgelegt, oder?«

Bottando nickte verschwörerisch.

»Sind Sie deshalb hergekommen? Um sich ein paar Lorbeeren zu verdienen und damit den Minister zu beeindrucken?«

Er sah etwas betreten drein. »Na ja«, sagte er widerwillig. »Ich war natürlich auch in Sorge, daß man Mr. Argyll zu Unrecht eines Verbrechens verdächtigen könnte. Vor allem, da Sie beide doch so gute Freunde sind. Wenn der Falsche von dieser Verbindung Wind bekäme, könnte das für uns unangenehm werden. Trotzdem«, ergänzte er munter, »falls wir nebenbei auch noch den Fall lösen, hätte ich nichts dagegen, die entsprechenden Stellen darauf aufmerksam zu machen.«

»Ich schäme mich für Sie.«

»Warum? Was würden denn Sie an meiner Stelle tun? Wir haben nur wenig Zeit zur Verfügung. Also bitte erzählen Sie mir, was Sie mit der Ihren angestellt haben, meine Liebe.«

Bottando war der einzige Mensch auf der Welt, der Flavia mit »meine Liebe« anreden konnte und damit durchkam. Es war so vollkommen frei von jeder Respektlosigkeit – und so typisch für seinen Stil –, daß Flavia sich Gedanken gemacht hätte, wenn er damit aufgehört hätte. Sie wischte sich den Mund mit der Serviette ab und fing an zu erzählen.

Lorenzo, berichtete sie, ihr zweiter Gesprächspartner an diesem Vormittag nach Kollmar, sei ganz anders gewesen, als sie erwartet hatte. Er stamme aus einer alteingesessenen venezianischen Familie und vereine in sich die ganze Palette adliger Allüren mit einem erstaunlich scharfen Verstand. Er habe sie in seiner Wohnung an einem der zerfalleneren Uferstücke des Rio Nuovo empfangen. Das Gebäude sei heruntergekommen, aber von dieser besonderen Art von Vernachlässigung, die sich nur die besonders Sicheren leisten können. Trotz alledem sei er nicht dekadent. Mitte vierzig und sehr zuvorkommend. »Ich muß gestehen, ein sehr attraktiver Mann«, fügte sie, quasi als Randbemerkung, hinzu. »Blonde Haare, tiefliegende, haselnußbraune Augen, feingeschnittene Gesichtszüge –«

»Schon gut, schon gut«, sagte Argyll etwas ungeduldig. Bottando lächelte ihn nachsichtig an.

»Komm endlich zur Sache.«

Flavia warf ihm einen mißbilligenden Blick zu. »Das ist wichtig«, sagte sie. »Ich wollte doch nur einen Eindruck vermitteln, wie er wirkt. Aber was soll's«, fuhr sie fort und nahm den Faden wieder auf. »Er war sehr höflich. Ein typischer Drahtzieher. Ein bißchen Hansdampf in allen Gassen. Jede Menge Komitees, Verlegerausschüsse, Beratergremien. Den Sitz im Tizian-Komitee verdankt er der Tatsache, daß er ein Cousin dritten Grades von der Frau des Kulturministers ist. Und zufällig ist er auch ein Neffe unserer Marchesa. Kennt sich in der Materie aus, sieht sich aber selber eher als Organisator. Die Wissenschaft überläßt er den anderen. Trotzdem muß ich sagen, daß er mir nicht unsympathisch war. Er ist sehr begeisterungsfähig, hat Humor – der ja bei den meisten anderen überhaupt nicht vorhanden zu sein scheint – und war angemessen bestürzt über die beiden Todesfälle. Obwohl ich glaube, daß er sich in Roberts' Fall eher um die Auswirkungen auf das Komitee und auf seine eigene Karriere Gedanken macht. So wie ich das sehe, hatten die beiden nicht viel füreinander übrig.«

»Weißt du, warum er und Roberts nicht miteinander ausgekommen sind?« fragte Argyll.

»Im wesentlichen aus dem Grund, den die anderen schon angedeutet haben: ein schöner, altmodischer Machtkampf. Dieser Bralle hat das Komitee gegründet und verläßt es, als Roberts die staatliche Förderung organisiert. Bralle war davon nicht sehr begeistert, aber die anderen haben es unterstützt, weil sie knapp bei Kasse waren. Roberts hofft darauf, erster Mann im Komitee zu werden, doch kurz nach dem Geld kommt auch Lorenzo daher. Und seitdem liegen sich die beiden in den Haaren.«

»Und gibt's da auch einen inhaltlichen Grund dafür? Ich meine, neben der Macht?«

»Nach Lorenzos Angaben – und eine andere Quelle haben wir nicht – will er zwei Dinge: erstens schnellere Ergebnisse, weil sie sonst die Förderung wieder verlieren könnten. Aber was noch viel wichtiger ist: Er will methodisch vorgehen, also mit den Bildern in den italienischen Museen anfangen und sich erst dann um die im Ausland kümmern. Er gibt sich gern als Patriot. Als Bewahrer des nationalen Erbes.«

»Aber daran ist doch nichts verkehrt«, warf Bottando ein, der sich selbst auch gern in dieser Rolle sah.

»Nein. Aber so haben sie bis jetzt nicht gearbeitet. Zuvor wurden die Bilder eher zufällig ausgewählt, man nahm sich die vor, die am leichtesten zugänglich und meistens in privater Hand waren. Auch daran ist nichts auszusetzen. Aber das war, zumindest nach außen hin, der Grund für den Streit. Wenn man die Bilder in Italien untersuchen will, braucht man Leute, die in Italien arbeiten können. Aber das kann der Rest des Komitees nicht. Also holt man sich neue Leute, die dann natürlich Kumpels von Lorenzo sind ...«

»Ich verstehe. Was ist mit seinem Alibi?« fragte Bottando.

»Sehr solide.«

»Oh. Schade.«

»Er war zur fraglichen Zeit mit seiner Geliebten, Freundin, oder wie immer man sie nennen will, zusammen. Ich habe mich mit ihr allein unterhalten, und die Einzelheiten, die sie mir ausgemalt hat, haben mich mehr als überzeugt, daß Lorenzo die Wahrheit gesagt hat.«

Argyll, der schlagartig lebendig wurde, als die Sprache auf Lorenzos Liebesleben kam, begann nun, sich etwas konstruktiver an dem Gespräch zu beteiligen. »Wenn Masterson ein Schützling von Roberts war, warum hat sie sich dann mit Kollmar angelegt, den der Professor doch ebenfalls unter seinen Fittichen hatte?«

»Vielleicht war es ein rein wissenschaftliches Interesse, und sie wollte einfach nur die Wahrheit herausfinden«, gab Bottando in trockenem Ton zu bedenken, dem man deutlich anmerkte, daß er dies für die unwahrscheinlichste Erklärung hielt.

»Vielleicht«, erwiderte Flavia, auch sie nicht sonderlich überzeugt, obwohl sie doch geneigt war, im Zweifelsfall zugunsten der toten Frau zu entscheiden. »In dem Fall wäre sie bereit gewesen, sich sehr unbeliebt zu machen. Roberts war nicht erfreut darüber, Kollmar ebenfalls nicht. Miller lehnte es ab, und van Heteren hielt sie für kindisch. Darüber hinaus hatte ihr sogar der alte Bralle geraten, die Finger davon zu lassen, wie in einem der Briefe zu lesen ist, die Bovolo in ihren Unterlagen gefunden hat.«

Sie zog ihn aus ihrer Mappe und strich ihn auf dem Tisch glatt. »Er ist in Französisch«, sagte sie. »Er dankt ihr für ihren Brief, und dann folgt eine Menge gelehrtes Zeug. Im wesentlichen geht's darum, daß Bralle glaubt, sie irre sich, wenn sie annimmt, daß Kollmar einen Fehler gemacht hat, und daß er es ihr erklären will, wenn sie sich das nächste Mal in Europa treffen. Genaugenommen«, schloß sie, »war der einzige, der sich über diese Geschichte freute, Lorenzo, für den Kollmar anscheinend auf der Abschußliste steht, obwohl er mir mehr oder weniger gestanden hat, daß er viel lieber Roberts losgeworden wäre.«

Bottando betrachtete wehmütig seinen leeren Teller. »Den er inzwischen tatsächlich losgeworden ist. Oder den ein anderer für ihn beseitigt hat. Ob nun charmant oder nicht, Ihr Dr. Lorenzo scheint auf der Verdächtigenleiter immer weiter nach oben zu klettern. Jetzt hat er schon zwei leere Stellen, die er mit seinen Anhängern besetzen kann.«

»Aber«, gab Argyll zu bedenken, »man sollte doch annehmen, daß er abgewartet hätte, bis Masterson Kollmar den versprochenen K. o.-Schlag versetzt hat. Dann hätte er drei freie Stellen gehabt. Außerdem wäre das schon eine ziemlich extreme Form des Stimmenfangs, nicht?«

Bottando seufzte schwer über den Lauf der Welt. »Ach du meine Güte. Es erstaunt mich immer wieder, wieviel Energie manche Leute verschwenden, nur um sich über solche Kleinigkeiten zu streiten. Das klingt ja fast wie bei der Polizia. Aber, Mr. Argyll« – er schenkte Jonathan ein freundliches Lächeln –, »Sie haben doch sicher den Vormittag nicht nur zum Grübeln, sondern zu etwas Produktiverem genutzt, nicht?«

Argyll berichtete ausführlich über seine Aktivitäten in der Bibliothek, was bei Bottando einen leicht abwesenden Gesichtsausdruck hervorrief.

»Aber was genau haben Sie denn herausgefunden?« fragte er etwas ungeduldig, als Argyll langsam die Worte ausgingen.

»Also erstens hat die liebliche Violante Giorgione wirklich verlassen, vermutlich wegen Pietro Luzzi. Allerdings nicht für lange Zeit, denn sie starb noch im selben Jahr. Und allem Anschein nach kamen Tizian und ihr Bruder Alfonso gut miteinander aus. Allerdings ist mir immer noch nicht klar, warum sich die Masterson so dafür interessiert hat.«

»Ja, ja. Sehr interessant«, sagte Bottando unsicher nach Argylls Vortrag. »Hier sind wir also keinen großen Schritt vorangekommen. Erzählen Sie mir doch statt dessen etwas über dieses Komitee. Finden diese Leute überhaupt irgendwo Beachtung? Ist es denn die ganze Aufregung wert?«

»Aber natürlich«, antwortete Argyll etwas überrascht. »Das ist ein sehr prestigeträchtiges Projekt. Wie Sie sehr genau wissen, werden Bilder häufig nur deshalb als Werke von

Raffael, Tizian oder Rembrandt betrachtet, weil Experten sagen, daß sie von ihnen sind. Nur für sehr wenige Bilder gibt es solide urkundliche Belege. Wenn sich also so ein achtbarer Zirkel mit einer Meinung zu Wort meldet, wird die sehr ernst genommen. Vor allem, wenn dieser Zirkel ein regierungsamtliches Gütesiegel und eine Unmenge Geld hat, um seine Seriosität zu beweisen. Sie wissen doch, wie leicht die Menschen sich beeindrucken lassen. Also benennen die Museen irgendwann ihre Bilder um. Mit Freuden, wenn eins aufgewertet wurde, schäumend und zähneknirschend, wenn es abgewertet wird. Ich glaube, das Schlagwort dafür heißt in Amerika im Augenblick *deattribution*, Entzuschreibung.«

Bottando zuckte zusammen. Was Sprache anbelangte, war er Purist, auch wenn es sich um die Sprache anderer Leute handelte.

»Und natürlich hat die Meinung dieser Leute nicht unbeträchtliche Auswirkungen auf den Preis der Bilder, falls sie zur Versteigerung kommen«, schloß Argyll.

»Also kann es passieren, daß ein stolzer Besitzer, der hört, daß sein Bild – um dieses offenbar unumgängliche Wort zu benutzen – entzugeschrieben wurde, mit beträchtlicher Verärgerung reagiert. Vielleicht sogar mit Gewalt?« fragte Bottando, der sich sofort auf diese Möglichkeit eines einfachen, unkomplizierten Motivs stürzte.

»Schon möglich«, erwiderte Flavia etwas widerwillig, denn es ärgerte sie, daß sie nicht selbst darauf gekommen war. »Wir sollten wohl besser mal dem Besitzer von Kollmars Bild einen Besuch abstatten. Obwohl natürlich in diesem Fall Kollmar derjenige mit dem Messer im Rücken hätte sein müssen. Schließlich war er es, der das Bild eine Fälschung nannte.«

»Wir werden sehen«, sagte Bottando mit einer abschließenden Geste. »Zeit zu gehen. Ich muß die Marchesa besuchen. Deswegen bin ich ja schließlich hier.«

8

Obwohl Nachfahrin einer der Familien, die sich seit der Invasion und Zerstörung der venezianischen Republik durch Napoleon Ende des achtzehnten Jahrhunderts nur noch mit den Fingernägeln an ihren gesellschaftlichen Status klammerten, lebte die Marchesa di Mulino noch immer in beträchtlichem Prunk.

So alt und verwittert ihr Palazzo, wie seine Besitzerin, auch war, war er doch immer noch einiges wert. Ein Großteil des Bilderschatzes der Familie war zwar bereits verkauft, doch Bottandos geschultes Auge bemerkte sofort, daß die übriggebliebenen Bilder von guter Qualität waren: ein kleiner Tintoretto, umgeben von einigen Familienporträts, in der Eingangshalle, Zeichnungen, die offensichtlich von Watteau stammten, am Fuß der Treppe. Ein interessanter Aspekt, dachte er. Die üblichen Gobelins, Statuetten und schweren venezianischen Möbel aus dem sechzehnten Jahrhundert. Alles restaurationsbedürftig, aber trotzdem echt.

Sie empfing ihn im Bett – eine etwas altmodische Marotte, die allerdings entschuldigt wurde durch ihr fortgeschrittenes Alter und die Tatsache, daß sie das Stockwerk, in dem sich ihr Schlafzimmer befand, kaum noch verließ. Das Bett war gigantisch, mehr als groß genug für eine ganze Familie, und die Benutzerin, gestützt von einem halben Dutzend bestickter Kissen, wirkte darin wie eine vernachlässigte winzige Puppe. Die alte Frau hatte ein Gesicht, das früher sehr schön gewesen sein mußte, nicht nur hübsch oder gutaussehend, sondern atemberaubend. Das konnten nicht einmal die Falten und die Gebrechlichkeit des Alters verbergen.

Und sie hatte das Benehmen eines Menschen, der daran gewöhnt ist, daß man ihm mit Unterwürfigkeit und Gehorsam begegnet. Sie winkte Bottando zu einem Stuhl, der zu seinem Körperumfang im umgekehrten Verhältnis stand wie das Bett zu ihrem. Keine Begrüßung, kein Dank fürs Kommen, nichts dergleichen. Es war eine Ehre für ihn, sie sehen zu dürfen, und das durfte er nicht vergessen.

Als sie schließlich den Mund aufmachte, erwies sich der

Eindruck der Gebrechlichkeit als eben das – nur ein Eindruck. So uralt sie war, deutete doch nichts darauf hin, daß ihr Verstand auch nur die geringsten Schwächeerscheinungen zeigte. »Sie sind also gekommen, um meine Bilder wiederzufinden, was? Extra aus Rom? Und gleich ein richtiger Generale? Meine Güte, welchen Service einem die Polizei heutzutage bietet«, sagte sie mit einem kleinen Lächeln, nachdem er sich vorgestellt hatte.

»Wir bemühen uns, die Leute zufriedenzustellen«, erwiderte er vorsichtig.

»Unsinn«, schnaubte sie. »Aus welchem Grund sind Sie sonst noch hier?«

Bottando schüttelte entrüstet und leicht verwundert darüber, daß sie offensichtlich seine Gedanken lesen konnte, den Kopf. »Aus keinem anderen Grund«, sagte er. »Nur um Ihre gestohlenen Bilder wiederzufinden. Das ist unsere Spezialität, müssen Sie wissen.«

Sie warf ihm einen verschmitzten Blick zu, der andeutete, daß sie ihm zwar kein Wort glaubte, es ihm aber durchgehen ließ. »Sie verschwenden nur Ihre Zeit«, sagte sie bestimmt. »Wenn Sie nur deswegen gekommen sind, fahren Sie besser wieder nach Rom zurück.«

»Wir besitzen wirklich beträchtliche Sachkenntnis in diesen Dingen«, erwiderte er schwülstig. »Oft stellen wir Bilder sicher, wenn sie zum Kauf ausgeschrieben werden.«

»Unsinn«, wiederholte sie bestimmt. »Gehen Sie heim.«

Bottando rutschte unbehaglich auf seinem Stuhl hin und her. Er wußte, daß ein großer Teil seiner Körperfülle über die Kanten herunterhing, und fragte sich, ob das Möbel ihn noch lange aushalten würde. Er beschloß, es nicht darauf ankommen zu lassen, stand auf und ging mit auf dem Rücken verschränkten Händen zum Fenster.

»Ach, hören Sie doch auf herumzurennen, Mann«, sagte sie bissig. »Wenn Sie zu fett sind für den Stuhl, dann kommen Sie zu mir und setzen sich aufs Bett. Hier«, ergänzte sie und klopfte kräftig auf die Matratze.

Bottando stand nicht seit beinahe vierzig Jahren mehr oder weniger im Dienst der Armee, ohne gelernt zu haben, Befehlen zu gehorchen. Er tat, was sie angeordnet hatte, mußte sich allerdings eingestehen, daß diese Unterhaltung nicht den für polizeiliche Befragungen üblichen Verlauf nahm.

»Brav«, sagte sie, streichelte ihm die Hand und lächelte ihn aufmunternd an wie einen kleinen Jungen, der sich zum erstenmal erfolgreich die Nase geputzt hat. »Ich nehme an, Sie müssen mir eine Menge blöder Fragen stellen. Schießen Sie los! Sie haben fünf Minuten. Danach muß ich schlafen. Ich brauche absolute Ruhe.«

»Nun denn«, erwiderte Bottando, noch immer etwas verwirrt darüber, daß er kaum zu Wort kam. »Warum glauben Sie, daß wir sie nicht wiederfinden werden?«

»Weil Sie Idioten sind. Alle Polizisten sind Idioten«, verkündete sie, für den Fall, daß er das noch nicht wußte. »Sie können nichts dafür, aber so ist es eben. Nur Trottel werden Polizisten.«

Diese Ansicht äußerte zwar auch Bottando selbst häufig. Beunruhigend war nur, daß er nun selbst in diese Verurteilung mit einbezogen wurde – vor allem, da sie von jemandem kam, dem er helfen sollte.

»Aber«, sagte er, tapfer seine Stellung behauptend, »wie kommen Sie darauf, daß dieser Engländer, Argyll, die Bilder gestohlen hat?«

Sie lachte. »Der? Der könnte nicht einmal eine Packung Süßigkeiten aus einem Laden klauen. Mein Gott, der hatte ja schon Schwierigkeiten, sie zu kaufen.«

»Aber wir hatten da eine Anzeige –«

»Bestimmt von Signora Pianta. Die würde so etwas behaupten. Sie ist auch ein Trottel. Nicht ganz richtig im Kopf, wissen Sie.« Sie zwinkerte ihm verschwörerisch zu und senkte die Stimme. »Sieht überall Diebe, Mörder und Vergewaltiger. Das kommt davon, daß sie einen Fernseher in ihrem Zimmer hat. Ich selber habe noch nie geschaut. Haben Sie einen Fernseher?«

Bottando öffnete schon den Mund, um ihr zu gestehen, daß er tatsächlich ein solches Gerät besitze, obwohl ihm allerdings seine Arbeit kaum Zeit lasse zu schauen, doch dann überlegte er es sich anders und runzelte die Stirn. »Wissen Sie, da dieser Diebstahl gemeldet wurde, müssen wir der Sache auch nachgehen.«

»Sie hätte ihn nie melden sollen.«

»Warum nicht?«

»Der Skandal. Ich finde das unerträglich. Ich will nicht, daß mein Name in die Zeitungen kommt.«

»Aber ausgeraubt zu werden, ist doch kein Skandal. Das kommt heutzutage in den besten Familien vor.«

Sie rümpfte die Nase. Offensichtlich hielt sie es für einen sehr bürgerlichen Zeitvertreib, ausgeraubt zu werden.

»Wer ist denn eigentlich diese Pianta?« fragte Bottando. Er hatte zwar Argylls Beschreibung, hielt diese aber für nicht ganz vorurteilsfrei. Kein Mensch konnte so schlimm sein.

»Meine Sekretärin, meine Gesellschafterin, nennen Sie sie, wie Sie wollen. Im Prinzip ein Klotz am Bein. Eine entfernte Verwandte, von der armen Sorte. Eine schreckliche Frau, aber nützlich für den täglichen Kleinkram. Ich bin an sie gewöhnt und inzwischen zu alt, um die Leute in meiner Umgebung noch zu wechseln. Außerdem ärgert sie meinen Neffen, diesen Quälgeist, noch mehr als mich.«

Er seufzte schwer. »Wenn Sie gestatten, werde ich mir nachher ansehen, wie die Bilder fortgeschafft wurden. Nur für alle Fälle. Von Mr. Argyll weiß ich, daß noch jemand anders am Kauf der Bilder interessiert war.«

Schon wieder ein verächtlicher Blick. »Quatsch«, sagte sie bestimmt. »Absoluter Blödsinn. Klingt wie einer von Piantas Tricks, um mehr Geld herauszuschlagen. Seit Jahrzehnten interessiert sich kein Mensch mehr für den Kauf der Bilder. Ich habe zwar einen Brief bekommen, in dem eine Frau anfragt, ob sie eins der Bilder untersuchen dürfe, aber es gab keinen Grund zu der Annahme, daß sie es kaufen wollte.«

»Eine Frau?«

»Mein Gott, sind Sie vielleicht lästig«, sagte sie gereizt. »Also gut. Bringen Sie mir diese Schatulle da drüben.« Sie deutete auf eine Art Nähkästchen auf einem Tisch in der Ecke. Bottando stand dankbar vom Bett auf und holte es. Sie fischte einen Umschlag heraus und gab ihn ihm.

Erfreut stellte Bottando fest, daß seine Vermutung richtig

gewesen war. Es war ein Brief von Louise Masterson, abgestempelt in New York, in dem sie um die Erlaubnis bat, ein anonymes Porträt im Besitz der Marchesa fotografieren zu dürfen, das ihr bei einem von Dr. Lorenzo veranstalteten Empfang im Jahr zuvor aufgefallen war. Sie finde das Bild sehr interessant und wolle es unter ruhigeren Umständen genauer untersuchen. Es habe mit einem Buch zu tun, das sie schreiben wolle.

»Und Sie haben darauf geantwortet?« fragte Bottando.

»Ich habe Pianta gesagt, sie solle etwas schreiben, aber ich weiß nicht, ob sie es geschafft hat. Ein dummes Weib. Sie ist nicht sehr tüchtig, müssen Sie wissen, obwohl sie sich dauernd über alle anderen beklagt.«

Bottando bat sie, den Brief mitnehmen zu dürfen, und sagte ihr dann, er halte es für nicht sehr wahrscheinlich, daß die Frau eine etwaige Verabredung einhalten werde. Der Marchesa schien das nichts auszumachen.

Die Unterhaltung mit Maddalena Pianta war weniger verwirrend, allerdings auch viel weniger amüsant. Mochte seine erste Gesprächspartnerin auch ein wenig unkonzentriert gewesen sein, so war sie doch lebendig, intelligent und witzig – vielleicht auf Bottandos Kosten, aber sie war eindeutig eine Frau, die ihr Leben genossen hatte und fest entschlossen war, aus dem wenigen, was ihr noch blieb, das Beste zu machen. Signora Pianta war das genaue Gegenteil: ein mürrisches, humorloses, argwöhnisches Wesen, das seit den frühen fünfziger Jahren nicht mehr richtig gelacht zu haben schien und auch nicht so aussah, als würde sie es in der nächsten Zeit tun wollen.

Sie beantwortete Bottandos Fragen schnell und äußerst wortkarg. Ja, nein, alles andere mußte er ihr aus der Nase ziehen. Sie habe Argyll angezeigt, sagte sie, weil er doch offensichtlich der Schuldige sei. Er sei Ausländer und wolle die Bilder, aber nicht zu dem geforderten Preis.

Argyll hatte hier allem Anschein nach einen starken Eindruck hinterlassen. Habe sie, fragte Bottando weiter, auf Mastersons Brief reagiert?

Sie wurde verlegen bei der Frage und gab dann mit deutlich erkennbarem, aber unverständlichem Widerwillen zu, daß sie Masterson geantwortet habe, sie dürfe sich das Bild natürlich ansehen, falls es bis zu ihrer Ankunft in Venedig noch nicht verkauft sei. Sie habe dann am Freitagvormittag in der Fondazione angerufen, um einen Termin zu vereinbaren, und habe bei einem Komiteemitglied – den Namen wisse sie nicht mehr, er schien aber Italiener gewesen zu sein – für Masterson die Nachricht hinterlassen, daß sie um neun Uhr an diesem Abend vorbeikommen solle. Sie habe hinterlassen, Masterson solle sie auf Zecco treffen, gegenüber den Giardinetti Reali und nur wenige Gehminuten vom Palazzo entfernt, und zwar deshalb, weil sie, Pianta, vorhatte, ins Kino zu gehen, und nicht wollte, daß Masterson vor ihr eintraf. Aber die Masterson sei nicht erschienen.

»Ich nehme an, Ihnen ist bewußt, daß Dr. Masterson zu dem Zeitpunkt, als Sie Ihren Kaffee tranken und auf sie warteten, nur gut hundert Meter von Ihnen entfernt ermordet wurde? Sind Sie nie auf den Gedanken gekommen, das zu melden?«

Sie habe kurz daran gedacht, erwiderte sie und versuchte, ihr Unbehagen mit Verärgerung zu überspielen. Aber sie habe nicht geglaubt, daß es von Bedeutung sei. Außerdem wäre die Marchesa sehr wütend geworden, wenn sie sich in einen Skandal hätte hineinziehen lassen. Nein, etwas Verdächtiges habe sie nicht bemerkt.

Bottando schüttelte den Kopf. Wirklich eine törichte Frau! Aber wenigstens wußten sie jetzt, warum Masterson hiergewesen war. Allerdings mußte er sich widerstrebend eingestehen, daß sie das der Identifizierung des Mörders keinen Schritt näherbrachte. Also ließ er es gut sein und sagte ihr, daß sie verpflichtet sei, in dieser Angelegenheit eine formelle Aussage zu machen. Ihre unübersehbare Bestürzung versuchte er ihr mit der Versicherung zu nehmen, es gebe keinen Grund, warum ihre Angaben je in die Zeitungen gelangen sollten.

Daraufhin wurde sie etwas kooperativer, und er brachte sie dazu, ihm zu zeigen, wo die Bilder gehangen hatten und wo sie ihrer Meinung nach aus dem Haus geschafft worden waren.

Die Vordertür, oder genauer das, was früher der hochoffizielle Eingang vom Canal Grande her gewesen war, wo Besucher in prächtigen Gondeln vorgefahren und mit gebührendem Pomp und Zeremoniell empfangen worden waren. Inzwischen kaum noch, wenn überhaupt je, benutzt. Das Privatgondelgeschäft ist auch nicht mehr das, was es einmal war!

Bottando betrachtete sich die Tür mit dem Auge eines Polizisten. Sehr alt, möglicherweise aus dem achtzehnten Jahrhundert, dachte er. Aus Holz, das beständig Hitze und Feuchtigkeit ausgesetzt war. Noch sehr solide, aber versperrt mit einem großen, imposanten Schloß, das einen durchschnittlichen Einbrecher keine dreißig Sekunden aufgehalten hätte. Immer die gleiche Geschichte. Welchen Sinn hat es, alle Fenster mit schweren Eisenstäben zu vergittern, wenn man die Haustür offenläßt?

Während er nachdachte, machte Signora Pianta ihm unmißverständlich klar, daß ihrer Meinung nach Argyll und seine Komplizen – offensichtlich sah sie ihn als eine Art Arsène Lupin der neunziger Jahre, ein Vergleich, den Bottando besonders unpassend fand – mitten in der Nacht ins Haus eingedrungen waren, die Bilder in ein Boot geladen hatten und mit ihnen davongefahren waren, um sie zu verstecken. Kein Mensch habe etwas gehört, da die Schlafzimmer alle im zweiten Stock lägen und die Marchesa vor dem Zubettgehen immer eine Schlaftablette nehme. Bottando brummte, während sie weiterplapperte, öffnete die Tür und trat auf den Landungssteg hinaus.

Dort bot sich ihm, trotz des bewölkten Himmels, ein wunderbarer Ausblick in beide Richtungen des Canal Grande. Die weiße, fast wie ein Hochzeitskuchen wirkende Kirche Santa Maria della Salute lag direkt vor ihm, und weiter draußen in der Lagune war San Giorgio gerade noch zu erkennen. Boote aller Größen und Klassen durchpflügten das Wasser des Kanals und warfen dabei Wellen auf, die mit einem leise schmatzenden Geräusch an die Holzpfähle des Stegs klatschten. Vor den Cafés standen noch einige bunte Sonnenschirme und taten tapfer so, als sei der Sommer noch nicht vorüber. Der Wind blies frisch und kalt vom Meer herein und brachte diesen herb-würzigen Geruch mit sich, der darüber hinwegtäuschte, wie schrecklich verschmutzt die ganze Gegend in Wirklichkeit war.

Ein ziemlich belebter Teil der Stadt, dachte er und konzentrierte sich wieder auf seine Arbeit. Konnte hier wirklich jemand Bilder in ein Boot laden und damit abdampfen, ohne daß es jemand bemerkte? Trotz einiger Nachforschungen hatten Bovolos Fußtruppen bis jetzt noch keine Zeugen ausfindig gemacht. Schon erstaunlich, wie wenig Zeugen es überhaupt in diesem Fall gab. »Wann wurde dieser Eingang zum letztenmal benutzt?« fragte er und klopfte mit dem Fuß auf die schwachen Holzplanken. »Ich meine, offiziell?«

»Ungefähr vor einem Jahr. Von Dr. Lorenzo, dem Neffen der Marchesa. Er hat zur Eröffnung einer Tagung dieses neuen Komitees einen Empfang gegeben und alle Gäste in Booten herbringen lassen. Er und die Marchesa sprachen damals gerade wieder einmal miteinander. Das kommt ungefähr einmal im Jahr vor, den Rest der Zeit liegen sie sich wegen der Erbschaft in den Haaren.«

Bottando nickte abwesend und betrachtete eingehend die riesigen alten Holzpfähle, die tief im Schlamm des Kanals steckten und das ganze Gebäude stützten. Nichts Auffälliges. Er spitzte gedankenverloren die Lippen und untersuchte die Planken. Dann runzelte er die Stirn, um einen nachdenklichen Eindruck zu machen, und ging mit entschlossenen Schritten wieder ins Haus. Er werde später noch einmal vorbeikommen, sagte er, gab der Frau die Hand und wandte sich zum Gehen.

»Also«, sagte er später an diesem Abend. »Wir wissen jetzt, was Louise Masterson an dem Abend ihrer Ermordung in diesem Teil der Stadt wollte. Außerdem haben wir inzwischen wenigstens ein paar eindeutige Verbindungen zwischen dem Komitee, den Morden und diesen verdammten Bildern. Das heißt: Lorenzo hätte die Bilder nach dem Tod der Marchesa geerbt, Masterson wollte sich eins davon ansehen, und jemand anders auf der Insel wußte das. Man sollte doch eigentlich annehmen«, sagte er, quasi als Nebengedanke, »daß unser guter Freund und Kollege Commissario Bovolo diese Verbindungen bemerkt hätte, aber offensichtlich hat er das nicht. Vielleicht hielt er sie auch für unwichtig. Vielleicht hat er ja recht.«

Er nippte an seinem Drink und machte eine nachdenkliche Miene. »Wo war ich stehengeblieben? Ach ja. Alle leugnen, die Nachricht der Pianta entgegengenommen oder überhaupt mit jemand am Telefon gesprochen zu haben. Ich habe sie angerufen, um das zu überprüfen. Vermutlich schwindelt da wenigstens einer von denen. Nun wissen wir zwar noch nicht, wohin uns das alles führt, aber ein gewisser Fortschritt ist es auf jeden Fall. Glaube ich zumindest.« Bovolo spielte den Bescheidenen, obwohl er in Wirklichkeit ziemlich zufrieden mit sich war.

»Und Sie sprechen mich also offiziell von dem Verdacht frei, mit einer Bootsladung Bilder in die Nacht abgedampft zu sein?« fragte Argyll, der mit Erleichterung zu bemerken glaubte, daß man ihn nun nicht mehr als potentiellen Dieb betrachtete.

»Ach, ich glaube, das können wir tun. Obwohl es natürlich passieren kann, daß wir Sie trotzdem verhaften müssen, als Ablenkungsmanöver, falls wir bis zum Haushaltsstichtag nichts Besseres vorzuweisen haben. Aber ich bin mir sicher, Sie werden das verstehen«, erwiderte Bottando würdevoll. »Übrigens ist niemand mit den Bildern in die Nacht abgedampft.«

»Ich dachte, die Tür war offen«, bemerkte Flavia, die aufmerksam die Speisekarte studierte und sich dann eine *zuppa inglese* bestellte.

»War sie auch. Aber der Landungssteg ist seit einem Jahr nicht mehr benutzt worden. Man kann kein Boot beladen, ohne Kratzer oder andere Spuren zu hinterlassen. Und da war überhaupt nichts.«

»Wie hat man es dann angestellt?«

»Ja, das ist nun eine ganz andere Frage. Ich weiß nur, was nicht passiert ist. Meine Damen und Herren, Ihre Meinungen bitte!«

»Worum geht's bei dem Streit zwischen der Marchesa und Lorenzo?« wollte Argyll wissen.

Bottando streckte warnend den Zeigefinger in die Luft. »Sie kann ihn nicht enterben, wenn Sie das meinen. Das Anwesen wurde ihm von seinem Onkel hinterlassen, mit einem lebenslangen Nutzungsrecht für seine Frau, die dieses Recht, so wie es aussieht, länger in Anspruch nimmt, als irgend jemand erwartet hat.«

»Haben Sie eine Ahnung, ob Mastersons Interesse an diesem Bild möglicherweise der Auslöser für ihre Ermordung war?«

»Nein.«

»Dieser Anruf der Pianta in der Stiftung beschäftigt mich«, sagte Flavia und zählte stirnrunzelnd die verschiedenen Möglichkeiten auf. »Wenn einer von Mastersons Kollegen die Nachricht entgegengenommen hat, hätte derjenige gewußt, wo sie an diesem Abend zu finden sein würde. Und damit würde er zum Hauptfavoriten für die Rolle des Messerschwingers. Wie viele von diesen Leuten könnte man für einen Italiener halten? Van Heteren und Miller nicht, die haben beide einen starken ausländischen Akzent. Kollmar schon eher, wenn er einen guten Tag hat. Roberts mit Sicherheit. Und natürlich Lorenzo, obwohl Pianta seine Stimme vermutlich erkannt hätte.«

»Stimmt, aber so wie's aussieht, war Lorenzo gar nicht dort. Damit bleibt nur Roberts, wobei allerdings van Heteren behauptet, er sei die ganze Zeit bei Roberts gewesen, und der habe kein einziges Mal telefoniert. Und ich kann mir nicht vorstellen, warum er in diesem Punkt lügen sollte.«

»Er würde es tun, wenn er die beiden umgebracht hätte.«

»Richtig. Sehr richtig. Wir sollten trotzdem van Heterens Alibi mal etwas genauer unter die Lupe nehmen.«

»Das habe ich bereits getan«, entgegnete Flavia. »Wenn Sie mir erklären, wie er sich unbemerkt für die eineinhalb Stunden, die er braucht, um quer durch Venedig zu fahren, Masterson umzubringen und zurückzukehren, von einer Dinnerparty verdrücken konnte, dann bin ich gerne Ihrer Meinung, daß er unser Mann ist.«

Sie alle schwiegen einen Augenblick, um an ihren Drinks zu nippen und über die Ungerechtigkeit der Welt nachzudenken.

»Weil wir gerade beim Thema sind«, fuhr sie danach fort. »Es ist durchaus möglich, das Fenice zu verlassen, zum Park zu laufen, die Masterson zu töten und rechtzeitig wieder zurück zu sein. Aber Frau Kollmar besteht darauf, daß sie weder Roberts noch ihren Gatten für mehr als ein paar Minuten aus den Augen verloren hat.«

Verglichen mit Flavias begeisterter Rekonstruktion möglicher Szenarios und Bottandos erfolgreicher Befragung von Signora Pianta, wirkten Argylls Bemühungen alles andere als hilfreich. Ihm stieg deshalb auch ein wenig die Schamröte ins Gesicht, als er gefragt wurde, was er an diesem Nachmittag getan habe.

Wie er Flavia bereits gestanden hatte, bestand seine Schwäche als Kunsthändler darin, daß er sich zu sehr für die Bilder interessierte, die er zu kaufen versuchte. Und mit Mordopfern war das anscheinend ebenso. Er hatte seinen Arbeitgeber, Sir Edward Byrnes, angerufen und ihn nach Benedetti gefragt, dem Besitzer des Bildes, über das Masterson und Kollmar in Streit geraten waren.

Er hatte außerdem seinem Arbeitgeber seine neuesten Mißerfolge gestanden. So etwas könne passieren, hatte Byrnes eingeräumt, obwohl er noch nie gehört habe, daß ein Bild in der letzten Minute vor dem Kauf gestohlen worden sei. Er hatte Argyll gedrängt, er solle doch nach Rom zurückkehren und wieder anfangen, Geld zu verdienen. Und Argyll hatte versprochen, es zu tun. »Was das Bild angeht, wußte Byrnes nichts außergewöhnliches über den Besitzer, und er zweifelte auch sehr daran, daß dieser Mann Kunsthistoriker unter Vertrag genommen hat. Aber er hat versprochen, sich einmal umzuhören. Abgesehen davon habe ich mir gedacht, daß es vielleicht eine gute Idee wäre, nach Padua zu fahren.«

»Aha«, machte Bottando überrascht. »Und wie kommen Sie darauf?«

»Hagiographie«, antwortete er geheimnisvoll. »Das Leben der Heiligen«, fügte er hinzu, nur für den Fall, daß den beiden das Wort zu lang war. »Flavia hat mir erzählt, daß Masterson letzten Donnerstag, als sie eigentlich in der Sitzung des Komitees hätte sein sollen, nach Padua gefahren ist, und in der Bibliothek hat sie Artikel über die Tizianfreskos in der dortigen Scuola di San Antonio gelesen. Na, und da ist mir der Gedanke gekommen, daß man vielleicht hinfahren und sich im Schrein der Heiligen inspirieren lassen sollte.«

»Und was hoffen Sie dort zu finden?«

Argyll schüttelte den Kopf. »Das weiß ich nicht so genau. Aber hoffentlich das, was Masterson gefunden hat. Sie war dort, hat dann angekündigt, daß sie ihr Referat umschreiben würde, und wurde kurz darauf umgebracht.«

Bottando murmelte, daß Argyll, wenn er meine, daß sich der Ausflug rentiere, natürlich seinem Instinkt folgen müsse. Es liege ihm fern, ihn herumzukommandieren. Doch man merkte ihm an, daß er nicht viel Sinn darin sah, und auch, daß er an Argylls Fähigkeit zweifelte, eine Spur zu entdecken, falls eine existierte. Dann trottete er auf sein Zimmer, und Flavia schlug einen Verdauungsspaziergang vor.

Sie verliefen sich wieder, und allmählich stieg in ihnen Verärgerung darüber hoch, daß Venedig so gar nicht dem Grundriß normaler Städte entsprach. Die meisten sind schließlich ziemlich klar und einfach gegliedert: Die Kathedrale an einem Ende, den Bahnhof am anderen, alles andere dazwischen, und dazu Taxis, die einen von einem Ort zum anderen bringen. Venedig war leider ganz und gar nicht so, und obwohl Flavia die Stadt sehr mochte, so war sie doch immer mehr von ihr enttäuscht. Sie hatte Bovolo besucht und sich verlaufen, dann Lorenzo besucht und sich verlaufen, und jetzt ging sie gemächlich nirgendwo hin und verlief sich zum dritten Mal. Das erinnerte sie lebhaft an ihre Fortschritte in diesem Fall.

Argyll, der mit leichtsinniger Unbekümmertheit neben ihr ging, schien das nicht so viel auszumachen. Unverbesserlicher Tourist, der er war, verdrehte er ständig den Hals, um sich die Gebäude anzusehen, und versuchte hin und wieder, sie dazu zu bringen, den Mund zu halten und statt dessen eine Kirchenfassade zu bewundern. Sie dagegen marschierte unbeirrt weiter und wurde das Gefühl nicht los, in immer enger werdenden Kreisen zu gehen. »Da«, sagte sie schließlich und streckte ihrem Begleiter den zerdrückten Stadtplan entgegen. »Ich geb's auf. Find' raus, wo wir sind, und bring mich heim.«

Argyll warf einen Blick auf die Karte und sah dann wieder hoch, um den Namen der Gasse zu suchen, in der sie sich befanden. Er drehte die Karte auf den Kopf, sah noch einmal hin, ging weg, wandte sich nach rechts und sagte: »Wie wär's damit?«

Sie war nicht beeindruckt. »Das ist nicht mein Hotel«, bemerkte sie spitz.

»Das weiß ich auch«, erwiderte Argyll und ging über die hohe Bogenbrücke auf die andere Seite des Kanals. »Aber das ist die Stelle, wo Roberts aus dem Wasser gezogen wurde. Das ist doch für den Anfang nicht schlecht. Wir sind nicht mehr weit weg. Jetzt findest du dich bestimmt wieder selber zurecht. Roberts hat dort unten gewohnt«, sagte er und deutete nach links, »und der Canal Grande liegt in dieser Richtung«, ergänzte er und deutete nach rechts.

»Das bedeutet, daß wir« – er hielt inne, überlegte einen Augenblick und deutete dann noch einmal – »in diese Richtung gehen sollten«, schloß er, zwar falsch, aber mit triumphierender Miene.

Er gab ihr die Karte zurück, damit sie mit eigenen Augen sehen konnte, was für einen hervorragenden Orientierungssinn er hatte. Während sie sein Selbstvertrauen bewunderte und seine Schlußfolgerungen bezweifelte, zog er eine Zigarettenpackung aus der Tasche. »Hab' ich's doch gewußt, daß ich was vergessen habe«, murmelte er und steckte den Finger in die Packung, in der vergeblichen Hoffnung, vielleicht doch noch irgendwo eine Zigarette zu finden. »Verdammt.« Er zerknüllte das Päckchen und warf es nachlässig über das Brückengeländer.

»Nicht sehr umweltbewußt«, bemerkte Flavia.

Er sah hinunter auf das schmutzige Wasser. Das zerdrückte weiße Päckchen schwamm auf der Oberfläche, umgeben von einigen leeren Plastikflaschen, den Überresten einer toten Ratte, einigen Zeitungsseiten und einer bunten Mischung von Haushaltsabfällen. Sie sahen zu, wie diese Ansammlung langsam auf den Canal Grande zutrieb, wo sie sich mit anderem Krimskrams vereinigen und schließlich in der großen Müllkippe landen würde, die man die Adria nennt.

»Nein«, sagte er. »Tut mir leid.«

Noch einige Augenblicke lang sahen sie dem Abfall nach. Da war doch etwas... Plötzlich sagte Flavia: »Es fließt in die verkehrte Richtung.«

Beide sahen noch einmal genau hin. »Stimmt«, sagte er nach einer Weile. »Letzte Nacht ist das Wasser vom Canal Grande weggeflossen, jetzt fließt es dorthin. Ist das nicht eigenartig?«

»Rückfluß«, sagte sie wissend.

»Wie bitte?«

»Nichts. Hast du Lust auf eine Bootsfahrt?«

Damit hatte er nicht gerechnet, denn normalerweise hatte sie etwas gegen Spaß und Ausgelassenheit, zumindest während der Arbeit. Aber ihm stand es nicht zu, sie davon abzubringen, wenn sie eine Stunde blaumachen wollte. Der Zeitpunkt war allerdings schon etwas exzentrisch. »Jetzt? Um elf in einer kalten Oktobernacht? Was willst du denn? 'Ne Gondel und 'ne Flasche Wein?«

»Red' doch keinen Stuß! Ich habe natürlich morgen gemeint. Ich werde mich um alles kümmern. Wir können dann gleich losfahren, wenn du aus Padua zurückkommst.« Sie hielt inne und sah ihn von oben bis unten an, bevor sie mit ernster Stimme sagte: »Jonathan, bitte sei vorsichtig.«

Das war eine Ermahnung, die er von ihr häufig zu hören bekam. Er hatte die Angewohnheit, nie richtig darauf zu achten, wohin er trat, und beständig gegen Hindernisse zu stoßen, wie etwa Laternenpfähle und Straßenschilder, die von den Behörden extra aufgestellt wurden, um den Achtlosen eine Falle zu stellen. So war es auch jetzt. Argyll hatte eine ungewöhnlich interessante Heiligenfigur entdeckt, die von den Lichtern der Kirche San Barnaba erhellt wurde, und er trat um des besseren Blickwinkels willen einen Schritt zurück. Er liebte Heiligenfiguren.

Dabei stieß er mit dem Knöchel gegen einen Betonpoller, den man hier aufgestellt hatte, um dem durchschnittlich Aufmerksamen zu zeigen, daß knapp dahinter der Kanal beginnt. Da er in die andere Richtung schaute, stolperte er, wankte ein paar Schritte zurück, um das Gleichgewicht wiederzugewinnen, und verschwand hinter der Uferbefestigung mit einem spitzen Schreckensschrei, der abrupt aufhörte, als sein Kopf mit lautem Platschen in das schwarze, kalte und stinkende Wasser eintauchte.

Flavia lief zum Ufer, denn sie fürchtete schon, die Lagune würde nun auch noch einen zweiten Kunstgeschichtler, wenn auch nur einen ehemaligen, als Opfer fordern. Doch ihre Befürchtungen waren unbegründet. Nachdem Argyll einige Sekunden wild um sich geschlagen und wüst geflucht hatte, stand er wieder aufrecht, bis zu den Knien im Wasser und mit einem verlegenen Ausdruck auf dem, was von seinem Gesicht zu sehen war. Über und über mit dickem, glitschigem Schlamm bedeckt, triefnaß und durch und durch gedemütigt, wie er war, schien er ansonsten wenig Schaden genommen zu haben.

Flavia kicherte bei dem Anblick und sah ihn dann nachdenklich an. »Alles in Ordnung da unten?« fragte sie.

»Mir ging's noch nie besser. Nett, daß du fragst. Und wie geht's dir?« erwiderte er, bevor er noch einmal ausrutschte.

»Das Wasser ist nicht sehr tief«, bemerkte sie.

»Was du nicht sagst.«

»Ich meine, nur ungefähr einen Meter. Das Risiko, daß du ertrinkst, ist nicht besonders groß, oder?«

Er versuchte, sich ein wenig von dem Schlamm abzuwischen, und zitterte heftig. »Außer, wenn ich mich sehr anstrenge. Aber ich könnte erfrieren. Hältst du jetzt endlich die Klappe und hilfst mir raus?«

»Oh. Tut mir leid.« Sie rollte den Ärmel hoch und streckte ihm leicht angewidert die Hand entgegen. »Was ich damit sagen wollte«, fuhr sie fort, während er hochkletterte und sie gegen die Windrichtung davonwich, »ist folgendes: Wenn du nicht in Gefahr warst, zu ertrinken, dann auch Roberts nicht. Falls er ausgerutscht ist. Ich meine, er hätte doch einfach nur ans Ufer waten und herausklettern müssen, oder?«

Sie fand diesen Gedanken faszinierend und wollte sich

schon weiter darüber auslassen, als sie an dem ausgesprochen bösen Blick, den Argyll ihr zuwarf, merkte, daß er sich im Augenblick nicht sonderlich dafür interessierte. Also begleitete sie ihn, in angemessener Entfernung von seiner schmuddeligen Erscheinung, ins Hotel und bestellte ihm einen Whisky, während er im Badezimmer ein Chaos anrichtete.

9

Um acht Uhr am folgenden Morgen marschierte Generale Bottando mit forschen Schritten die Treppe zum Revier der Carabinieri hinauf und ging direkt auf das Büro von Commissario Bovolo zu. Er freute sich nicht gerade auf diese Begegnung.

Doch Bovolo war noch immer in einer Stimmung, die man beinahe gute Laune nennen konnte. Das soll nicht heißen, daß er lächelte oder seine Augen vor Fröhlichkeit funkelten oder etwas in der Richtung, sondern nur, daß seine Verdrießlichkeit sich ein klein wenig gelichtet hatte, wie dichter Nebel über dem Meer, den eben die schwachen Strahlen der Wintersonne berühren. Offensichtlich im Siegesrausch, dachte Bottando. Malt sich bereits seinen neuen Job aus. Er beschloß, Bovolo nicht die Stimmung zu verderben, indem er ihm von seinen Entdeckungen erzählte.

»Bitte setzen Sie sich«, sagte eine graue, eintönige Stimme zu Bottando. »Ich nehme an, Sie brauchen meine Hilfe.«

Das Problem mit der italienischen Polizei ist, daß sie so zersplittert ist. In einem besser durchorganisierten System hätte Bottando einige Dienstgrade über diesem Provinztrottel gestanden und von ihm uneingeschränkte Zusammenarbeit verlangen können. Aber da die Polizei unterteilt war, zählte sein höherer Rang nichts. Bovolo konnte ihn hinauswerfen, ihm ein Gespräch verweigern, konnte alles tun, was er wollte, und der Generale aus Rom war machtlos dagegen. Hätte ein Untergebener bei der Polizia in diesem leicht unverschämten Ton mit ihm gesprochen, wäre er aufs schärfste getadelt worden. Doch bei diesem Carabinieri-Kommissar hatte Bottando keine andere Wahl, als versöhnlich zu reagieren und bescheiden zu nicken, vor allem, wenn er an seine schwache Position daheim in Rom dachte. »So ungefähr. Es geht um diesen Bilderdiebstahl.«

Bovolo nickte. »Hab' ich mir schon gedacht. Hab' gleich gewußt, daß Sie meine Hilfe brauchen würden. Schon komisch, nicht, wie wir Provinzheinis es schaffen, einen Mordfall innerhalb von wenigen Tagen zu lösen, während Sie Experten schon bei einem simplen Diebstahl ins Schwimmen kommen. Wie gesagt, das kommt davon, wenn man sich vor Ort nicht auskennt. Aber das wird sich ja nun bald alles ändern, was?«

Bottando knirschte mit den Zähnen und tröstete sich mit der Vorstellung, was er mit diesem abscheulichen Zwerg alles anstellen würde, falls sich seine halbgaren Theorien bestätigen sollten. Er lächelte grimmig und erwiderte unverdrossen: »Komisch ja, simpel allerdings nicht. Haben Sie gewußt, daß Louise Masterson sich für eins der gestohlenen Bilder interessierte?«

»Nein«, antwortete Bovolo ohne großes Interesse. »Wollen Sie mir damit sagen, daß hier Geister mit im Spiel sind?«

Bottando lächelte sicherheitshalber, die Bemerkung hätte ja als Scherz gemeint sein können. »Kaum. Es ist nur ein eigenartiger Zufall. Aber nichts von Bedeutung. Worauf ich hinauswill, ist, ich bin mir ziemlich sicher, daß der Diebstahl ein Pfusch war.« Davon stimmte natürlich kein Wort, aber es erfüllte seinen Zweck.

»Warum?«

»Weil die Diebe nur sehr unbedeutende Bilder gestohlen und einen Tintoretto, ein paar Watteaus und ähnliches dagelassen haben.«

»Dann waren es eben ignorante Trottel. Wahrscheinlich aus dem Süden.«

»Worauf ich hinauswill«, wiederholte Bottando mit Nachdruck, um das Gespräch dort hinzubringen, wo er es haben wollte, »ist, daß sie mit allergrößter Wahrscheinlichkeit zurückkommen werden, wenn sie erst einmal gemerkt haben, daß sie sich die falschen Bilder geschnappt haben. So etwas kommt häufig vor, wie Sie sicher wissen. Und falls das passiert und die Marchesa dabei angegriffen wird oder etwas ähnliches, wäre das höchst bedauerlich.«

Damit hatte er den wunden Punkt getroffen. Bovolo malte sich das Szenario aus: Die Marchesa wird angegriffen und Bottando flüstert in einflußreiche Ohren, er habe es diesem Mann in Venedig ja gesagt... Nicht gerade vorteilhaft für die Beförderung. »Also, was wollen Sie?«

»Naja, ich habe mir gedacht, daß Sie vielleicht in den nächsten Tagen dort einen Mann postieren könnten. Das wäre von Vorteil. Ich bin mir sicher, die Marchesa wird Ihnen sehr dankbar dafür sein.«

Was natürlich nicht stimmte, im Gegenteil, sie würde schäumen vor Wut. Aber auch das wäre von Vorteil. Bovolo jedoch konnte sich nur vorstellen, daß sie ihn zum Dank zum Abendessen einlud und Venedigs Mächtigen erzählte, was für ein großartiger Mann er doch sei. Das zeigte nur, wie wenig er sie kannte.

Er war allerdings kein Mann, der wußte, wie man das Wort dankbar buchstabiert, geschweige denn einer, der entsprechend handelte. »Na gut«, brummte er. »Wahrscheinlich können wir dafür einen erübrigen.«

»Großartig. Ach übrigens, meine Assistentin hat mich gebeten, Sie zu fragen –«

Bovolo starrte ihn wütend an. »Jetzt hören Sie mal zu. Das reicht jetzt. Ich muß Ihnen sagen, Generale, daß mir die Einmischungen Ihrer Untergebenen allmählich sehr lästig werden. Diese Frau führt sich auf, als wäre das ihr Fall...«

»Aber Sie haben sie doch gebeten, mit den Mitgliedern des Komitees zu sprechen.«

»Das stimmt. aber ich habe ihr auch gesagt, daß sie sonst nichts tun soll. Der Fall ist bereits abgeschlossen, aber sie belästigt sie noch immer. Wenn das so weitergeht, werde ich in offiziellerer Form protestieren müssen. Sorgen Sie dafür, daß sie bei den gestohlenen Bildern bleibt. Und überlassen Sie Mordfälle den Leuten, die professionell damit umgehen können.«

Bottando hob die Hände. »Keine Sorge, mein Herr«, sagte

er in beschwichtigendem Ton. »Habe schon verstanden. Signorina di Stefano ist hier, um mir beim Aufspüren von gestohlenen Bildern zu helfen. Ich kann Ihnen versichern, daß sie sich ausschließlich darauf konzentrieren wird.«

Bovolo schien besänftigt, und Bottando hatte erreicht, was er wollte. Also dankte er dem erbärmlichen Commissario überschwenglich und schlenderte davon. Er war sehr zufrieden mit sich. Den Bogen hab' ich noch immer raus, dachte er.

Während Bottando sich über seine Fähigkeit, andere zu manipulieren, freute, saß Jonathan Argyll eingeklemmt auf einem Ecksitz in einem Abteil zweiter Klasse des Zuges von Venedig nach Padua. Es war alles andere als ein Schnellzug: Quietschend kroch er durch die flache und ganz und gar langweilige Landschaft westlich von Venedig, hielt alle paar Minuten in Bahnhöfen an, um Menschen aus- oder zusteigen zu lassen, und blieb gelegentlich sogar mitten im freien Feld stehen, als müßte er wieder zu Atem kommen.

Es war eine eintönige und deprimierende Fahrt, die so recht zu seiner Stimmung paßte. Bis jetzt, dachte er, war es ihm relativ gut gelungen, seine tiefe Enttäuschung über die Ereignisse der letzten Zeit zu verdrängen. Weil er nichts Besseres zu tun hatte, ging er in Gedanken noch einmal die ganze Geschichte durch. Und was für eine jammervolle Geschichte das war! Er hatte seine Bilder verloren. Bottando und Flavia machten sich Sorgen um ihren Arbeitsplatz, zwei Menschen waren ermordet worden, und sie hatten nicht die geringste Ahnung, was eigentlich los war und warum.

Warum hatte sich Masterson zum Beispiel für eines von seinen Bildern interessiert? Warum war sie nur wenige Tage vor ihrem Referat so überstürzt nach Padua gefahren? Er hätte gern geglaubt, daß es dazwischen eine Verbindung gab, aber er hatte keine Ahnung, worin die bestehen könnte. So angenehm es auch war, von verschollenen Tizian-Porträts zu träumen, wußte er doch nur zu gut, daß das Gemälde der Marchesa unmöglich eins sein konnte. Schließlich war Lorenzo ein enger Verwandter und, trotz seiner Oberflächlichkeit, ein Tizian-Experte, dem so etwas sicher aufgefallen wäre.

Wenigstens war einigermaßen klar, wie Masterson auf das Bild gestoßen war: Sie war bei ihrer ersten Komiteetagung im Jahr zuvor auf dem Empfang Lorenzos im Palast seiner Tante gewesen. Dort hatte sie das Bild wahrscheinlich gesehen und sich später wieder daran erinnert. Aber welche Assoziationen hatte es in ihr geweckt?

Welche es auch gewesen sein mochten, in ihm rührten sich jedenfalls keine, und so war er gründlich schlechtgelaunt, als der Zug in den Bahnhof einfuhr. Es war eiskalt, als Argyll ausstieg, und er hörte den Regen auf das Glasdach der Halle prasseln. Seit Tagen drohte dieses Unwetter nun schon, und jetzt entlud es sich absichtlich im unpassendsten Moment. Über Nacht war es kälter geworden. Allerdings war es zuvor schon ziemlich frisch gewesen, das hatte er bemerkt, als er in den Kanal fiel.

Aber jetzt ließ die Mischung aus Regen und eisiger Luft auch den kürzesten Augenblick im Freien zur Qual werden, und er war eigentlich nicht dem Anlaß entsprechend angezogen. Er stand in der Bahnhofshalle und spähte zum Himmel hinauf, in der Hoffnung, daß die Wolken aufbrechen, der Regen aufhören und die Sonne sich zeigen würde. Alle drei ignorierten seine Wünsche. Also stellte er den Kragen seiner Jacke hoch, steckte die Hände in die Tasche, setzte eine mürrische Leidensmiene auf und machte sich auf den Weg. Er hoffte nur, sich dabei keine Erkältung zu holen.

Es war, verflucht seien die Stadtplaner, ein langer Weg. Im allgemeinen war er durchaus dafür, daß mittelalterliche Stadtzentren erhalten und die Errungenschaften der Moderne an den Rändern angesiedelt wurden. Allerdings war er bereit, bei Bahnhöfen an verregneten Tagen eine Ausnahme zu machen, vor allem, wenn weit und breit kein Bus zu entdecken war und er zwei Kilometer zu Fuß laufen mußte. Unter solchen Umständen schien der Abriß von ein oder zwei mittelalterlichen Kirchen ein gerechtfertigter Preis für die größere Bequemlichkeit zu sein.

Als er nach etwa dreißig Minuten der Aufopferung für die

Wahrheit und die Gerechtigkeit an seinem Ziel angelangt war, wünschte er sich, die Wahrheit und die Gerechtigkeit würden eine Weile ohne ihn zurechtkommen. Die Scuola befand sich in der Nähe der Kathedrale, ein trister Bau, der noch unansehnlicher wurde dank der Unmengen von Taubenkot, die die Fassade mit einer häßlichen, schmutzig-weißen Schicht überzogen und aus den Statuen an der Vorderfront kleine fromme Schneemänner machten.

Wenigstens war offen. Aber eigentlich zu offen. Durch die weit aufgerissenen Türflügel blies der Wind herein, und im Inneren war es sogar noch kälter und feuchter als draußen. Er betrat das dunkle, zugige Gebäude und stand dann da und wußte nicht genau, was er eigentlich tun sollte. Ein hilfreicher Pfeil zeigte eine breite Steintreppe hinauf, und so trottete er nach oben.

Die Gemälde, von denen er sich vergeblich eine Eingebung erhofft hatte, befanden sich am anderen Ende des oberen Saals, eingerahmt von schwerem, dunklem Holz und sehr restaurationsbedürftig. Die Zeit, die Feuchtigkeit und der Mangel an Pflege hatten ihren Tribut gefordert. An einigen Stellen blätterte die Farbe ab, und die gesamte Oberfläche der Freskos war sehr dunkel.

Sie waren ungefähr so erbärmlich, wie Argyll sich fühlte, und konnten kaum als Glanzstücke der Renaissance-Malerei bezeichnet werden. Unbeholfen und ein bißchen gestelzt in der Komposition, genaugenommen ziemlich leblos, aber mit Sicherheit von Tizian, das stand außer Zweifel. Doch das zeigte nur, daß auch der beste Maler einmal einen schlechten Tag haben kann. Vielleicht hatte der große Mann Kopfschmerzen gehabt oder die Grippe. Argyll stellte sich vor, wie der junge Maler hier vor sich hin arbeitete, in diesem Saal, wo er zum ersten Mal wirklich Gelegenheit hatte zu zeigen, was er konnte – ganz auf sich allein gestellt, ohne einen Meister oder Lehrer, der ihm beständig über die Schulter geblickt hätte. Zufrieden war er bestimmt nicht damit gewesen. Tief im Herzen mußte der Künstler gewußt haben, daß er Besseres leisten konnte als das.

Auch die Art der Darstellung war für jemanden wie Tizian,

der im allgemeinen eine direkte Herangehensweise bevorzugte, auf eigentümliche Art unbestimmt. Immerhin sollten die Bilder doch das Leben des Heiligen Antonius von Padua verherrlichen, indem sie von den großartigen Wundern berichteten, die er vollbracht hatte. Aber auf einem der Bilder war der Heilige kaum zu sehen, und auch auf den anderen stand er nicht gerade im Mittelpunkt.

Argyll schlug den kleinen Führer auf, den er mitgebracht hatte. Rechts befand sich *Das Wunder des neugeborenen Kindes*, auf dem ein Kleinkind einem eifersüchtigen Ehemann im eleganten rotweißen Kostüm versichert, daß seine Frau ihm wirklich treu ist. In der Mitte *Das Wunder des Eifersüchtigen*, auf dem ein Adliger, den Kleidern nach zu urteilen offensichtlich derselbe wie auf dem ersten Bild, in einem Park seine Frau ersticht, weil er sie für untreu hält. Doch er hat sich geirrt und sucht mit Reue im Herzen den Heiligen auf, um seine Sünden zu beichten, woraufhin dieser die Frau wieder zum Leben erweckt. Es ist immer gut, wenn man weiß, wann man Mist gebaut hat. Aber das ist ja ein interessanter Aspekt, dachte er: in einem Park erstochen, eifersüchtiger Mann, der die Frau für untreu hält. Hm.

»Ich sagte, kann ich Ihnen helfen«, sagte ein Mann, der offensichtlich schon eine Weile neben ihm stand und versuchte, seine Aufmerksamkeit zu erregen.

Argyll fuhr zusammen. »Oh«, sagte er. »Sie haben mich überrascht.« Doch das sah man ihm an.

Der kleine Mann, der offensichtlich ein Mönch war, doch eher aussah wie ein vermummter Maulwurf, musterte ihn neugierig. »Sie scheinen sich sehr für unser Gebäude hier zu interessieren«, sagte er mit leicht entschuldigender Miene. »Ich habe mich gefragt, ob Sie vielleicht Hilfe brauchen. Ich würde mich freuen, Ihnen unsere Schätze präsentieren zu dürfen. Diese hier sind, wie Sie sicher wissen, vom großen Tizian.«

Argyll dachte über das Angebot nach. Das letzte, was er bei diesen Temperaturen wollte, war eine ausgedehnte Führung. Aber er hatte Lust, mit jemandem zu reden. Diesen Franziskaner konnte er allerdings kaum in die nächste Bar schleifen.

»Vielen Dank. Sehr freundlich von Ihnen«, sagte er. »Was ich wirklich gern wissen möchte, ist, warum der Heilige Antonius auf diesen Bildern, die doch eigentlich von ihm handeln sollen, kaum zu sehen ist.«

»Nun ja. Ein schwieriger Mann, dieser Tizian«, erwiderte der Mönch, als wäre der Maler eine lokale Berühmtheit, die man an den Wochenenden beim Speisen in Restaurants bestaunen konnte. »Aber Sie wissen ja, wie Künstler sind. Es gibt eine Menge eindeutigerer Szenen, die er sich hätte aussuchen können. Ich bin sicher, daß das für einige Verärgerung gesorgt hat, ganz abgesehen von den etwas respektlosen Details über seine Geliebte.«

»Was meinen Sie damit?«

»Es ist nur eine Geschichte, aber es heißt, daß Tizian die reizende Violante di Modena als die Dame gemalt hat, die erstochen wird. Anscheinend war sie untreu, und er wollte Rache. Die Mönche fanden das natürlich unangebracht, und ich kann mich ihrem Urteil nur anschließen.«

»Verwechseln Ihre Geschichtenerzähler ihn da nicht mit Giorgione?« fragte Argyll skeptisch. »Diese Sache mit der unerwiderten Liebe kommt mir verdächtig bekannt vor. Außerdem dachte ich, sie sei mit Pietro Luzzi durchgebrannt, nicht mit Tizian.«

Der kleine alte Mann kicherte. »Hm. Mag sein. Die Lebensläufe von Malern geraten eben oft durcheinander, wie die der Heiligen. Vielleicht haben Sie recht, denn ich glaube, die Dame war bereits tot, als er hier ankam. Leider verdirbt die historische Exaktheit manchmal eine gute Geschichte.«

»Wissen Sie etwas über das dritte Bild?« fragte Argyll und deutete auf das linke Fresko. »Es scheint in einem etwas anderen Stil gehalten zu sein als die beiden anderen.«

Der Mönch nickte. »Sehr aufmerksam. Soweit ich weiß, wollte der Maler hier etwas ganz anderes machen, was das Ordenskapitel wohl für unangebracht hielt.«

»Und was war das?«

»Das weiß ich nicht. Es war noch im Planungsstadium, als die Mönche ein Machtwort sprachen und auf dem da bestanden.«

»Sehr interessant«, sagte Argyll, da der Mann anscheinend Ermutigung brauchte. »Ich war ganz versessen darauf, diese Bilder zu sehen. Ich kann mir vorstellen, daß Sie hier eine Menge Touristen haben.«

»Im Sommer sind es schon einige. Natürlich sind wir nicht so beliebt wie die Scrovegni-Kapelle nebenan. Giotto scheint ein viel größerer Reißer zu sein. Aber auch wir kriegen unseren Teil ab.«

Der kleine Mann lächelte über seine etwas unmönchische Ausdrucksweise. »Im Augenblick ist natürlich eine schlechte Zeit«, fuhr er fort. »Zu kalt und zu dunkel, um sie richtig sehen zu können. Letzte Woche war eine Frau hier, die stand schon fast auf dem Altar, nur um den richtigen Ausschnitt zu bekommen. Und mit Blitzlicht hat sie auch noch fotografiert. Wir lassen natürlich mit Freuden Besucher ein, aber so etwas wird nicht gern gesehen. Es zeugt von mangelndem Respekt. Und außerdem ist es schlecht für die Fresken. Ihr Zustand ist sowieso schon schlimm genug.«

»Gewisse Leute legen wirklich ein unmögliches Benehmen an den Tag«, sagte Argyll treuherzig.

»Vor allem Amerikaner. Nicht, daß sie schlechte Menschen wären«, fügte der Mönch schnell hinzu, weil er sich plötzlich nicht mehr sicher war, welcher Nationalität er Argyll zuordnen sollte, »sie geraten nur zu leicht in Begeisterung.«

»Und diese Frau letzte Woche war Amerikanerin?«

»Ja. Eine charmante Dame, nachdem sie den Altarraum wieder verlassen hatte. Sie war sehr gebildet und sprach sehr gut italienisch.«

»Haben Sie ihr die Bilder auch erklärt?«

»Nein, das war nicht nötig. Ich glaube, sie wußte mehr darüber als ich. Aber wir haben uns sehr angenehm unterhalten, bis sie schließlich weg mußte, um etwas Dringendes zu erledigen, und sie hat sich auch entschuldigt für die Zweckentfremdung unseres Altars. Außerdem hat sie eine stattliche Spende in den Opferstock gesteckt.«

Argyll dankte dem Mönch überschwenglich, tat es demonstrativ der Masterson gleich – denn nur sie konnte es gewesen sein –, indem er einen größeren Betrag in den Opferstock steckte, und ging dann in das nächste Restaurant, das er finden konnte. Die Frage war natürlich, was hatte sie so Dringendes zu erledigen gehabt?

Am frühen Nachmittag war er wieder in Venedig, und obwohl er nichts Gutes ahnte, beschloß er, tugendhaft zu sein und nicht gleich in die Bar seines Hotels zu rennen. Natürlich wäre auch das durchaus verständlich gewesen. Der Wind wurde beißender, der Regen nasser, und die Temperatur sank immer weiter. Auch die Flut stieg immer höher, und als das Vaporetto ihn langsam und stampfend zur Isola San Giorgio brachte, sah er durch die beschlagenen Fenster weiße Schaumkronen auf der für gewöhnlich glatten Wasseroberfläche.

Auch als er sein Ziel erreicht hatte, konnte er Wärme und Behaglichkeit nicht lange genießen. Sein Abstecher in Mastersons altes Zimmer dauerte nur wenige Augenblicke, nachdem er es erst einmal geschafft hatte, sich an dem Pförtner vorbeizureden, der – zum Glück für Argyll – offensichtlich viel zu gut zu Mittag gegessen hatte, um sich ernsthaft mit Eindringlingen anzulegen. Argyll hatte erwartet, erst umständlich Wachssiegel der Polizei von der Tür entfernen zu müssen, um in das Zimmer zu gelangen, doch da die bereits abgefallen waren, brauchte er nur die Tür zu öffnen und einzutreten, sich zu nehmen, was er suchte und wieder zu verschwinden. Stille im Gang.

Und dann war er wieder draußen. Wieder hatten seine selbstlose Hingabe an die Wahrheit und der Zwang zum Geldverdienen ihn von dem verdienten heißen Bad abgehalten. Er fuhr zur Hauptinsel zurück und ging mit schnellen Schritten dorthin, wo Masterson ihre letzten Augenblicke verbracht hatte. Warum eigentlich nicht mal den Tatort besuchen, dachte er sich. Nicht daß er sich, Adlerauge, das er war, große Chancen ausrechnete, etwas zu entdecken, das die Polizei übersehen hatte.

Nein, dieses Herumschlendern war das Resultat einer Mischung aus Voyeurismus und Unentschlossenheit, die sich dabei in etwa die Waage hielten. Das Problem war, daß er nicht einmal genau feststellen konnte, wo der Mord stattgefunden hatte. Die Spuren der Ermittlungen – Absperrbänder, kleine Schildchen, die im Boden steckten, bewaffnete Posten und so weiter – waren längst verschwunden, übriggeblieben waren nur Gras, Bäume und ein paar Gewächshäuser. Und falls es noch Hinweise gegeben hätte, hätte der Regen sie inzwischen fortgeschwemmt, dachte er, während ihm die Tropfen in den Kragen liefen.

Der Park war wirklich eindrucksvoll, das mußte man zugeben, auch wenn er inzwischen deutliche Abnützungserscheinungen zeigte, nachdem ihn monatelang die Touristen mit ihren Schuhen bearbeitet hatten. Er war dicht bepflanzt mit Bäumen und Büschen sowohl aus Nordeuropa wie aus dem Mittelmeerraum, eine gartenbauliche Metapher für die Stadt selbst, die jahrhundertelang ein wirtschaftliches Bindeglied zwischen Ost und West gewesen war. Argyll sah sich um und gratulierte dem uralten Gärtner, der zufällig an ihm vorbeischlurfte, zu seinem Werk, nur so zum Zeitvertreib.

Doch diesen freute das außerordentlich. Er dankte Argyll und meinte, daß nicht viele Leute seine Arbeit zu schätzen wüßten. Argyll entgegnete, die Anlage sei wirklich großartig. Der alte Mann nickte weise und lud ihn, da ja offensichtlich gegenseitige Sympathie bestand, in sein gutbeheiztes Gewächshaus ein, um ihm dort noch mehr von seiner Arbeit zu zeigen. Fröstelnd betraten sie den feuchtwarmen Glaskasten, und der Mann zog eine Flasche Grappa aus einem Sack mit Naturdünger. Der Mist halte den Alkohol warm, erklärte er, während er den Deckel abschraubte, und Argyll nahm dankbar einen Schluck von der scharfen Flüssigkeit.

Ehrfurchtsvoll schweigend betrachtete er die vielfarbige, inzwischen aber schon deutlich verblassende Pracht, die sich da vor ihm ausbreitete. »Wurde nicht diese Frau irgendwo hier ermordet?« fragte er. »Ich hoffe, sie hat unter Ihren Pflanzen keinen allzu großen Schaden angerichtet.« Das war eine ziemlich gefühllose Bemerkung, wie er sich später eingestand.

Aber für den Gärtner hatte Argyll das Herz genau auf dem richtigen Fleck. Es ist ja bedauerlich, wenn man ermordet wird, schien er zu denken, aber deswegen braucht man doch nicht gleich rücksichtslos zu sein. Nur weil man stirbt, hat man noch nicht das Recht, Blumenbeete zu verwüsten.

Das sagte er zwar nicht, aber die angewiderte Art, mit der er auf ein Beet an der linken Wand des kleinen Gewächshauses zeigte, ließ keinen Zweifel an seiner Meinung. Ob Argyll wisse, wie schwierig es sei, Lilien zu züchten? Oder wie teuer ein solches Pflänzchen sei? Der Engländer gestand, er habe keine Ahnung, könne sich aber vorstellen, daß es eine Leistung sei, die einen wahren Fachmann erfordere.

»Ganz recht, mein Herr. Ganz recht. Sie sind sicher selbst Gärtner. Ach, alle Engländer sind Gärtner, da müssen Sie ja wissen, wie das ist. Kommen Sie mit!« Er packte Argyll am Ellbogen und zog ihn den schmalen Gang entlang. »Sehen Sie nur«, sagte er.

Es war ein ziemliches Chaos: ein rechteckiges Beet, etwa dreimal so lang wie breit und voller Lilien. Eigentlich ein recht hübscher Anblick, wäre da nicht mitten durch das ganze Beet diese breite Schneise plattgedrückter Pflanzen gewesen, an deren Rändern nur noch einige wenige erbärmliche Blümchen aufrecht standen.

»Ach du meine Güte«, bemerkte Argyll mitfühlend. »Das ist ja entsetzlich.«

Der Gärtner nickte heftig. »Das stimmt. Achtundzwanzig Pflanzen. Und ausgerechnet Lilien. Die Königin der Blumen. Das Symbol der Könige von Frankreich, haben Sie das gewußt?«

Argyll meinte, daß er davon gehört habe. Mit den Händen in den Taschen stand er da und betrachtete das verwüstete Blumenbeet zu seinen Füßen. Ein unbehagliches Gefühl beschlich ihn, wobei er allerdings nicht genau wußte, warum.

Also verabschiedete er sich von dem Gärtner und wünschte ihm für die nächste Saison viel Glück mit seinen Pflanzen, woraufhin der alte Mann verdrießlich erwiderte, er sei sich sicher, daß seine Blumen von Touristen abgepflückt oder aber an einer Krankheit zugrunde gehen würden. Und dann eilte Argyll, endlich und nur auf einem kleinen Umweg, in sein warmes und gemütliches Hotelzimmer, wo ihn eine Wanne randvoll mit heißem Wasser, eine wohltuende Kanne Tee und von Flavia die Nachricht erwartete, daß sie ihn dringend brauche. Er verfluchte sie kräftig und lief wieder hinaus in die Kälte.

10

Flavia saß, eingemummt in den Regenmantel, den sie aus Rom mitgebracht hatte, in einem alten Boot am Ponte Accademia. Es nieselte noch immer, und allmählich wurde es spät, schon in einer knappen Stunde würde die herbstliche Dunkelheit es schwierig machen, noch etwas zu erkennen. Neben ihr saß ein alter Mann mit einem Gesicht wie eine Walnuß, der wortreich und heftig mit den Händen gestikulierend auf sie einredete. Schon aus der Entfernung sah Argyll, daß Flavia die höfliche und reizend lächelnde Zuhörerin spielte, wie immer, wenn sie es mit einer älteren Person zu tun hatte, mochte sie diese auch noch so unausstehlich finden. Beim Näherkommen glaubte er die Worte »Rückfluß. Das ist es, der Rückfluß« zu verstehen.

Er begrüßte sie vom Kai aus und stieg dann vorsichtig hinunter in das kleine Boot. Er wollte auf keinen Fall noch einmal ins Wasser fallen. Flavia stellte den alten Mann als Signor Dandolo vor, einen Gondoliere im Ruhestand, den sie vor ein paar Tagen kennengelernt habe.

Argyll gab dem Mann die Hand. »Signor Dandolo. Sie haben einen sehr berühmten Namen«, bemerkte er. Ein nettes Kompliment, das gut aufgenommen wurde. Dandolo strahlte ihn an.

»Das stimmt. Wir hatten eine Menge Dogen in meiner Familie. Wir sind Venezianer seit Anfang der Zeit.«

Das war natürlich eine kleine Übertreibung, aber wer wollte ihm das übelnehmen. Dandolo freute sich, und Flavia war guter Laune, wie immer, wenn sie das Gefühl hatte, etwas Sinnvolles zu tun. Nur Argyll war durch und durch unzufrieden. »Also, unter einer romantischen Bootsfahrt stelle ich mir was anderes vor«, murmelte er und zog seinen Mantel gegen die abendliche Kälte enger um sich. »Ich bin naß bis auf die Knochen, und es ist eiskalt. Du wirst doch wohl kaum erwarten, daß ich gleich anfange zu jubilieren, oder?«

Flavia ignorierte die Bemerkung und legte die Stirn in Falten, als sie nach vorne schaute, um zu sehen, wohin sie fuhren. Sie klammerte sich hastig am Bootsrand fest, denn ein Vaporetto rauschte vorbei, dessen Kielwasser den kleinen Kahn hin und her werf.

»Du bist doch nicht seekrank, oder?« fragte er ungläubig.

Sie schüttelte entschlossen den Kopf, hielt aber den Mund fest geschlossen. Die Falten auf ihrer Stirn vertieften sich. »Magenverstimmung«, hauchte sie nach einer Weile. »Hab' wahrscheinlich zu viel gegessen.«

Unmöglich. Sie war seekrank. Erstaunlich. Nur zwanzig Meter vom Ufer des Canal Grande entfernt, und sie wurde bereits grün im Gesicht. Argyll schüttelte den Kopf und widmete sich der Aussicht. Sonst gab es wenig zu tun, und Flavia war im Augenblick zu nichts zu gebrauchen. Also unterhielt er sich mit dem gleichmäßig rudernden Dandolo, der Flavia mitfühlende Blicke zuwarf. Sie hatte einen Bewunderer gewonnen.

Wie viele Venezianer war er bemüht, seine Stadt gegen jegliche Unterstellung, sie könne vielleicht irgendwelche kleinen Makel haben, zu verteidigen. Das kabbelige Wasser und das unfreundliche Wetter, erklärte er, seien für die Jahreszeit äußerst ungewöhnlich. Es sei der erste Regen seit Wochen. Knochentrocken sei es bis jetzt gewesen. Kein einziger Tropfen. Er deutete an, daß auch der Regen die Schuld der Stadtplaner sei, lauter Römer und Mailänder. In den Tagen seiner Vorfahren, der Dogen, habe es nicht geregnet, schien er damit sagen zu wollen.

Nach etwa zehn Minuten schwenkte das Boot scharf nach links und fuhr mit hoher Geschwindigkeit in den Rio di San Barnaba hinein, vorbei an der Stelle, wo Roberts' Leiche entdeckt worden war. Das Wasser war hier beträchtlich ruhiger, und als sie die Stelle erreichten, wo Argyll am Abend zuvor in den Kanal gefallen war, hatte Flavias Gesicht zwar noch nicht die gewohnte gesunde Bräune wiedergewonnen, aber doch zumindest die gelbgrüne Tönung verloren, die auf dem Canal Grande so ins Auge gestochen war. Und auch ihre Gesprächigkeit kehrte zurück.

»Rückfluß«, sagte sie, als sie endlich in der Lage war, Argylls Frage nach Sinn und Zweck dieses Ausflugs zu beantworten. »Die Strömung hatte die Richtung gewechselt. Signor Dandolo hier glaubt, daß das von den neuen Fahrrinnen kommt, die in der Lagune gegraben wurden. Der junge Polizist, dem Bovolo das Wort abgeschnitten hat, hatte das auch erkannt. Das heißt, Roberts ist nicht in der Nähe des Canal Grande ins Wasser gefallen, sondern ein paar hundert Meter entfernt in der anderen Richtung. Und er kann auch nicht versehentlich ertrunken sein, wie du gestern abend bewiesen hast.«

»Könnte er schon, wenn er bewußtlos gewesen wäre.«

»Oder wenn man ihn gewaltsam untergetaucht hätte. Aber wie macht man das in einem der belebtesten Viertel von Venedig, ohne beobachtet zu werden? Antwort: Ein paar hundert Meter den Kanal hinauf steht das Haus, in dem Roberts wohnte. Dort, um genau zu sein«, ergänzte sie und zeigte mit der einen Hand auf ein Gebäude, während sie sich mit der anderen am Bootsrand festhielt.

Das Haus lag kurz hinter einer kleinen Brücke an der Ecke eines zum Kanal führenden Gäßchens. Die Straße entlang des Rio di San Barnaba reichte nicht bis dorthin, die Rückseite des Hauses grenzte also direkt ans Wasser. Dandolo hörte auf zu rudern, und das Boot glitt leise dahin.

»Und jetzt?« fragte Argyll. Das war ja alles sehr interessant, aber er verstand nicht, warum sie das nicht auch von ihrem Hotel aus hätten herausfinden können. »Was ist übrigens das da?«

›Das da‹, war eine dunkle Öffnung im Haus in Höhe des Wasserspiegels.

»Verdeckter Kanal«, sagte Dandolo. »Davon gibt's Hunderte. Für das Abwasser. Man kann aber auch mit einem Boot hineinfahren. So bringt man nämlich Möbel hinein und heraus. Und natürlich manchmal auch Müll.«

»Können Sie uns hineinfahren?« fragte Flavia ein wenig halbherzig.

Dandolo wendete das Boot, steuerte es direkt auf das Loch zu und zog erst im letzten Augenblick die Ruder ein. So knapp paßte das Boot in die Öffnung, daß zu beiden Seiten nur wenige Zentimeter Platz blieben.

»Wußt' ich's doch, daß wir die Taschenlampe brauchen würden«, sagte Flavia und wühlte in ihrer Handtasche.

»Du hast nicht zufällig auch noch ein paar Gasmasken dabei?« fragte Argyll jammernd. Der Geruch war tatsächlich beträchtlich, allerdings stank es nicht mehr als man angesichts der Tatsache, daß sie einen offenen Abwasserkanal für mehr als ein halbes Dutzend Häuser entlangtrieben, erwarten konnte.

»Er wird gleich breiter«, sagte Dandolo, dem das alles nichts auszumachen schien. »Da. Ich hab's Ihnen ja gesagt.«

Er hatte recht, soweit sie das in der beinahe vollkommenen Dunkelheit erkennen konnten. Flavia schaltete die Taschenlampe ein und ließ den Strahl umherwandern. Sie befanden sich in einem niederen, überwölbten Ziegeltunnel, zu ihrer Rechten war ein kleiner Landungssteg zu erkennen. Dahinter befand sich eine Tür.

»Können Sie dort anlegen?« fragte sie den Gondoliere, und der tat ihr den Gefallen. Flavia stand auf, als das Boot gegen die Steinmauer stieß, und kletterte, auf Argyll gestützt den Steg hinauf. »Mein Gott, ist das eklig«, sagte sie mit Abscheu in der Stimme, die hohl den feuchten und dunklen Tunnel entlanghallte. »Alles voller grünem Schleim. Stinkt noch schlimmer als du gestern abend.«

»Mach dir nichts draus, der Regen wäscht's schon wieder ab. Warum bleibst du denn nicht im Boot? Von hier aus kannst du doch genauso gut sehen«, meinte Argyll, der kurz überlegte, ob er ihr folgen sollte, dann aber den Gedanken verwarf.

»Weil ich etwas suche«, erwiderte sie abwesend, während sie auf Händen und Knien auf dem Steg herumkrabbelte und diesen mit der Taschenlampe ableuchtete. Dann zog sie ein Taschentuch heraus, richtete sich auf, so weit es ging, und versuchte, den grünen Schleim von ihren Knien wegzuwischen. Angewidert betrachtete sie das Ergebnis.

»Hast du eine Ahnung, wieviel diese Hose gekostet hat?« fragte sie, ohne eine Antwort zu erwarten. »Schau dir das an. Total ruiniert. Was man nicht alles tut. Wenn ich in meinem Job nicht so gut wäre, würde ich mir ernsthaft überlegen, ob ich mir nicht etwas Würdevolleres suchen soll.«

»Soll das heißen, daß du etwas gefunden hast?«

»Natürlich.« Sie ließ den Strahl von der Tür zum Rand des Stegs wandern. »Etwas – oder genauer: jemand – wurde hier erst vor kurzem entlanggeschleift. Rate mal, wer!«

»Roberts?« schlug Argyll vor, was ihn nicht gerade als Genie auswies.

»Genau der«, erwiderte sie befriedigt, griff noch einmal in ihre Tasche und zog eine kleine Kamera hervor. »Professionelle Aufnahmen wären natürlich besser«, sagte sie, während Blitzlichter die Dunkelheit zerrissen, »aber unter den gegebenen Umständen müssen die reichen. Bovolo würde sich nämlich beklagen, daß ich mich schon wieder einmische. Und ich will wirklich nicht, daß der einen Aufstand macht. Der weigert sich ja jetzt schon, Bottando die Informationen zu geben, die ich brauche.«

»Was ist mit Fingerabdrücken?«

Sie schüttelte den Kopf. »Das ist zwar nicht mein Fachgebiet, aber ich bezweifle sehr, daß man welche finden kann. Die Oberfläche ist zu rauh dafür. Aber was soll's. Man kann nicht alles haben. Hast du Lust auf einen Spontanbesuch in Professor Roberts' Haus?«

Doch der erwies sich als nicht durchführbar. Die Tür, die in Roberts' Keller führte, war fest verschlossen, und Argyll war trotz ihrer Anfeuerungen nicht bereit, sie einzutreten.

»Bist du verrückt? Das ist massive Eiche und mindestens dreißig Zentimeter dick. Außerdem ist mir kalt.«

Er hatte recht, obwohl Flavia, die sich nach ihrem Übelkeitsanfall inzwischen wieder prächtig amüsierte, ihn als Spielverderber betrachtete. So stieg sie widerstrebend zurück ins Boot, und Dandolo machte sich daran, es rückwärts hinauszumanövrieren.

»Das ist auf jeden Fall geklärt«, sagte Flavia bestimmt. »Die Unfalltheorie können wir vergessen.«

»Glaubst du?«

»Glaub' ich. Roberts bekommt Besuch von Mastersons Mörder. Roberts beschuldigt ihn, und derjenige erkennt, daß er ihn zum Schweigen bringen muß. Er packt ihn am Hals, daher diese roten Flecken. Dann runter in den Keller und auf den Landungssteg. Er hält ihn unter Wasser, bis er ertrunken ist, und ab nach Hause zum Abendessen. Roberts treibt derweil dem Sonnenuntergang entgegen, bis Bovolo und seine Meute ihn finden. Ganz einfach.«

»Also gut. Und jetzt das Schwierige. Wer und warum?«

Flavia zuckte die Achseln und sagte nichts.

Argyll zitterte wieder einmal ein wenig. »Dieser Anruf? Roberts nimmt ihn entgegen, van Heteren hört mit und fürchtet, daß Roberts es uns erzählen könnte?«

»Vielleicht. Damit wären wir wieder beim Verbrechen aus Leidenschaft. Aber natürlich bleibt das Problem mit seinem Alibi.«

»Dann Kollmar? Der war doch ungefähr zur richtigen Zeit hier, oder?«

Sie zuckte unverbindlich die Achseln. Inzwischen hatten sie den Kanal wieder erreicht, und der Wind frischte auf. Argyll sah sich den Himmel an. »Verdammt, es regnet immer noch«, sagte er.

Dandolo legte sich ächzend in die Riemen. »Das stimmt«, brummte er. »Es wird sogar noch schlimmer werden. Könnte eine Überschwemmung geben, wenn's stark genug regnet. Kommt darauf an, welchen Wind wir am Sonntag bei Hochwasser haben. Wollen Sie, daß ich Sie ins Hotel zurückbringe?«

Die Vorstellung, in diesem winzigen Kahn den ganzen Canal Grande entlangzuschaukeln, entsetzte Argyll nicht weniger als Flavia. Sie versicherten ihm einmütig, daß das unnötig sei und daß sie sowieso schon zu viel von seiner Zeit in Anspruch genommen hätten. Es komme also gar nicht in Frage. An der Vaporettohaltestelle ließ er sie aussteigen. Flavia entschädigte ihn großzügig, und er verschwand, geschickt durch den dichten Verkehr auf dem Kanal manövrierend, in der Dunkelheit und den Regenschleiern.

»Wie war's in Padua?« fragte sie, nachdem sie das Boot aus den Augen verloren hatten.

Argyll zuckte die Achseln. »Ich weiß nicht so recht. Masterson war dort, das ist sicher. Was sie dort getrieben hat, ist eine andere Frage. Angeblich hatte sie etwas Dringendes zu erledigen, aber ich habe keine Ahnung, was. Allerdings bekomme ich so langsam das Gefühl...«

Flavia machte ein besorgtes Gesicht. Argylls Theorien waren gefährlich, nicht zuletzt deshalb, weil sie, zumindest in den ersten fünf oder sechs Ansätzen, meistens in die Irre führten. »Was für eins?«

Das Vaporetto legte an, sie stiegen ein, und Argyll antwortete auf ihre Frage. Es sei ja nicht so, daß er es nicht verraten wolle, erklärte er, aber das Gefühl sei eben noch sehr unbestimmt, und sie sei immer so streng mit ihm, wenn er einen Fehler mache. Wenn sie also nichts dagegen habe...

Flavia hatte etwas dagegen, aber sie konnte es ihm kaum verdenken. Außerdem war der Nachmittag bereits ziemlich erfolgreich gewesen, und sie freute sich schon darauf, Bottando ihre Ergebnisse zu präsentieren. Also vergaß sie die Sache und ging in ihr Hotel, während Argyll in die andere Richtung davontrottete, um einige Dinge zu besorgen.

Am Freitag stand schon wieder eine Reise auf dem Programm. Ursprünglich hatte Bottando zwar angeboten, er selbst werde Flavia begleiten, damit Argyll endlich das tun könne, was immer ein Kunsthändler in Augenblicken der Muße tue. Aber der Abstecher nach Venedig hatte bereits mehr Zeit in Anspruch genommen, als Bottando lieb war, und der Haushaltsplan stand an, wie er immer wieder betonte, bis die anderen es nicht mehr hören konnten. Statistiken mußten erstellt, Bürokraten mußte Honig ums Maul geschmiert, Triumphe mußten aufgezählt und Niederlagen unter den Tisch gekehrt werden. Und so machte er sich, mit großem Widerwillen und einer noch größeren Dosis präventiven Aspirins, schlechtgelaunt auf den Rückweg zu seinem Schreibtisch in Rom.

Warum Flavia denn nicht Argyll mitnehme, hatte er vor

seiner Abreise noch augenzwinkernd vorgeschlagen. Schon seit langem bildete er sich ein, daß in diesem Paar die Anlage zu einer großen Liebesgeschichte schlummere, die nur auf den richtigen Augenblick wartete, um ans Tageslicht zu kommen. Flavia hielt das eher für unwahrscheinlich, vor allem wegen Argylls chronischer Unentschlossenheit. Aber Bottando machte es Spaß, etwas onkelhaft Anteil an diesen Dingen zu nehmen, und Flavia wollte ihm nicht den Spaß verderben.

Argyll hatte nichts gegen die Reise, solange sie nur mit dem Zug fuhren und nicht mit dem Auto. Sonst, sagte er, werde er hierbleiben. Obwohl sie noch nie in einen Unfall verwickelt war und eigentlich außerordentlich präzise fuhr, war er, kleinmütig wie er war, davon überzeugt, daß dies nur eine Frage der Zeit sei. Hochgeschwindigkeitsfahrten sind etwas sehr Erregendes, und Flavias Angewohnheit, einem beim Reden tief in die Augen zu blicken, hatte etwas sehr Charmantes und Anziehendes. Aber beides gleichzeitig schien ihm nicht gerade die glücklichste Kombination zu sein.

Flavia fand eine Zugreise natürlich viel weniger amüsant, aber sie fügte sich seinen Wünschen. Also bestiegen sie den Zehn-Uhr-Express, belegten die Sitze in der Ersten Klasse, die Flavia reserviert hatte, und verließen sie, auf ihren nicht ganz unvorhergesehenen Vorschlag hin, sofort wieder in Richtung des Speisewagens.

Sie aßen in kameradschaftlichem Schweigen, und nachdem auch der letzte Brösel verdrückt war, präsentierte Argyll ihr seine kleine Überraschung, die ihm seit dem gestrigen Abend nicht aus dem Kopf ging. Er zog die Fotos heraus, die Masterson in Padua geschossen hatte, Abzüge des Films, den er am vergangenen Nachmittag aus ihrer Kamera genommen hatte.

»Hm«, sagte sie, nachdem sie sie eine Weile angestarrt hatte. Sie sagte das immer, wenn sie wußte, daß man etwas Intelligentes von ihr erwartete, ihr aber einfach nichts dergleichen einfiel.

»Hast du nichts Besseres auf Lager?« fragte Argyll in leicht enttäuschtem Ton. »Willst du einen Tip?«

Da sie offensichtlich einen wollte, fuhr er fort: »Das Gesicht auf den zwei Bildern von Tizian ist das gleiche wie auf dem Porträt, das der Marchesa gehört. Ich dachte, du würdest das sofort merken.«

»Das hätte ich vielleicht sogar, wenn ich dieses mysteriöse Porträt je gesehen hätte«, erwiderte sie spitz. »Aber was soll das ganze?«

Argyll war ein wenig geknickt, denn er hatte, ohne lang nachzudenken, angenommen, daß seine Entdeckung von überragender Bedeutung wäre. Ein Zweifel war ausgeschlossen. Die Hakennase, die hageren Wangen und die glatten Haare waren Bestätigung genug. Er begriff nur nicht, warum sie überhaupt nicht aufgeregt war. »Aber verstehst du denn nicht? Das erklärt, warum das Bild gestohlen wurde.«

»Nein, das verstehe ich nicht. Das beweist doch nur, daß vor vierhundert Jahren eine Verbindung zwischen den beiden Bildern bestand und daß Masterson das aller Wahrscheinlichkeit nach gewußt hat. Aber ich verstehe nicht, was es sonst noch beweisen soll. Außer du willst behaupten, daß das Bild der Marchesa ein Selbstporträt Tizians ist.«

»Nein. Das ist es mit Sicherheit nicht. Wir wissen ja sehr gut, wie er ausgesehen hat.«

»Also, was bringt es uns dann?«

»Ich dachte, es ist doch ziemlich interessant –«, begann er.

»Zweifellos. Und normalerweise würde ich dir ja auch zustimmen. Aber für so etwas haben wir im Augenblick keine Zeit. Du wirst alles beiseite lassen müssen, was nichts mit den Morden zu tun hat.«

»Aber das hat mit den Morden zu tun, glaube ich wenigstens«, protestierte er.

»Vielleicht. Aber du weißt nicht, wie die Verbindung aussieht.«

Argyll schüttelte den Kopf. »Naja, noch nicht«, gab er zu. »Weißt du, du kannst manchmal ganz schön fordernd sein. Und ich habe mir gedacht, ich steure was Hilfreiches bei.«

»Das tust du ja auch«, erwiderte sie auf eine Art, die ihn sehr irritierte. »Ich habe mir nur gerade vorgestellt, was Bottando bei dieser Sache für ein Gesicht machen würde. Er würde uns nur eins fragen: ›Wer hat Masterson und Roberts umgebracht, wer hat die Bilder gestohlen, wo sind sie, und wo sind die Beweise?‹ Und genau das wissen wir nicht.«

»Ich finde, du bist sehr undankbar«, erwiderte Argyll verletzt. »Wenn meine Recherchen irgendwann unweigerlich zur Identifikation des Verbrechers führen, kann es gut sein, daß ich die Information für mich behalte.«

Flavia grinste ihn breit an und klopfte ihm auf den Rükken. »Unsinn. Du kommst sofort gelaufen und erzählst es mir. Ich kenn' dich doch. Und ich will dich ja auch nicht entmutigen. Aber deine Aufgabe ist es, diese Bilder zu finden. Ich hoffe sehr, daß du das schaffst, aber im Augenblick bist du noch weit davon entfernt.«

Das stimmte, und der Gedanke an seinen Arbeitgeber, der in London saß und vermutlich immer ungeduldiger auf Ergebnisse wartete, versetzte ihn eine halbe Stunde lang in eine nachdenkliche Stimmung. Danach zog er ein Buch aus der Tasche, um sich die Zeit zu vertreiben, während der Zug das langweilig flache Venetien verließ und in die langweilig flache Lombardei hineinfuhr. Er hatte sich einen höchst frivolen Krimi mitgenommen, doch Flavia konfiszierte ihn. »Lies lieber das«, sagte sie, und gab ihm Mastersons Arbeit über die Ikonographie der Renaissance. »Das ist gut für die Seele.«

»Muß das wirklich sein?« fragte er jammernd.

»Ja. Ich würde Wochen brauchen, um mich durch so viel Englisch durchzuackern. Blättere es mal durch und sag mir dann, was du davon hälst. Das dauert nicht lange.«

Er sah sie argwöhnisch an. Das Buch war schrecklich dick, und er stellte verärgert fest, daß Flavia sich zum Zeitvertreib eine viel interessantere Illustrierte mitgenommen hatte. Er sah sich die Bilder an, was ihm immer am meisten Spaß machte, und bückte sich dann, um eine abgerissene Fahrkarte aufzuheben, die aus dem Buch gefallen war.

»Die ist aber in ihren letzten Tagen ganz schön rumgekommen«, bemerkte er.

»Hm?« fragte Flavia unaufmerksam, denn sie war in ihr

Horoskop vertieft, das einem Zwölftel der Weltbevölkerung für die nächsten Tage finanzielle Probleme und aufregende romantische Abenteuer versprach.

»Sie ist in Venedig mit dem Zug aus Sankt Gallen eingetroffen. Wo ist Sankt Gallen?«

»Ich glaube, in der Schweiz«, antwortete sie. »Was ist dein Sternzeichen?«

»Löwe«, sagte er. »Was hat sie denn in Sankt Gallen gemacht?«

»Löwe? Bist du sicher? Dann solltest du eigentlich aggressiv und entschlossen sein. Es liegt am Bodensee. Hübscher Ort. Vielleicht wollte sie zur Vorbereitung einfach einen Tag ausspannen. So wie Miller schwimmen geht.«

»Was soll das heißen: ›Solltest du eigentlich‹?« fragte er eingeschnappt, doch sie antwortete nicht. Und sie verriet ihm auch nicht, was die Sterne für ihn im nächsten Monat versprachen.

Am Hauptbahnhof von Mailand besorgte Flavia ein Taxi mit einem Pfiff, als wären die Tage der Dampflokomotiven wiedergekehrt, und sie fuhren durch belebte und laute Straßen zu Benedettis Wohnung. Argyll hatte ein komisches Gefühl, ohne zu wissen warum, bis ihm klar wurde, daß er sich in den wenigen Tagen in Venedig schon daran gewöhnt hatte, nicht dauernd Autos sehen, hören, riechen und ihnen ausweichen zu müssen. Kanäle hatten also doch einiges für sich.

Signor Benedetti war ein wenig tatterig und hielt eben, wie es ältere Herrschaften gerne tun, sein nachmittägliches Verdauungsschläfchen, als sie eintraten. Das Dienstmädchen schüttelte ihn kräftig, um ihn aufzuwecken. Er gähnte, zwinkerte und rieb sich die Augen, während sie ihm die Besucher vorstellte und ihn daran erinnerte, daß sie angemeldet seien. Dann half sie ihm aus dem Ledersessel, und er humpelte zu ihnen, um sie zu begrüßen, dabei Entschuldigungen murmelnd für seine Unhöflichkeit, auf ihren Besuch nicht besser vorbereitet zu sein.

»Aber das macht doch nichts«, versicherte Flavia. »Es ist sehr nett von Ihnen, uns so kurzfristig zu empfangen.«

»Aber ich bitte Sie, meine liebe junge Dame, ich bin hocherfreut. Ein alter Mann wie ich hat nur selten die Gelegenheit, junge Menschen in seinem Haus begrüßen zu dürfen. Vor allem so schöne junge Damen wie Sie.«

Von gutaussehenden jungen Männern sagt er gar nichts, dachte Argyll. Was soll's, wenigstens macht er seine Komplimente mit Anstand, kein Händeabschlabbern und ähnlicher Blödsinn.

Sie nahmen Platz, Argyll und Flavia auf einem dünnbeinigen und reichlich zerbrechlichen Settecento-Sofa, Benedetti in dem viel voluminöseren Ledersessel. Die beiden Besucher musterten aufmerksam ihren Gastgeber, während das Dienstmädchen, das auch als Krankenschwester zu fungieren schien, ihn in eine Wolldecke einwickelte. Er war vermutlich Mitte achtzig. Nicht in bester Verfassung, aber allem Anschein nach in guter Pflege. Ein verwittertes, rundliches Gesicht, das auf dem im Lauf der Jahre zusammengeschrumpften Körper viel zu groß wirkte. Als er schließlich gut eingepackt und bequem in seinem Sessel saß, sah er sie mit ruhigem Blick erwartungsvoll an.

Flavia berichtete, daß Masterson ermordet worden sei, während sie an einer Arbeit über sein, Benedettis, Bild geschrieben habe. Er nickte still und hörte ihr geduldig zu. Er sei höchst betrübt, das zu hören, erwiderte er leise, sie sei eine charmante Frau gewesen.

»Sie kannten Sie also?«

Natürlich, sagte er. Sie habe ihn in der Woche zuvor kurz besucht. Sein Freund Georges Bralle habe sie ihm in einem Brief vorgestellt, und er habe sie mit Freuden empfangen, vor allem, da sie Interesse für seine Bilder gezeigt habe. »Ich bin sehr stolz auf meine kleine Sammlung, auch wenn das Komitee weniger beeindruckt war. Eine Schande ist das.«

»Kennen Sie Bralle gut?«

»Nicht besonders. Als ich mir vor einigen Jahren überlegte, die Skizze zu verkaufen, schlug Georges vor, ich sollte mich offiziell an das Komitee wenden. Das war natürlich, bevor es zu dem Streit kam und Georges aus Protest zurücktrat.«

»Es gab einen Streit?«

»So etwas in der Richtung. Vielleicht auch nicht. Georges

war immer ziemlich eigen, wenn es um dieses Komitee ging. Betrachtete es ein bißchen als sein persönliches Eigentum. Ich bin mir sicher, daß es allein seine Schuld war. Ein charmanter Mann, aber etwas schwierig.«

»Und Sie haben sich also an das Komitee gewandt?«

»Ja. Und schließlich kam Professor Roberts vorbei, um sich das Bild anzusehen.«

»Und er hat Ihnen gesagt, seiner Meinung nach sei die Arbeit nicht von Tizian?«

»Ganz und gar nicht. Er stellte von vornherein klar, daß es sich nur um einen vorbereitenden Besuch handle und eine genauere Untersuchung durch einen Kollegen notwendig sei. Aber an seiner Reaktion glaubte ich erkennen zu können, daß er das Bild durchaus für echt hielt, vor allem nachdem ich ihm die urkundlichen Belege zeigte, die Bralle mir geschickt hatte.«

Diese Antwort gab Rätsel auf. Bis dahin hatte kein Mensch je urkundliche Belege erwähnt, ganz im Gegenteil. »Wovon sprechen Sie denn?«

»Georges hat mir im Lauf der Jahre immer wieder Nachlesen seiner Forschungsarbeit geschickt, wenn er daran dachte, denn gesehen habe ich ihn seit über einem Jahrzehnt nicht mehr. Sie wissen schon, Fragmente von hier und dort. Für das Bild selbst hat er sich nie besonders interessiert, aber wenn er auf irgendwelche Hinweise stieß, hat er sie mir immer zugeschickt. Ich glaube, zusammengenommen sieht das recht eindrucksvoll aus. Dort auf dem Schreibtisch«, sagte er und zeigte in die entsprechende Richtung.

Flavia ging zum Schreibtisch und nahm einen Ordner in die Hand, den er vorsorglich zurechtgelegt hatte. Er war also immer noch klar genug im Kopf, um sich denken zu können, was sie von ihm wollten. Sie überflog den Inhalt – der Empfehlungsbrief von Bralle, Verkaufsverträge aus den vierziger Jahren, Reinigungs- und Rahmungsrechnungen und ähnliches, sonst nichts. Sie wies Benedetti darauf hin.

»Ach, was bin ich doch für ein Trottel. Natürlich, ich habe das ja alles Professor Roberts gegeben, damit er es an seinen Kollegen weiterleitet.«

»Aber was ist dann schiefgelaufen?«

»Das weiß ich nicht. Roberts sagte, um diesen Aspekt würde sich sein Kollege kümmern, der seine eigenen Schlüsse daraus ziehen und dann auch den Abschlußbericht verfassen würde. Offensichtlich fand dieser Mann die Belege nicht überzeugend genug. Ich war sehr enttäuscht, das kann ich Ihnen sagen, und Georges ebenfalls, als ich es ihm erzählte.«

»Und was war Dr. Mastersons Ansicht?«

»Auch das weiß ich nicht. Sie meinte, sie würde es mir später, nach Abschluß ihrer Arbeit, sagen. Wir haben nicht sehr lange darüber gesprochen. Ich fürchte, ich habe zuviel geredet. Ich bekomme heutzutage nicht mehr viel Besuch, und wenn doch einmal jemand kommt, dann schlage ich gleich über die Stränge. Ich muß sie mit meinen Anekdoten schrecklich gelangweilt haben, aber sie hat es sich nicht anmerken lassen. Sie saß sehr lange da und hörte mir zu und hat deswegen sogar ihren Zug verpaßt. Ich fand das sehr freundlich von ihr.«

»Dann hat sie die Belege also nicht gesehen?«

»Ich hatte ihr angeboten, ihr Kopien zu besorgen, aber sie meinte, sie brauche sie nicht. Ich muß gestehen, das hat mich etwas überrascht.«

»Als Dr. Roberts hier war, worüber haben Sie gesprochen?«

Er dachte nach und sagte für eine beängstigend lange Zeit gar nichts. Schließlich nickte er, als habe er in seiner Erinnerung gefunden, was er suchte, und wolle es nun festhalten. »Die meiste Zeit über gar nichts. Ich zeigte ihm das Bild und ließ ihn dann allein. Das dauerte etwa eine Stunde. Dann schenkte ich ihm einen Drink ein, er lehnte meine Einladung zum Mittagessen ab und verabschiedete sich. Eine Weile haben wir über meinen Wunsch gesprochen, das Bild zu verkaufen.«

»In welcher Hinsicht?«

»Ich habe ihm natürlich gesagt, daß es mir lieb wäre, wenn er das Bild für echt erklären würde, weil ich es verkaufen wollte. Er meinte, er werde tun, was in seiner Macht stehe. Er war sehr hilfsbereit. Nach der abschlägigen Entscheidung des

Komitees entschuldigte er sich brieflich für dieses Paradebeispiel bürokratischer Albernheit, wie er es nannte, und bot mir bis zur endgültigen Klärung dieser Angelegenheit ein von ihm persönlich erstelltes positives Gutachten an. Natürlich gegen eine Gebühr von fünf Prozent des Verkaufspreises. Ich nehme an, das ist die übliche Vorgehensweise. Georges, den ich um Rat fragte, riet mir abzuwarten, ob das Komitee nicht vielleicht noch seine Meinung ändere. Also lehnte ich das Angebot ab. Es war zwar verführerisch, aber so eilig hatte ich es mit dem Verkauf auch wieder nicht.«

Argyll merkte, daß ihm vor Überraschung das Kinn nach unten geklappt war. Er sah zu Flaiva hinüber, doch die war so gelassen und unbeeindruckt wie immer, und deshalb hielt er sich lieber zurück.

»Wollen Sie sich das berühmte Werk vielleicht einmal ansehen?« fuhr der alte Mann fort. »Es wäre doch schade, wenn Sie extra den langen Weg auf sich nehmen und es sich dann nicht ansehen würden.«

Beide nickten begeistert über den Vorschlag, und Benedetti erhob sich langsam aus seinem Sessel, wobei ihm Flavia auf der einen und Argyll auf der anderen Seite halfen. Als er schließlich aufrecht und sicher stand, führte er sie mit langsamen Schritten in sein Kabinett, wie er es nannte, ein kleines Arbeitszimmer, in dem er seine kleineren Bilder aufbewahrte.

Der Anblick versetzte Argyll einen Stich ins Herz. Was würde er für ein solches Zimmer alles tun! Zarte Stuckverzierungen an der Decke, ein offener Marmorkamin, in dem leise einige Scheite brannten, polierte Eichenregale mit Tausenden ledergebundener Bücher, Helligkeit, Wärme, ein Gefühl wohlausgestatteter Behaglichkeit. Und Bilder, einige Dutzend, von hoher Qualität und auf die altmodische Art gehängt, eins über dem anderen, ohne die überfeinerte und punktstrahlergeschönte moderne Kargheit. »Wundervoll«, sagte er. »Einfach wundervoll.«

Benedetti lächelte ihm anerkennend zu. »Vielen Dank. Ohne jede falsche Bescheidenheit muß ich sagen, Sie haben recht. Das ist mir der liebste Ort auf der Welt. Ich bin nirgends glücklicher als hier in diesem Zimmer. Es wird mich sehr schmerzen, es zurücklassen zu müssen. Ach, ich fürchte, im Himmel gibt es keinen Ort, der auch nur halb so schön ist wie dieses Zimmer, falls ich überhaupt das Glück habe, dorthin zu gelangen. Da ist er übrigens.«

Er deutete mit zitternder Hand auf ein Bild, das, eingerahmt von einem flämischen Interieur des siebzehnten und einer offensichtlich französischen Landschaft des achtzehnten Jahrhunderts, zwischen zwei Fenstern hing.

Es war eine ziemlich unspektakuläre Szene. Ein Mann mit einer Hakennase saß in einem rot-weiß gestreiftem Gewand an einem Tisch, auf dem diverse Speisen, Wein und große Blumen zu sehen waren. Er war umgeben von drei weiteren Figuren, die eine gekleidet wie ein Mönch, und an der Wand dahinter hing ein geschnitzter Christus am Kreuz. Die Hauptperson hatte die Hände vor dem Bauch gefaltet. Engel flogen im Zimmer umher, wie sie es gelegentlich tun, und bliesen Trompeten. Es war eine vollkommen normale Szene aus dem Alltagsleben des sechzehnten Jahrhunderts. Gemalt war es mit breiten, groben Pinselstrichen, als hätte der Künstler es eilig gehabt. Offensichtlich handelte es sich nur um eine Skizze für ein späteres Gemälde.

»Also, Jonathan, das ist dein Spezialgebiet. Was hältst du davon?«

Argyll starrte das Bild an und seine Verblüffung wurde eher noch größer. Was um alles in der Welt hatten diese Leute vor? Er schüttelte verwirrt den Kopf. »Ich verstehe das absolut nicht«, sagte er.

Die beiden anderen sahen ihn neugierig an. »Ich meine«, fuhr er fort, »ich verstehe nicht, wie man auch nur einen Augenblick zweifeln kann. Das ist doch so offensichtlich eine Vorskizze für eins der Fresken in der Scuola di San Antonio in Padua, daß ich einfach nicht begreife, wie überhaupt ein Zweifel aufkommen konnte.«

»Bist du sicher?« fragte Flavia, beeindruckt von seiner Bestimmtheit. »Du bist ja schließlich kein Tizian-Experte.«

»Ja. Erstens hat Tizian, so wie es aussieht, eine Skizze für eine Szene in diesem Zyklus gemalt, die von den Mönchen abgelehnt wurde. Also hat er eine andere gemalt. Das da hat die richtigen Proportionen. Die Farbgebung stimmt, der Stil stimmt. Der Heilige Antonius war ein Mönch, wie diese Figur da. In allen drei Fresken tragen die Hauptfiguren ein rot-weiß gestreiftes Gewand. Ich bin sicher, daß das da das *Wunder des Mahles* ist. Falls du in den Heiligenlegenden nicht so bewandert bist: Der Heilige Antonius war zu einem Mahl geladen, bei dem der Gastgeber versuchte, einen der Gäste zu vergiften. Die Anwesenheit des Heiligen machte das Gift harmlos, und alle bekamen ein furchtbar schlechtes Gewissen und bereuten ihre Sünden. Das übliche eben.«

Benedetti nickte zustimmend. »Sehr gebildet, junger Mann«, sagte er, denn er wußte nicht, daß Argylls Wissen aus einem billigen Führer stammte, den er am Tag zuvor gekauft hatte. »Die Sache hat allerdings einen kleinen Haken. Wie Dr. Masterson bemerkte, geht es in der Legende darum, daß der Gast das Gift unbeschadet aß und ›in seinem Herzen Gott pries‹. Aber dieser Mann hier scheint eindeutig krank zu sein. Außerdem steht am unteren Rand eine kleine Inschrift, ich glaube, aus dem Buch Hiob. *Homo igit Consutu.* ›Der Mann aber stirbt und ist dahin‹. Kaum das Richtige für ein Wunder der Errettung.«

Sie traten näher an das Bild heran und sahen genauer hin. Der alte Mann hatte wirklich recht. Die Figuren im Umkreis der Hauptperson wirkten, soweit das zu erkennen war, eher fröhlich als von Ehrfurcht ergriffen. Und der Gast selbst sah ganz und gar nicht wie jemand aus, dem soeben göttlicher Schutz zuteil geworden war. Genaugenommen sah er sogar sehr elend aus mit seinem hageren, blassen Gesicht, umrahmt von glatten schwarzen Haaren, und einem verängstigten Blick, der die Hakennase noch deutlicher hervortreten ließ.

»Moment mal. Flavia, kommt dir der Zinken nicht bekannt vor?« Argyll zog seine Fotosammlung hervor und breitete sie auf dem Rosenholztisch aus. Das war ziemlich überzeugend. »Da«, sagte er. »Ein eindeutiger Beweis, oder zumindest beinahe. Der Gast ist identisch mit dem mordenden Gatten in der anderen Szene. Und zufällig auch der gleiche wie die Figur auf dem Porträt der Marchesa. Deshalb ließen Masterson die urkundlichen Belege kalt. Sie hatte sie gar nicht nötig. Deshalb ist sie nach Padua gefahren. »Ich weiß nicht, was Sie davon halten«, fuhr er in einem plötzlichen und unerwarteten Anfall von geschäftlicher Dynamik fort, »aber ich vertrete hier in Italien die Londoner Byrnes Galleries. Wenn Sie dieses Bild verkaufen wollen, nehme ich es. Feste Provision oder Prozentanteil, und ich kann Ihnen einen sehr guten Preis garantieren. Und keine Gebühr für ein Echtheitsgutachten. Bei all dem, was wir haben, hat es so etwas kaum nötig.«

Benedetti überlegte einen Augenblick und nickte dann. Alt, aber schnell bei der Sache, wenn's ums Geld ging – einmal Bankier, immer Bankier. Mußte an der lombardischen Luft liegen. »Das scheint mir ein interessanter Vorschlag zu sein. Sie kümmern sich um Dokumentation, Vorbereitung und den Rest. Ich schicke Ihnen einen Brief mit meinen Forderungen, und Sie können meinem Anwalt einen provisorischen Vertrag schicken. Kein Verkauf als Tizian, keine Provision. Sind wir uns einig?«

Argyll nickte, obwohl er sich fragte, ob er nicht zu weit ging, und die plötzliche Entschlossenheit des Mannes ihn überraschte. Daß sich die Verhandlungen zumindest einige Wochen in die Länge ziehen würden, hätte er eigentlich schon erwartet. Aber er war selten so überzeugt von etwas gewesen, schon gar nicht von einem Bild. »Einverstanden. Und ich werde meine Provision bekommen, da bin ich mir ganz sicher.«

Flavia hüstelte, um anzuzeigen, daß sie auch noch da war. »Ich unterbreche ja nicht gern, aber wir sind in einer Mordermittlung hier, nicht zum Bilderkaufen. Und ich bin mir nicht sicher, ob es angebracht ist, etwas zu kaufen und zu verkaufen, was zu einem Beweismittel werden könnte.«

Argyll grinste zufrieden. »Tut mir leid. Aber heutzutage dauert es so lange, eine Versteigerung zu organisieren, daß ich mir sicher bin, dieser Fall wird lange zuvor abgeschlossen sein.«

»Hoffentlich nicht zu lange, junger Mann. Vergessen Sie

nicht, ich bin alt und habe Nachkommen, um die ich mich kümmern muß.«

»Erzählen Sie mir von Georges Bralle. Wo wohnt er?« fragte Flavia, um das Gespräch wieder auf das eigentliche Thema zu bringen.

»In Südfrankreich. Er hat sich nach seinem Rücktritt in das kleine Haus zurückgezogen, das er dort besitzt. Er verläßt es fast nie. Warum fragen Sie?«

Flavia schüttelte den Kopf. »Weil er es erst vor kurzem verlassen hat. Dieser Brief, in dem er Ihnen Dr. Masterson vorgestellt hat, wurde in einem Hotel in Sankt Gallen in der Schweiz geschrieben, und zwar an dem Tag, an dem Masterson selbst dort war. Dafür, daß er von dem Komitee zurückgetreten ist, hält er ziemlich engen Kontakt. Ich glaube, es wäre interessant zu hören, was er zu sagen hat. Die Ansicht eines informierten Außenseiters sozusagen. Haben Sie seine Telefonnummer?«

Benedetti sah sie bedauernd an. »Ich fürchte, es wird für Sie schwierig werden, mit ihm zu sprechen. Er hat kein Telefon, er hat diese Dinger immer gehaßt, und jetzt im Ruhestand gibt er all seinen Schrullen nach. Im Grunde konnte er sich mit dem zwanzigsten Jahrhundert nie so richtig anfreunden. Ein sehr guter Briefeschreiber, aber das dürfte wohl für Sie nicht schnell genug sein.«

Er schrieb ihr die Adresse auf, und Flavia fragte ihn, ob er bereit sei, das, was er ihnen eben erzählt habe, in einer formellen Aussage zu wiederholen. Natürlich werde er das, sagte er, sehr gerne, und sie verabschiedeten sich. Draußen rief Flavia in gewohnter Manier ein Taxi und sagte dem Fahrer, er solle sie so schnell wie möglich zum nächsten Autoverleih fahren.

»Das gefällt mir aber gar nicht. Wo fahren wir denn hin?«

»Nach Frankreich«, antwortete sie. »Oder genauer nach Balazuc. Ein Dorf im Ardèche-Tal, soweit ich weiß. Ungefähr neun Stunden Fahrt. Wir können morgen dort sein, und dann von Lyon nach Venedig zurückfliegen. Sehr dramatisch und furchtbar nervig, aber unausweichlich.«

11

Obwohl Argyll genau dort gelandet war, wo er unter keinen Umständen hinwollte, nämlich auf dem Beifahrersitz eines Alfa Romeo mit Flavia am Steuer auf einer italienischen Autobahn, versuchte er, ruhig und gefaßt zu bleiben. Er sprach still ein Gebet für die Toten, während sie das Auto auf ihre Reisegeschwindigkeit von hundertsechzig Stundenkilometern einfuhr, doch abgesehen davon, daß sie zum Anzünden ihrer unzähligen Zigaretten immer beide Hände benutzte, tat sie wenig, was seinem Flehen einen Grund gegeben hätte. Sie war eine sehr gute Fahrerin. Sorgen machten ihm eher alle anderen auf der Straße.

Auf jeden Fall war er noch ziemlich beeindruckt von der Entschlossenheit, mit der er die Gelegenheit, die sich ihm in Mailand geboten hatte, beim Schopf gepackt hatte, und auch Flavia gratulierte ihm dazu. »Aber bist du ganz sicher, daß es echt ist?«

Er nickte bestimmt. »Absolut sicher. Das spür' ich in den Knochen.«

»Aber so ganz schlüssig scheint mir das alles noch nicht zu sein.«

»Ist es auch nicht. Deshalb fahre ich ja so gerne mit dir zu Bralle. Ich möchte sehen, welche Belege er ausgegraben hat.«

»Aber warum sieht dieser Mann so elend aus, wenn er doch eigentlich glückselig sein sollte?«

Spitzfindigkeiten der Forschung! »Das weiß ich nicht. Diese ganzen Fragen. Ich weiß nur, daß Masterson überzeugt war, und daß ich meinen Kopf auf ihr Urteil verwetten würde. Und auf das von Bralle und Roberts, wenn ich schon dabei bin. Nur schade, daß sie nicht da ist, um uns einen kleinen Hinweis zu geben. Was mir am meisten Probleme macht, ist die Frage, warum Kollmar, als einziger von denen, die das Bild untersucht haben, anderer Meinung ist. Und warum behauptet er, Roberts habe ihm gesagt, es sei eine Niete, obwohl der doch dir und Benedetti genau das Gegenteil gesagt hat? Und warum hat Bralle gesagt, Kollmar habe keinen Fehler gemacht?«

»Sag's mir.«

»Ich weiß es nicht. Und schließlich, was ist mit Roberts' schändlichem Benehmen Benedetti gegenüber?«

»Was?« fragte abwesend Flavia, die eben einen Lastwagen hinter sich ließ und dann noch einmal ausscherte, um einen BMW zu überholen, dessen Fahrer es ihr übelnahm und ihr deshalb nachjagte. »Was soll das heißen?«

»Die Prozente. Roberts hat Benedetti ein Echtheitsgutachten gegen eine prozentuale Beteiligung am Versteigerungserlös angeboten. Das ist monströs. So etwas tut man doch nicht.«

»Das ist nicht sehr seriös, oder?«

»Nicht seriös? Natürlich nicht. Das ist praktisch Prostitution. Seine Meinung für Geld verkaufen und gleichzeitig so tun, als sei man nur an der Suche nach der Wahrheit interessiert. Außerdem, was würde denn das für den Ruf des Komitees bedeuten, wenn die ganze Welt glaubt, seine Meinung hänge davon ab, wieviel der jeweilige Besitzer zu zahlen bereit ist? Abscheulich.«

Er schien wirklich schockiert zu sein, was Flavia angesichts der Art, wie er selbst seinen Lebensunterhalt verdiente, ein bißchen übertrieben fand.

»Das ist doch etwas ganz anderes«, sagte er eingeschnappt. »Jeder weiß doch, daß Kunsthändler es für Geld tun. Deshalb traut uns ja niemand. Aber bei Akademikern, die vom Staat für ihre Objektivität bezahlt werden, ist das etwas ganz anderes. Die sollten keine Prozente nehmen.«

»Geld«, sagte sie befriedigt, als sein kleiner moralischer Anfall vorüber war. »Ich habe mir sagen lassen, daß es immer gut ist, wenn man in einem Mordfall Geld als Motiv hat.«

»Aber es ist ja nicht viel. Das Bild bringt an einem guten Tag vielleicht einhundertfünfzigtausend Dollar. Es ist ja nur eine Skizze. Fünf Prozent davon sind siebeneinhalbtausend. Ich glaube, das ist nicht genug, um jemand dafür zu töten. Vielleicht war es ein Trio – die Gründungsmitglieder Bralle, Roberts und Kollmar.«

»Und Masterson?«

»Kollmar findet heraus, daß sie nach Mailand gefahren ist,

und fürchtet, daß sie eine Unterschlagung von Belegen aufdeckt.«

»Wie?«

»Was wie?«

»Wie findet er heraus, daß sie nach Mailand gefahren ist?«

Argyll wischte eine solche Nebensächlichkeit mit einer Handbewegung beiseite. »Woher soll ich das wissen? Ich stelle nur Hypothesen auf. Die Fakten sind deine Angelegenheit. Auf jeden Fall schleicht er sich aus der Oper davon, ersticht sie und schleicht wieder zurück. Oder Roberts tut es.«

»Und wer klaut die Bilder? Signora Pianta?« Sie sah ihn skeptisch an. »Wie du das sagst, klingt das eher wie eine Reise nach Jerusalem, nicht wie eine Mordermittlung.«

Argyll war mit seiner Weisheit am Ende, was schade war, denn es hatte gerade angefangen, ihm Spaß zu machen. »Ach was, die Erklärung wird mir bestimmt noch rechtzeitig einfallen.«

Die Fahrt war lange und viel zu anstrengend für eine zusammenhängende Unterhaltung, und außerdem waren sie bei der Abfahrt bereits müde gewesen. Nachdem sie zu Abend gegessen hatten, fuhren sie weiter und erreichten um Mitternacht die französische Grenze. Kurz nach der Grenze lenkte Argyll, der das Steuer übernommen hatte und ein etwas gemächlicheres Tempo vorlegte, den Wagen an den Straßenrand.

»Was ist los?« fragte sie, als der den Motor ausschaltete.

»Schlafen. Ich bin fix und fertig. Es ist noch ein langer Weg, und wenn wir jetzt weiterfahren, sind wir um fünf Uhr früh dort. Das ist zu früh. Deshalb leg ich mich jetzt ein bißchen aufs Ohr.«

Das war eine sinnvolle Entscheidung, und Flavia klappte deshalb den Sitz nach hinten und wickelte sich in den Mantel ihrer Mutter ein. Sie befanden sich ziemlich hoch in den Bergen, und die Luft draußen war kalt, wie Argyll bemerkte, als das Auto langsam abkühlte. Warum waren sie eigentlich nicht in ein Hotel gegangen? Er hatte keine Lust, die ganze Nacht vom Klappern der eigenen Zähne gestört zu werden, und kroch deshalb so behutsam wie möglich zu ihr unter den Mantel.

»Was machst du denn da?« fragte sie schläfrig.

»Reine Überlebenstechnik«, erwiderte er und zuckte zusammen, als sich ihm die Handbremse ins Kreuz grub. »Körperwärme. Gute Nacht.«

Etwa vier Stunden blieben sie in dieser Stellung und schliefen sogar erstaunlich gut, wenn man bedenkt, daß ein Alfa Romeo dafür eigentlich nicht gedacht ist. Dann weckte sie das Morgenkonzert der Vögel und Flavias Kaffeesucht, und sie fuhren weiter, um ein Café zu finden, wo sie frühstücken konnten.

Von da an wurde die Fahrt ruhiger. Es herrschte wenig Verkehr an diesem Samstagmorgen, und die Unterhaltung war etwas gedämpft. Da sie sich beim Fahren abwechselten, brauchten sie noch etwa fünf Stunden, und beide waren steif und erschöpft, als Flavia kurz nach dem Mittagessen ein kleines, halb zugewachsenes Schild entdeckte, das Vorbeifahrenden mitteilte, Balazuc, *Village Historique*, liege nur noch 3,8 km entfernt. Eine schmale Straße, die links von der Hauptstraße abzweigte, führte dorthin. »Na, Gott sei Dank«, sagte Flavia.

»Und was tun wir, wenn wir dort sind?« fragte er. »Georges Bralle, Balazuc, ist ja nicht gerade eine genaue Adressenangabe.«

»Wahrscheinlich erst mal die Bar suchen«, erwiderte sie, faltete die Karte zusammen und sah hinaus auf die felsige Hügellandschaft zu beiden Seiten. Die Unwirtlichkeit der Umgebung schien sie zu überraschen, aber sie hatte in den letzten Stunden kaum einmal die Nase aus dem Kartenbuch genommen und deshalb auch keine Gelegenheit gehabt, sich an die Veränderung der Landschaft zu gewöhnen.

»Recht hübscht, was?« fragte er, während er das Auto über die schmale, gewundene Straße in die Schlucht hineinsteuerte.

Nach einer Kurve tauchte unvermittelt das Dorf auf. Es sah aus, als wäre es direkt aus dem Stein der Klippe herausgewachsen, die steil zum Fluß hin abfiel. Es war ein überwältigender Anblick, denn es war kaum ein Gebäude zu sehen, das nicht aus dem Mittelalter stammte.

»Sehr eindrucksvoll«, räumte sie großzügig ein. »Fast so schön wie die Toskana.«

Trotz der Schönheit des Anblicks hatte das Dorf einen gravierenden Nachteil: Die einzige Bar, die es gab, war geschlossen. Und sehr belebt war es ebenfalls nicht. Es gab eine Straße, eine Unzahl von Gäßchen, die für das Auto zu schmal waren, und nirgends war eine Menschenseele zu sehen.

»Ich glaube, seit dem Mittelalter hat hier kein Mensch mehr gelebt«, bemerkte Argyll. »Was sollen wir tun? Rufen und sehen, was passiert?«

Über eine Brüstung gelehnt, sahen sie in die Schlucht hinunter, während Flavia nachdachte. Dann ging sie zum nächsten Haus und drückte die Klingel. Niemand antwortete. Auch im Nachbarhaus war niemand, und in dem daneben ebenfalls nicht.

»Sieht aus, als wären das alles nur Ferienhäuser. Ein kleines Problem, was?« bemerkte sie. »Aber irgendwo muß doch hier jemand sein.«

Ein leises Brummen drang von der anderen Seite des Tales zu ihnen herüber, und kurz darauf kam an einer Kurve etwa eineinhalb Kilometer entfernt ein kleiner gelber Transporter in Sicht. Argyll kniff die Augen zusammen. »Der Postbote«, sagte er erleichtert. »Fährt in unsere Richtung. Vielleicht löst das unser Problem.«

Aufmerksam sahen sie zu, wie der kleine Transporter sich die Straße entlangschlängelte, die Brücke überquerte, anhielt, um Post aufzunehmen, hundert Meter weiter fuhr und dann wieder anhielt. Dann war er plötzlich verschwunden und tauchte Augenblicke später wieder auf. Er wurde langsamer und hielt an, als er den Mailänder Wagen erreicht hatte, und der Fahrer musterte eingehend dieses fremdartige Gefährt. Offensichtlich war das etwas ziemlich Ungewöhnliches in der Gegend. Argyll ging zu ihm, und eine längere Unterhaltung folgte, die schließlich damit endete, daß Argyll in die eine Richtung, der Postbote aber kopfschüttelnd in die andere Richtung zeigte, sich dann bückte und ihm ein Päckchen Briefe in die Hand drückte. Damit kam Argyll zurück.

»Was war denn das für ein Palaver?«

»Die Sache ist ein bißchen kompliziert. Wir müssen laufen, und der Postbote hat mich gefragt, ob es mir was ausmachen würde, die Briefe für die Häuser da oben auszutragen, wenn ich schon in diese Richtung gehe.«

»Ist Bralle dort?«

»Das wußte er nicht. Er hat ihn schon seit über zehn Tagen nicht mehr gesehen. Hat allerdings den Eindruck gemacht, als sei das nichts Ungewöhnliches. Also komm!«

Der Weg, den sie einschlugen, führte sie zum oberen Ende des Dorfes und von dort in eine offene Landschaft hinaus. Die Aussicht war atemberaubend, und Flavia blieb wirklich der Atem weg, was allerdings mehr an der Steigung und ihrer mangelnden Übung lag als an der Schönheit der weit sich ausbreitenden Landschaft. »Na, hoffentlich ist er nach dieser Anstrengung auch zu Hause«, sagte sie mürrisch. »Bist du sicher, daß das der richtige Weg ist?«

Argyll nickte nur, um sich nicht anmerken zu lassen, wie atemlos auch er war. »Muß eins von denen sein«, sagte er, als sie den Gipfel des Hügels erreicht hatten und in der Entfernung am Klippenrand zwei Häuser entdeckten.

Das erste war es nicht, da am Gartentor ein anderer Name stand. Argyll steckte einige Umschläge in den Briefkasten, und sie gingen weiter. Kleine Messinglettern am Tor des zweiten verkündeten, daß Georges Bralle hier lebte.

Zumindest zeitweise, denn es sah nicht so aus, als würde er es im Augenblick bewohnen. Alle Fensterläden des soliden Steinhauses waren geschlossen, und zumindest von außen war kein Lebenszeichen zu erkennen.

»O Gott. Ich glaube, wir haben diese lange und beschwerliche Reise ganz umsonst unternommen.«

Flavia seufzte enttäuscht: »Laß uns lieber mal nachsehen. Dieser blöde Kerl. Warum kann der auch kein Telefon haben?«

Sie klopften kräftig an die Tür, wider besseres Wissen hoffend, daß ihnen jemand öffnen möge. Niemand tat es. Sie gingen um das Haus herum und hämmerten gegen die Läden. Wieder nichts. Argyll machte ein mißmutiges Gesicht. Flavia sah aus, als würde sie gleich in Tränen ausbrechen.

»Denk dir nichts«, sagte er tröstend. »Vielleicht macht er nur gerade seinen Morgenspaziergang.«

»Nach dem Mittagessen? Und die geschlossenen Fensterläden? Unmöglich. Er ist nicht zu Hause.«

Sie setzte sich auf einen Stein an der Auffahrt, um sich wenigstens in einigermaßen bequemer Stellung ärgern zu können, und Argyll schlenderte davon, um sich noch ein letztes Mal zu vergewissern, daß wirklich niemand zu Hause war. Er bemerkte, daß nicht an allen Fenstern Läden angebracht waren. Ein kleines Fenster – vielleicht vom Badezimmer – hatte keine. Als er hinaufspähte, kam ihm ein beunruhigender Gedanke. Tu's bloß nicht, dachte er. Andererseits war Flavia traurig und konnte, was noch schlimmer war, durchaus auf den Gedanken kommen, den ganzen Tag hier sitzenzubleiben, für den Fall, daß Bralle vielleicht doch noch auftauchte.

Ohne weiter darüber nachzudenken, kletterte er die Mauer hoch. Höher und immer höher. Als er das Fenster schon fast erreicht hatte, sah er nach unten und erkannte plötzlich, was er da tat. Wenn er abstürzte, würde er nicht nur auf den felsigen und unebenen Boden vier oder fünf Meter tiefer fallen, sondern wahrscheinlich noch von dem schmalen Vorsprung abprallen und in die Schlucht stürzen. Er hielt inne und überlegte. Umkehren war vermutlich gefährlicher als Weiterklettern, also arbeitete er sich weiter hoch und fragte sich dabei, was er tun solle, wenn er sein Ziel erreicht hatte.

Das Fenster war geschlossen, saß aber so locker in der Einfassung, daß man kein professioneller Einbrecher sein mußte – was Argyll mit Sicherheit nicht war –, um es aufzustemmen, ohne Schaden anzurichten. Er zwängte sich in die Öffnung und war schon halb durch, als er merkte, daß er nicht mehr zurückkonnte, in Panik geriet, das Gleichgewicht verlor und mit dem Kopf voran in ein Bidet stürzte. Kein Laut war im Haus zu hören, während er sich, still in sich hinein fluchend, hochrappelte und nachprüfte, ob noch alle Knochen an Ort und Stelle und von der erforderlichen Länge waren. »Monsieur Bralle?« rief er, nur für den Fall, daß der alte Mann geschlafen hatte und von seinem Eindringen geweckt worden war. »Hallo?«

Da niemand antwortete, öffnete er vorsichtig die Tür und trat auf den Gang hinaus. Kein Laut. Es war das Haus eines alten Mannes, daran bestand kein Zweifel, mit dem muffigen, beinahe fauligen Geruch, den solche Häuser oft haben. Er betätigte einen Schalter, und das Licht ging an. Ein gutes Zeichen! Wäre der Besitzer für längere Zeit verreist gewesen, hätte er sich den Strom abgeschaltet. Er entdeckte die Treppe und stieg hinunter.

Ein Gang, mit Türen zu beiden Seiten. Er öffnete eine zu seiner Linken: das Eßzimmer mit dahinter angrenzender Küche. Beide ohne jedes Lebenszeichen. Die nächste Tür führte in ein Wohnzimmer, das ebenfalls leer, jedoch von einem strengen Geruch erfüllt war. Von dort aus öffnete er eine weitere Tür zu einem Arbeitszimmer, und aus diesem drang der inzwischen ziemlich ekelhafte Gestank.

»Igitt«, sagte er angewidert. Georges Bralle – zumindest nahm Argyll das an, da er keine Lust auf eine eingehendere Überprüfung hatte – saß auf einem Stuhl. Der Kopf war ihm auf den Schreibtisch gesunken, und er hatte sich offensichtlich schon eine ganze Weile nicht mehr bewegt. Mit anderen Worten: Er war tot und faulte vor sich hin.

Es war nicht der Schock, so plötzlich und unerwartet auf einen Toten zu stoßen, obwohl Argyll in solchen Dingen wenig Erfahrung besaß. Es war auch nicht unbedingt die Vorstellung, daß der Tod auf eine noch nicht genauer bestimmte Art gewaltsam gewesen sein könnte. Es war eher die unübersehbar grünlich schimmernde Färbung der Haut, der überwältigende Gestank und die fette, träge durchs Zimmer brummende Schmeißfliege, die bewirkten, daß Argyll zwei Schritte zurückwich, sich umdrehte und mit einem gewaltigen Würgen die Überreste seines Frühstücks in einer Ecke des Zimmers deponierte.

Die Anstrengung hatte ihn erschöpft, und er setzte sich aufs Sofa, um wieder zu Kräften zu kommen. Er wagte es kaum, Bralle anzusehen. Vor allem anderen plagte ihn nun das Gefühl beträchtlicher Verlegenheit, obwohl er sich, wenn er in Ruhe darüber nachdachte, eingestehen mußte, daß es unter diesen Umständen vollkommen natürlich war, sich zu übergeben. Jeder hätte das getan, sagte er sich, während er zur Toilette stolperte.

Nachdem das erledigt und er zu der Einsicht gekommen war, daß er unter den potentiellen Beweismitteln im Haus schon genug Schaden angerichtet hatte, ging er zur Vordertür, um Flavia zu informieren. Sie war verschlossen, aber nicht verriegelt, ein Schlüssel war nirgends zu entdecken. Die Hintertür war verschlossen und verriegelt. Er überlegte kurz, öffnete dann das große Fenster im Eßzimmer, stieß die Läden auf und kletterte hinaus.

Flavia, die noch immer auf dem Stein saß und über die Ungerechtigkeit des Lebens nachdachte, war überrascht, als sie ihn aus dem Haus kommen sah, und besorgt, als sie bemerkte, wie blaß er war.

»Bralle ist da drin«, sagte er im Näherkommen. »Er ist tot.«

»Noch einer?« fragte sie überrascht, doch wesentlich gelassener, als er bei der Entdeckung gewesen war. »Ermordet oder natürliche Todesursache? Er war ja schließlich schon fast achtzig.«

»Wo willst du hin?«

»Selber nachsehen«, erwiderte sie und marschierte zum Fenster.

»Das würde ich lieber nicht tun«, rief er ihr nach und jagte hinter ihr her. Natürlich wollte er ihr einerseits das Entsetzen über Bralles Anblick ersparen, andererseits war es ihm aber mindestens ebenso wichtig, daß sie die Spuren seiner Reaktion nicht sah. »Du hast doch gesagt, du magst keine Leichen.«

Doch sie ließ sich nicht davon abbringen. »Mein Gott, was für ein Gestank. Wo ist er?«

Argyll führte sie ins Arbeitszimmer. Flavia rümpfte angewidert die Nase, sah genau hin und wurde blaß. Aber ihr Verdauungssystem zeigte sich wieder einmal belastbarer als seins.

»Ich weiß, wie du dich fühlst«, sagte er tröstend, als sie das Haus wieder verließen. »Und was tun wir jetzt?«

Es gebe, erwiderte sie, zwei, oder genauer: drei Dinge, die getan werden müßten. Argyll müsse ins Dorf zurückgehen und die Polizei benachrichtigen. Dann müsse er Pierre Janet,

Bottandos *alter ego* in Paris, anrufen und ihm berichten, was geschehen sei. Sie werde hierbleiben und ein paar Nachforschungen anstellen. Aber zuerst einmal setzte sie sich auf einen Stein vor dem Haus, um sich zu erholen.

»Alles in Ordnung?« fragte Argyll, bevor er sich auf den Weg machte.

Sie schüttelte schweigend den Kopf, stand auf und fing plötzlich so heftig zu schluchzen an, daß sich ihr ganzer Körper schüttelte. Seit Tagen schlug sie sich nun schon mit diesem Fall herum, und jedesmal, wenn sie meinte, Fortschritte zu machen, gab es einen Rückschlag. Und daß sie alle paar Tage eine neue Leiche fand, verstärkte nur ihre Verwirrung und ließ sie erkennen, wie unangenehm ihre Arbeit in Wirklichkeit war. Die Anstrengung, die es kostete, immer gefaßt und professionell zu bleiben, war schließlich zu viel für sie geworden.

»Ach, meine liebe Flavia«, sagte Argyll, völlig verblüfft. Er nahm sie in die Arme und drückte sie tröstend an sich. Sie klammerte sich fest an ihn. »Manchmal«, stieß sie zwischen zwei Schluchzern hervor, »glaube ich, daß ich nicht gut genug bin für diese Arbeit. Ich weiß nicht, ob ich die Richtige bin für so was.«

Argyll wiegte sie in den Armen und strich ihr über die Haare. Er war zu tief bewegt, um etwas sagen zu können. An ihre Zornesausbrüche war er gewöhnt, aber dieser Aspekt ihres Wesens traf ihn völlig unvorbereitet. »Kann schon sein. Aber auf jeden Fall kannst du es besser als ich. Dir ist wenigstens nicht schlecht geworden.«

Sie lachte und schniefte und schluchzte noch ein wenig.

»Wir können ja nachher einfach heimfahren und die ganze Sache vergessen, wenn du willst«, fügte er hinzu.

Sie löste sich von ihm, zog ein winziges Taschentuch aus ihrer Jeans, schneuzte sich kräftig und schniefte laut ein letztes Mal. Dann schüttelte sie entschlossen den Kopf. »Nein. Ab mit dir! Tut mir leid. Ich werd' jetzt die Zähne zusammenbeißen und mich an die Arbeit machen.«

Sie sah ihm nach, wie er den Abhang hinunter verschwand, und zwang sich dann, ins Haus zurückzukehren, obwohl sie sich immer noch sehr schwach fühlte. Es gab nichts, was sie nicht lieber getan hätte, und außerdem wußte sie, daß es ebenso unprofessionell wie unhöflich war. Als Italienerin hatte sie kein Recht, irgend etwas, das mit dem Mord an einem Franzosen auf französischem Boden zu tun hatte, zu berühren oder auch nur anzusehen – vorausgesetzt, es handelte sich um einen Mord.

Aber genau das war das Problem. Die Franzosen würden vermutlich auf sämtlichen Beweismitteln sitzen oder wichtige Indizien, sofern es sie gab, gar nicht erkennen. Normalerweise wäre das auch nicht schlimm, denn über Janet würden sie irgendwann doch an die Informationen kommen. Aber sie hatte das allgegenwärtige Haushaltsproblem nicht vergessen und wußte, daß die Zeit drängte. Bottando wollte eine Lösung, und ihre Weiterbeschäftigung hing davon ab. Es blieb ihr also gar nichts anderes übrig, als kurz ihre Nase in den fremden Fall zu stecken, bevor die Ortspolizei kam und sie in ihre Schranken verwies.

Doch das mit der Nase war genau das Problem. Sie ging davon aus, daß ihr etwa vierzig Minuten bis zum Eintreffen der Polizei blieben, aber nur etwa zehn, bis es ihr unerträglich schlecht würde. Also nahm sie ihren ganzen Mut zusammen und machte sich behutsam, um keine Fingerabdrücke zu verwischen oder neue zu hinterlassen, an die unangenehme Aufgabe, Bralles Schreibtisch zu durchsuchen. Er war voller Papiere, doch nichts davon war für sie von Interesse, abgesehen höchstens von einem Brief, in dem er dem Jones College, Massachusetts, für die Einladung dankte, ein Gutachten für James Miller zu schreiben, sie aber ablehnte, da er bereits im Ruhestand sei. Der Brief empfahl statt dessen Masterson. Das wußte sie natürlich bereits. Doch nach einem Augenblick des Zögerns faltete sie ihn trotzdem zusammen und steckte ihn in ihre Tasche. Man konnte ja nie wissen.

Auf dem Boden unter dem Schreibtisch lag ein Terminkalender, der sich als interessantere Lektüre erwies. Eine zitterige Altmännerhand hatte für den 3. Oktober »Sankt Gallen« notiert. Auch das wußte sie bereits, aber es war immer gut, eine Bestätigung zu haben. Offen war nur noch die Frage, was er und Masterson dort getan hatten.

Die meisten Seiten des Terminkalenders waren leer. Allem Anschein nach hatte Bralle ein sehr ruhiges Leben geführt. Aber vier Tage nach dem ersten Eintrag fand sich die Notiz »Heiliger Antonius«. Wirklich ein vielbeschäftigter kleiner Heiliger, dachte sie. Wo der in diesem Fall überall auftaucht.

Sie legte den Kalender zurück und untersuchte das übrige Zimmer. An der einen Wand stand ein grüner Aktenschrank aus Metall, der, wie sie sah, als sie ihn öffnete, offensichtlich das Lebenswerk des alten Mannes in Form von Notizen und Schriftstücken enthielt. Es war eine ganze Menge. Aber das ergab sich ja zwangsläufig, wenn man sechzig Jahre fast ausschließlich mit Schreiben verbracht hatte. Sie spähte in die oberste Schublade. Unzählige grüne Hängeakten, alle fein säuberlich geordnet, mit kleinen Reitern versehen, die über den Inhalt Auskunft gaben. Sie strich mit den Fingern darüber: Kaum etwas, das nichts mit Gemälden oder Malern der italienischen Renaissance zu tun hatte.

Sie ging die Unterlagen methodisch durch. Für eine gründliche Lektüre hatte sie natürlich keine Zeit, aber wenigstens die Titel konnte sie sich ansehen. Es war die reinste Zeitverschwendung.

Auch seine Korrespondenz war todlangweilig und brachte sie nicht weiter. Doch wenigstens die Originale der Belege, die Bralle Benedetti geschickt hatte, konnte sie herausfischen. Das war zwar ein bißchen frech, aber Argyll würden sie vielleicht noch von Nutzen sein.

Doch dann hatte sie mehr als genug. Vom Gestank wurde ihr allmählich wirklich schlecht, obwohl sie das auf sich genommen hätte, wenn ihre Suche erfolgversprechender gewesen wäre. Sie stieg deshalb wieder aus dem Fenster, atmete in tiefen Zügen die frische, saubere Landluft ein und wartete auf Argylls Rückkehr.

Der kletterte nach einer Weile ächzend und schnaufend den Abhang hoch und berichtete, daß er zuerst Janet angerufen habe und daß dieser, gutmütig, wie er war, gesagt habe, er werde Bottando informieren. Außerdem habe er vorgeschlagen, Flavia solle den Ortspolizisten sagen, er habe ihr die Erlaubnis gegeben, mit Bralle zu sprechen. Ansonsten könne es passieren, daß sie auf ihre Anwesenheit gereizt reagierten. Sie solle ihn später anrufen, und er werde, wenn nötig, selbst herkommen. Die Ortspolizei sei mittlerweile schon unterwegs.

Das war sie wirklich, und die Beamten machten ihnen die nächsten Stunden zur Qual. Waren sie anfangs noch begeistert, es endlich auch einmal mit einem richtigen Mord zu tun zu haben, wich dieser Enthusiasmus schnell, als sie die Leiche zu Gesicht gekamen. Einer der Beamten zeigte die gleiche Reaktion wie Argyll, doch ansonsten taten sie wenig, um die Sympathie der beiden Besucher zu gewinnen – schon gar nicht, als sie behaupteten, sie könnten keinen Hinweis darauf finden, daß der Tod des alten Mannes andere als natürliche Ursachen habe. Erst als Flavia einen Aufstand machte und drohte, noch einmal Janet anzurufen, erklärten sie sich mürrisch bereit, eine Obduktion anzuordnen. Als Rache dafür zeigten sie deutlich ihre Abneigung gegen die Anwesenheit der Italienerin in Frankreich.

Ärzte kamen und gingen, die Leiche wurde in einem Krankenwagen weggeschafft, Fotografen und all die anderen staatlichen Verwalter des Todes liefen geschäftig hin und her, behielten aber ihre Ansichten strikt für sich. Abgesehen davon, daß sie ihre Fingerabdrücke abgeben mußten, wurden Flavia und Argyll ignoriert, und schließlich wurde ihnen klargemacht, daß ihre Anwesenheit alles andere als erwünscht sei.

Flavia, die eigentlich nichts anderes erwartet hatte, ertrug geduldig die Situation und rächte sich nur insofern, als sie ihnen so wenig wie möglich über die Zusammenhänge erzählte. Wenn sie ihr nicht halfen, half sie ihnen auch nicht.

»Es ist doch wirklich schön«, sagte Argyll, als sie nach ihrer Entlassung den Abhang wieder hinuntertrotteten, »zu sehen, daß die internationale Kooperation so reibungslos funktioniert.«

Flavia schnaubte verächtlich. »Bring mich nach Venedig zurück«, sagte sie.

12

Als die beiden sehr früh am Sonntagmorgen in Venedig eintrafen, war Bottando schon wieder aus Rom zurück. Er war alles andere als glücklich. Sein Gefühlszustand äußerte sich in einer Reihe mürrisch knapper Hinweise auf die Notwendigkeit von Disziplin im Polizeidienst und abfälligen Bemerkungen über Leute, die mitten in einem Fall mit ihren Liebhabern Urlaub machten. Flavia entschuldigte sich demütig dafür, daß sie vergessen hatte, ihn über ihren Abstecher nach Südfrankreich zu informieren, wies aber gleichzeitig darauf hin, daß sie dabei immerhin einen weiteren Toten entdeckt hätten. Außerdem, fügte sie hinzu, sei Argyll nicht ihr Geliebter.

»Aber Sie sollen doch gar keine neuen finden«, sagte Bottando mürrisch. »Sie sollen sich um die kümmern, die wir bereits haben, das sind mehr als genug. Trotzdem«, fügte er widerwillig hinzu, »war es vermutlich gute Arbeit. Das Problem ist nur, daß es die Nadelstreifen in Rom wieder einmal in helle Aufregung versetzt hat. Sie wollen Ergebnisse sehen, und jetzt wird unser Dezernat dafür verantwortlich gemacht. Uns machen die Feuer unterm Hintern, wenn wir ihnen keine Lösung liefern, nicht Bovolo.«

»Soll das heißen, daß der Fall Masterson offiziell wiederaufgenommen wurde?«

»O nein. So einfach ist das nicht«, erwiderte er verbittert. »Sie wollen nur, daß wir klar Schiff machen und alle Aspekte miteinander in Einklang bringen. Ich habe versucht, darauf hinzuweisen, daß das, was wir wissen, nicht mit Bovolos Schlußfolgerungen in Einklang gebracht werden kann, aber viel Eindruck hat das nicht gemacht. Ich glaube, das ist der springende Punkt. Wenn wir hier keine Lösung finden, beweisen wir nur unsere Unfähigkeit und stärken die Position der Leute, die uns absägen wollen.«

Jetzt verstand Flavia seine Gereiztheit besser. Da sie aber nicht wußte, womit sie ihn hätte aufheitern können, fragte sie einfach, ob er mit Janet gesprochen habe.

»O ja. Deswegen bin ich ja hier. Wenigstens auf den kann

man sich verlassen. Auf jeden Fall mehr als auf die Ortspolizei im Ardèche-Tal.«

»Nichts, das uns weiterhelfen könnte?«

»Nur, daß es eindeutig ein Mord war.«

»Das wissen wir bereits.«

»Warum so sicher?«

»Weil«, erklärte sie, »unser Jonathan hier bemerkt hat, daß alle Türen verschlossen waren, es aber nirgends im Haus einen Schlüssel gab.«

Argyll machte ein bescheidenes Gesicht, was ihm sehr gut stand.

»Ich verstehe«, sagte Bottando. »Na ja, aber es ist immer gut, auch eine offizielle Bestätigung zu haben. Nur für den Fall, daß Sie das nicht bemerkt haben sollten, es war Tod durch Ersticken. Kissen aufs Gesicht. Bißchen Flaum in der Nase oder so was Ähnliches. Ich bezweifle, daß sie unter normalen Umständen überhaupt die Obduktion vorgenommen hätten, so alt wie er schon war. Sein Herz war anscheinend auch nicht mehr gerade das beste. Aber Ihre Beharrlichkeit und die rechtzeitige Intervention unseres Freundes Janet hat sie dazu gebracht, etwas gewissenhafter zu arbeiten. Gott sei Dank, kann man da nur sagen. Abgesehen davon gibt's nicht viel. Keine Fingerabdrücke, keine Zeugen, nichts, wie üblich in diesem Fall. Getötet am 7. Oktober, einen Tag hin oder her. Ist Präzision nicht etwas Wunderbares?« schloß er sarkastisch.

»Der Heilige Antonius hat wieder zugeschlagen«, sagte sie, ein wenig zu geheimnisvoll für sein angespanntes Nervenkostüm. Was denn das nun wieder heißen solle, wollte er von ihr wissen.

»In Bralles Terminkalender steht für den 7. Oktober nur der Eintrag ›Heiliger Antonius‹. Ich nehme an, er hat an dem Tag etwas mit diesem Bild vorgehabt.«

»Oder der Heilige ist höchstpersönlich vom Himmel herabgestiegen, hat ihn erstickt und ist dann wieder aufgefahren. Göttliche Intervention. Ein Wunder. Wie wär's damit?« schlug Argyll vor, um auch etwas zu sagen.

»Verführerisch, aber in einem offiziellen Polizeibericht

würde es sich wohl nicht so gut machen«, entgegnete Bottando ungeduldig.

»Na, wenigstens haben wir einige Fortschritte gemacht«, bemerkte Flavia optimistisch.

»Freut mich, daß Sie so denken. Ich bin mir da nicht so sicher. Aber Sie sollten wirklich nicht auf fremdem Boden in Häuser einbrechen, Beweismittel entwenden oder verschwinden, ohne zu sagen, wohin Sie gehen. Nur gut, daß ich hier bin, um Sie daran zu erinnern, worum es bei der Polizeiarbeit eigentlich geht.«

»Also sagen Sie uns, was wir tun sollen.«

»Folgen Sie meinem Beispiel. Ich bin methodisch streng nach polizeilicher Vorschrift alle Indizien durchgegangen«, sagte er wichtigtuerisch.

»Und sind wie üblich zu keinem Ergebnis gekommen, nehme ich mal an.«

Bottando machte ein beleidigtes Gesicht. »Na ja, da Sie es schon erwähnen, nein. Und was haben Sie getan?«

»Wir in unserer amateurhaften Art haben folgendes herausgefunden«, sagte Flavia mit einer gewissen Überheblichkeit. »Erstens, das Bild in Mailand ist so echt, daß Jonathan es kaufen wird.«

»O Gott. Dann wird es innerhalb einer Woche gestohlen.«

»Beherrschen Sie sich«, fuhr sie ihn barsch an. »So schlimm ist es auch wieder nicht. Zweitens, Masterson, Roberts, Kollmar und Bralle wußten das, aber allen außer Masterson schien viel daran gelegen zu sein, daß es nicht bekannt wurde. Masterson hat Bralle in Sankt Gallen getroffen, kurz bevor sie nach Venedig kam. Und sein Terminkalender läßt den Schluß zu, daß er etwas mit ihrer Arbeit über den Antonius-Zyklus in Padua zutun hatte.«

Bottando war gegen seinen Willen beeindruckt, gab sich aber alle Mühe, sich das nicht anmerken zu lassen. »Ist das alles?«

»Dann ist da noch diese Sache mit dem Echtheitsgutachten«, sagte Flavia und berichtete ihm kurz von Roberts' Angebot an Benedetti.

»Ach, ich würde mir wirklich wünschen, daß Sie sich einmal für etwas entscheiden«, sagte Bottando, lehnte sich zurück und streckte sich. »Zuerst hatten wir überhaupt keine Motive, und jetzt schwimmen wir in ihnen. Wie ermüdend. Nun gut, ich vermute, das bedeutet für uns noch ein schönes Stückchen Arbeit. Wie's aussieht, führt in diesem Fall ein Mord zum nächsten. Finden Sie heraus, wer Bralle getötet hat, und Sie wissen vermutlich, wer die anderen um die Ecke gebracht hat. Und alles andere klärt sich dann von selbst. Wir werden uns diese verflixten Leute wohl noch einmal vornehmen müssen. Mein Gott, allmählich habe ich wirklich die Nase voll von diesem Fall.«

»Bevor Sie sich auf dem Weg machen«, meldete Argyll sich zu Wort. »Gibt es vielleicht irgendwelche Fortschritte bei meinen Bildern? Ich meine, jetzt da dieses Selbstporträt so langsam interessant wird.«

»Nein. Überhaupt keine. Ich weiß natürlich, wo sie sind, aber das steht auf einem anderen Blatt.«

Argyll schien zugleich überrascht und hoffnungsvoll. »Sie wissen es? Wo sind sie?«

Bottando grinste. »Da, wo sie sein müssen. Kommen Sie«, sagte er und stand langsam auf. »An die Arbeit.«

Allmählich machte sich bei den noch überlebenden Mitgliedern des Komitees die Belastung, in eine Mordermittlung verwickelt zu sein, bemerkbar. Anfangs hatten fast alle die Befragungen auf die leichte Schulter genommen und schienen auch, mit Ausnahme von van Heteren, über Mastersons Tod nicht sonderlich betrübt zu sein. Doch jetzt, da der Sensenmann vor allem unter Kunsthistorikern reiche Ernte hielt, wurde ihre Nervosität immer deutlicher spürbar.

Der Riese van Heteren war als erster an der Reihe. Eingekeilt in den winzigen Sessel in seiner schmuddeligen Unterkunft saß er da und wirkte um keinen Deut zufriedener mit dem Leben als am Anfang der Woche. Er sah fast noch schlimmer aus. Das war traurig, denn er war der einzige, den Flavia sympathisch fand, und Bottando, der erst jetzt all diese Gestalten persönlich kennenlernte, sah auch sofort, warum.

Er hatte beschlossen, die Befragungen selbst durchzuführen, in der Hoffnung, daß ein neuer Blickwinkel vielleicht auch neue Informationen erbrachte. Das hieß nicht, daß er Flavia nicht traute, ganz im Gegenteil. Zu Miller würde sie ihn begleiten müssen, um bei sprachlichen Problemen weiterzuhelfen, aber Kollmar und van Heteren schaffte er auch allein, und sie konnte sich in der Zeit um andere Aspekte des Falls kümmern.

»Ich dachte, die Ermittlungen sind bereits abgeschlossen«, sagte van Heteren gleich nach der Begrüßung. Sie waren beide kräftige Männer, und in der winzigen Wohnung mußten sie eng zusammenrücken, um überhaupt hineinzupassen. »Warum werden wir dann noch hier festgehalten? Ich muß diese Wohnung spätestens am Montag räumen.«

»Ist Ihr Zeitplan tatsächlich so wichtig?«

Van Heteren sah ihn scharf an und grinste dann halbherzig.

»Ziemlich egoistisch von mir, was? Wahrscheinlich haben Sie recht. Tut mir leid. Ist ja wirklich erbärmlich von mir, unter diesen Umständen an die Arbeit zu denken. Aber allmählich halte ich es hier nicht mehr aus, und ich habe meine Zweifel, ob Sie Louises Mörder je finden werden.«

»Es gibt da noch gewisse Dinge, die wir klären müssen«, bemerkte Bottando. »Die Sache mit Bralle zum Beispiel.« Er berichtete van Heteren vom Tod des Mannes, der die Nachricht mit großer Bestürzung aufnahm.

»Aber Sie werden doch wohl nicht annehmen, daß einer von uns den armen alten Georges getötet hat?«

»Irgend jemand hat den armen alten Georges getötet. Warum also nicht einer von Ihnen? Wo waren Sie übrigens, als er ermordet wurde?«

Sehr widerwillig gab er zu, daß er zu der Zeit eine Wanderung in den Alpen unternommen habe. Ein später Urlaub. Ja, ganz allein. Nein, er könne nicht beweisen, daß er nicht nach Balazuc gefahren sei. Aber nein, er sei es nicht gewesen.

»Ich verstehe. Schade. Und an dem Abend, als Roberts starb und diese Bilder gestohlen wurden?«

Er sei in seinem Zimmer gewesen, allein. Nach Louises Ermordung sei er zu deprimiert und traurig gewesen, um etwas zu unternehmen oder jemanden zu sehen. Mit anderen Worten: Er hatte kein Alibi.

»Aha«, sagte Bottando so neutral wie möglich. »Sie scheinen große Sorgen zu haben, Doktor.«

»Ist das ein Wunder?« erwiderte van Heteren giftig. »Meine beste Freundin und Geliebte ermordet, zwei Kollegen tot, und Ihr offensichtlicher Verdacht, daß einer von uns dafür verantwortlich ist. Vermutlich haben Sie damit sogar recht. Ich weiß ja nicht, wie weit oben ich auf Ihrer Verdächtigenliste stehe, aber ich kann Ihnen versichern, daß ich Louise, was sie auch getan hat, nie und nimmer hätte etwas antun können. Glauben Sie mir das?«

Bottando zuckte unverbindlich die Achseln. »Seien Sie vernünftig«, sagte er. »Etwas anderes würden Sie ja wohl kaum sagen. Aber wenn es Sie beruhigt, ich glaube nicht, daß Sie sie getötet haben. Zufrieden?«

Er nickte, doch sonderlich beruhigt schien er nicht zu sein. Bottando fuhr deshalb fort. »Haben Sie gewußt, daß Masterson an einem Bild interessiert war, das der Marchesa di Mulino gehört?«

Das habe er nur am Rande mitbekommen, erwiderte er. Er habe auf dem Fest, das Lorenzo im Jahr zuvor veranstaltet hatte, kurz mit ihr darüber gesprochen. Damals sei die Beziehung am innigsten gewesen, oder zumindest habe er das geglaubt. Sie habe ihn beiläufig auf ein Bild aufmerksam gemacht, ein Porträt, und ihn gefragt, was er davon halte. Er habe geantwortet, daß er es für absolut unbedeutend halte, und sie habe gelacht.

»Und weiter?« fragte Bottando.

»Nichts weiter. Das war alles. Wir waren zu dem Zeitpunkt schon ein wenig betrunken. Es war ein gelungener Abend. Lorenzo weiß, wie man Feste feiert. Essen, Musik, jede Menge Getränke, stilvolle Umgebung. Sie hat es sich lange angesehen und dann schon nicht mehr ganz nüchtern gemeint, daß es ein interessantes Gesicht sei, ob ich das nicht auch finde? Kein netter Mann, aber ein interessanter. Ich habe geantwortet, das sei eine sehr gelehrte Einschätzung. Und dann hat sie noch gesagt, es müsse bearbeitet werden.«

»Was hat sie damit gemeint?«

»Ich vermute, daß es eine gründliche Reinigung und Restauration nötig hatte. Es war sehr schmutzig und vernachlässigt. Aber dann hat sie angefangen zu kichern und vorgeschlagen, wir sollten auf ihr Zimmer gehen und ihren Scharfblick feiern. Das haben wir dann auch getan. Sie war ausgesprochen guter Laune, man kann fast sagen, so glücklich, wie ich sie noch nie gesehen hatte«, sagte er, und die Erinnerung an diese Nacht bereitete ihm offensichtlich Kummer.

»Meiner Assistentin haben Sie gesagt, daß Masterson an einem Gutachten für Dr. Miller schrieb?«

Er nickte.

»Wissen Sie, ob sie das noch jemand anderem gesagt hat?«

»Ich bin mir sicher, daß Sie niemandem etwas gesagt hat. Ich wußte es ja auch nur, weil ich auf ihrem Schreibtisch einen Entwurf liegen sah. Sie hat mir dann extra eingeschärft, es auf keinen Fall weiterzuerzählen, mit der Begründung, sie gehe davon aus, daß sie ihm ein positives Gutachten schreiben müsse, aber sie sehe nicht ein, warum das ein Mensch erfahren müsse. Sie wollte nicht als Schuldige dastehen, wenn ein solcher Langweiler eine Festanstellung bekommt. Ich glaube, sie hätte zu ihrer Überzeugung stehen müssen, aber dazu war sie einfach zu gutmütig.«

Bottando nickte weise. Ob Masterson ihr Treffen mit Bralle in der Schweiz erwähnt habe? Ihren Ausflug nach Mailand? Und nach Padua? Die Antwort auf alle Fragen lautete nein. Er habe keine Ahnung gehabt, daß sie in ihren letzten Tagen soviel gereist sei. Aber eigentlich überrasche es ihn nicht. Sie sei immer sehr beschäftigt gewesen. Das sei ja gerade das Problem gewesen.

Auch die Unterhaltung mit James Miller dauerte nicht lange, und auch er hatte wenig Erhellendes beizutragen. Seine Haare waren naß, und während er sie sich mit einem Handtuch trokkenrieb, erklärte er, er sei gerade beim Schwimmen gewesen. Er gehe jeden Tag schwimmen.

Bottando sah sich aufmerksam in seinem Zimmer um und versuchte stockend, anglo-italienische Konversation zu machen, bis Flavia mit einem zufriedenen Gesichtsausdruck dazukam. Millers Italienisch war erstaunlich schlecht für jemanden, der sich seit Jahren mit italienischen Dingen beschäftigte. Er konnte also auf keinen Fall derjenige gewesen sein, der am Tag von Mastersons Ermordung mit Pianta gesprochen hatte.

Bottando fragte Miller, wie lange er noch vorhabe, in Venedig zu bleiben, und erfuhr, daß der Amerikaner so schnell wie möglich nach Hause wollte. Er habe sich bereits verspätet, und die Ereignisse der vergangenen Woche seien seiner bevorstehenden Festanstellungsprüfung auch nicht gerade förderlich. Er klang, als wäre er halb wahnsinnig vor Angst, und versagte kläglich, als er versuchte, das zu verbergen. Flavia brachte Mastersons Gutachten für ihn zur Sprache. Sie schien sich dafür zu interessieren. Miller erwiderte mürrisch, er könne sich gut vorstellen, was Masterson über ihn geschrieben habe.

»Warum?« fragte Flavia.

»Naja, wir hatten am Donnerstag eine kleine Meinungsverschiedenheit. Ich vermute, das sollten Sie wissen. Ich sagte zu ihr, ich hoffe, daß sie den armen alten Kollmar nicht zu hart rannehmen werde. Ich wollte sie nur von meiner Erfahrung profitieren lassen. Leute zu verärgern ist nicht gerade der Königsweg, um das zu bekommen, was man will.«

»Und das gefiel ihr nicht?« Flavia konnte sich die Szene gut vorstellen: Miller gibt ihr herablassend Ratschläge, und Masterson stellen sich die Haare auf. Sie schien kein Mensch gewesen zu sein, der diese Art von Ratschlägen freundlich aufnimmt.

»Offensichtlich nicht, wenn man bedenkt, wie barsch sie am Tag darauf Kollmars Einladung zu einem Drink abgelehnt hat. Richtig explodiert ist sie und hat gemeint, sie habe jetzt genug davon, daß alle aus einer Mücke einen Elefanten machten, und es wäre ihr lieber, wenn die Leute nicht alle so überempfindlich wären. Und mich hat sie angefahren, ich wäre viel besser dran, wenn ich mich mehr um meine Arbeit kümmern und weniger Zeit mit akademischem Arschkriechen verschwenden würde.«

»Und was hat sie damit gemeint?«

»Natürlich meine Festanstellungsprüfung. Ihrer Ansicht nach habe ich noch nicht genug veröffentlicht.«

»Und stimmt das?«

Er schüttelte den Kopf. »Ich glaube, nicht einmal die *Encyclopaedia Britannica* ist umfangreich genug, um Louise zufriedenzustellen. Aber, und das habe ich ihr auch gesagt, ich bin gerade dabei, einen größeren Artikel zu veröffentlichen. Ich habe ihr eine Kopie davon gegeben. Schon komisch, was?« fuhr er mit einer Verbitterung fort, die in ihrer Ichbezogenheit fast schon peinlich wirkte. »Ich bin diesem Komitee beigetreten, weil ich dachte, daß es meiner Karriere hilft. Und jetzt, wo es drauf ankommt, ist der Teufel los. Das Komitee ist in einen Skandal verwickelt, und ich verliere meine beiden Gutachter. Bei Louise war das schon schlimm genug, obwohl ich mir kaum vorstellen kann, daß sie mir zuliebe großzügig gewesen wäre. Aber daß dann auch noch Roberts stirbt, ist einfach zu schrecklich. Ich kann mir nicht vorstellen, daß sich jetzt noch viele darum reißen werden, mir ihre Dienste anzubieten, Sie etwa? Die Sterblichkeitsrate ist einfach zu hoch.«

Nun mischte sich Bottando ein, um das Gespräch wieder auf drängendere Probleme zu bringen. Sie hatten nicht viel Zeit. Miller präsentierte seinen Paß und ein Flugticket, um zu beweisen, daß er zum Zeitpunkt von Bralles Tod in Griechenland gewesen war. Seine Alibis für die Abende von Mastersons und Roberts' Ermordung waren ähnlich stimmig und nicht zu widerlegen.

»Und?« fragte Bottando kurz darauf auf dem Gang. »Erfolg gehabt?«

»Ich glaube schon«, antwortete Flavia. »Die Pfützen gingen ungefähr bis hierher«, sagte sie und deutete auf eine Stelle auf dem Boden. »Ich habe mit dem Hausmeister gesprochen. Das Dach ist in Ordnung. Und wichtiger noch, er hat mich auf etwas hingewiesen, das mir eigentlich selber hätte auffallen sollen, daß es nämlich seit drei Wochen zum ersten Mal geregnet hat, als ich vor ein paar Tagen mit Jonathan diese Bootsfahrt unternommen habe.«

Bottando lächelte sie an. »Wissen Sie was?« sagte er, während sie zur Vaporettohaltestelle gingen. »So langsam glaube ich, daß wir mit ein bißchen Glück unsere Arbeit doch noch behalten können.«

Dr. Kollmar war auch nicht gerade erfreut, ihn zu sehen, aber daran gewöhnte sich Bottando allmählich. War der Deutsche bei Flavias Besuch schon nervös gewesen, so vibirierte er förmlich, als Bottando jetzt ins Zimmer kam und sich setzte.

»Ich nehme an, Sie glauben, daß ich sie wegen dieses Bildes getötet habe«, sagte er in düsterer, gleichzeitig aber auch boshafter Weise, die kaum dazu angetan war, ihm Bottandos Sympathie einzubringen.

»Der Gedanke ist aufgekommen«, erwiderte er. »Haben Sie es getan?«

»Natürlich nicht«, erwiderte Kollmar mit für ihn beinahe ungewöhnlicher Bestimmtheit. »Was für ein absurder Gedanke.«

»Ich habe Ihr Gutachten gelesen. Roberts hielt das Bild für echt, es gab Belege, die das bewiesen, aber sie haben sich über beides hinweggesetzt. Warum?«

Kollmar schien aufrichtig erstaunt zu sein. »Wie bitte?« fragte er. »Da irren Sie sich in beiden Punkten. Roberts hat nie etwas Derartiges gesagt, und die Belege, die ich bei meinen Recherchen in den Archiven fand, ließen keinen eindeutig positiven Schluß zu.«

»Und was ist mit den Recherchen anderer Leute? Wie die Dr. Bralles zum Beispiel?«

»Ich weiß nicht, wovon sie sprechen«, erwiderte er steif. »Bralle war zurückgetreten, und falls er irgendwelche Ansichten zu diesem Bild hatte, hat er mir nie etwas davon gesagt. Ich würde vorschlagen, Sie beschränken sich auf Ihre Polizeiarbeit und hören auf, mir sagen zu wollen, wie ich meine –«

»Wie hoch war Ihr Anteil, Doktor?« fragte Bottando barsch.

Wieder machte Kollmar ein verwirrtes Gesicht. »Wie bitte?«

»Ihr Anteil. Sie wissen schon.«

Eine längere Pause entstand, doch schließlich sagte Kollmar steif: »Wenn Sie damit andeuten wollen, was ich glaube, dann muß ich Ihnen sagen, das ist unerhört und empörend. Wie können Sie es wagen, auch nur daran zu denken, daß –«.

»Aber natürlich. Sie haben recht. Tut mir leid, daß ich es erwähnt habe«, sagte Bottando. »Aber waren Sie wirklich überzeugt, daß dieses Bild nicht echt ist?«

Er rang etwas gequält die Hände und seufzte dann. »Es bestanden beträchtliche Zweifel –«

»Und warum haben Sie das nicht gesagt?«

»Weil ich es für sicherer hielt, Professor Roberts' Rat zu folgen. Wenn es keine urkundlichen Belege gibt, hängt alles von der stilistischen Einschätzung ab. Das war sein Fachgebiet, nicht das meine.«

Steif und aufrecht saß er auf seinem Stuhl, die Knie zusammengedrückt und, dieser Eindruck drängte sich zumindest auf, mit einer beträchtlichen Wut im Bauch. Seine anfängliche Nervosität war während des Verhörs vollkommen verschwunden. Bottando seufzte und versuchte den Mann zu besänftigten und in eine etwas kooperationsbereitere Stimmung zu versetzen. Großen Erfolg hatte er damit nicht.

»Das Fenice«, begann er.

Kollmar stöhnte auf. »Wie oft muß ich Ihnen und Ihren Leuten das noch erzählen? Ich war in der Oper und dort die ganze Zeit mit Roberts und meiner Frau zusammen.«

»Ein Teil Ihres Alibis ist tot, der andere mit Ihnen verheiratet. Das ist nicht gut, Doktor.«

Kollmar schwieg würdevoll.

»Also gut. Der Abend, an dem Roberts starb. Wo waren Sie?«

»Das habe ich Ihnen doch schon mehrmals gesagt. Ich habe bei ihm einen Umschlag abgeliefert und bin dann nach Hause. Ich habe die Kinder gefüttert und dann versucht, ein wenig zu arbeiten.«

»Allein?«

»Ja, allein.«

»Ich verstehe. Noch eine letzte Frage. Als Sie Masterson auf einen Drink einluden, war das auf der Insel oder während der Überfahrt auf dem Boot?«

»Auf dem Boot. Sie können Miller fragen, der hat zugehört.«

»Vielen Dank, Doktor. Das ist alles für heute.«

Für diesen Vormittag hatte Bottando genug durchlitten. Sein Kopf schmerzte vor lauter Theorien und Fakten, die sich beinahe, aber noch nicht ganz zusammenfügten. Er trat aus dem tristen Haus auf die noch tristere Straße hinaus. Es regnete in Strömen, so wie es der alte Bootsmann Flavia prophezeit hatte. Er sah zu dem grauen, bedeckten Himmel hoch, zog zum Schutz gegen den kalten Wind, der von der Lagune hereinblies, den Mantel enger um sich und ging mit schnellen Schritten zum Kai. Er war spät dran, das Gespräch mit Kollmar hatte ihn um einen Teil seiner Mittagspause gebracht. Er würde das Essen ganz ausfallen lassen müssen, wenn er noch rechtzeitig zu seiner Besprechung mit Bovolo kommen wollte. Verdammt! Wenn er etwas haßte, dann das Mittagessen zu verpassen.

Auch Argyll war an diesem Vormittag sehr beschäftigt. Die Aussicht, seine Bilder wiederzubekommen, hatte ihm neue Energie geschenkt. Er hatte Byrnes in London angerufen und ihn gebeten, sich nach Tizians umzuhören, die in den letzten paar Jahren auf den Markt gekommen waren. Wieviele mit brandneuen Echtheitszertifikaten verkauft worden seien, wollte er wissen und vergaß natürlich nicht zu erwähnen, daß auch er sich im Augenblick in diesem speziellen Marktsegment betätige. Byrnes, etwas versöhnlich gestimmt von der Aussicht, daß Argyll nun doch noch etwas für sein Geld tat, versprach, sich umzuhören und ihn zurückzurufen.

Danach überließ Argyll die Polizeiarbeit der Polizei und widmete sich ganz der Suche nach dem Schöpfer des Gemäldes der Marchesa. Es konnte ja durchaus etwas mit dem Mord an Masterson zu tun haben, und außerdem schien Bottando überzeugt zu sein, das Bild wiederbeschaffen zu können. Und da Argyll schon in Kürze dessen Besitzer zu sein gedachte, wollte er wissen, was er da eigentlich kaufte.

Doch zu wissen, was man sucht, ist nicht das gleiche wie es zu finden, und in dieser Hinsicht machte er nur wenig Fortschritte. Er hatte bei unterschiedlichen Gelegenheiten einen Film von Masterson entwendet, ihre Fotokopien aus der Bibliothek mitgenommen und zumindest vorübergehend ihre Bücher konfisziert. Doch obwohl er gehofft hatte, daß sich aus dieser Fülle von Material etwas einigermaßen Überzeugendes ergeben würde, mußte er sich eingestehen, daß bis jetzt noch nicht einmal die Andeutung einer Antwort in Sicht war. Giorgione, Tizian und der nicht sonderlich sympathische Pietro Luzzi – offensichtlich gehörte dieses Trio irgendwie zusammen, und genauso offensichtlich hatte Masterson gewußt, wie. Allmählich kam er zu dem Schluß, daß sie um einiges schlauer gewesen war als er.

»Also, was weißt du jetzt?« fragte Flavia, als sie zu dem Mittagessen zusammentrafen, das Bottando leider ausfallen lassen mußte.

Er zog schlechtgelaunt die Nase hoch. »Naja, eigentlich nicht viel. Ich weiß, daß das Bild das Porträt eines Malers Mitte dreißig ist, und daß Tizian ihn in den Freskenzyklus in Padua und in diese Skizze in Mailand hineingemalt hat. Das ist so ziemlich alles.«

»Also gut«, sagte Flavia, um ihm auf die Sprünge zu helfen. »Finde heraus, welche Kumpel Tizian hatte, und du hast die Antwort. Es war ja schließlich ziemlich üblich, seine Freunde auf religiösen Bildern darzustellen. Du hast doch selber gesagt, daß Tizian seine tote Geliebte hineingemalt hat, warum also nicht auch andere?«

Argyll starrte sie an. »Sag das noch mal«, sagte er.

Flavia tat ihm den Gefallen. »Ich habe gesagt, daß du mir erzählt hast –«

»Das war doch nur rhetorisch gemeint«, sagte er energisch, sprang auf und wischte sich die Krumen von der Kleidung. »Obwohl es gut ist, es noch mal zu hören. Ach, blöd, blöd, blöd.«

»Ich hoffe, du meinst dich damit selber?«

»Natürlich. Das ist doch offensichtlich. Die Geliebte, ha! Ich bin möglicherweise der größte Trottel, den du je getroffen hast.«

Flavia war des öfteren geneigt, dem zuzustimmen, doch in

diesem Fall tat sie so, als hätte sie es nicht gehört. »Wovon redest du denn?«

Er sprang auf und ab und schäumte förmlich über vor Begeisterung. »Das Bild von Violante di Modena, die von ihrem Liebhaber ermordet wird, weil sie untreu war. Wer war denn, außer vielleicht Tizian, sonst noch ihr Liebhaber? Und wer hat deshalb dieses Porträt im Besitz der Marchesa gemalt? Und warum war Masterson so scharf drauf?«

O mein Gott«, sagte Flavia, der langsam die Erkenntnis dämmerte. »Setz dich wieder. Ich will darüber reden.«

»Keine Zeit«, plapperte er fröhlich. »Hab noch was zu erledigen.« Er beugte sich zu ihr herunter, küßte sie auf die Stirn und tätschelte ihr dann, für den Fall, daß der Kuß in der Öffentlichkeit zu vertraut wirkte, den Kopf. »An die Arbeit! Du bist ein wunderbarer Mensch und bei der Polizei total fehl am Platz. Vielen Dank. Bis später.«

Nachdem Flavia für Argyll die Muse gespielt hatte, beendete sie ihr Mittagessen und zwang sich dann, in das immer schlechter werdende Wetter hinauszugehen und sich auf den Weg zu Lorenzo zu machen. So wie sie es sah, war das Problem ziemlich einfach. Sie wußten, was passiert war. Das Schwierige daran war nur, die einzelnen Ereignisse so zusammenzufügen, daß sie einen Sinn ergaben. Ein Mord nach dem anderen – dahinter steckte vermutlich eine Logik, die sie nur noch herauszufinden brauchten. Leute umbringen ist schließlich eine ernste Sache, die man nicht ohne guten Grund tut.

»O ja, ich wußte, daß meinte Tante einige Bilder verkaufen wollte«, erwiderte Lorenzo, nachdem Flavia bei seiner Wohnung angekommen und eingelassen worden war, sich abgetrocknet und Platz genommen hatte. »Aber ich war mir nicht sicher, welche. Meine einzige Sorge war, daß sie nicht die Watteaus verkauft, die mir sehr am Herzen liegen. Aber da sie mir versicherte, daß es um die nicht gehe, habe ich mich nicht weiter dafür interessiert und ihr meine Einwilligung gegeben.«

»Und Sie sind sicher, daß sie nicht wertvoll sind?«

»O nein. Nur unbedeutendes Zeug. Keine Gefahr, daß ein

Michelangelo unbemerkt aus dem Land verschwindet, da kann ich Sie beruhigen.«

Er wirkte so gelassen und sorglos, daß sie beschloß, ihn nicht zu verunsichern. »Wie kommen Sie mit Ihrer Tante zurecht?«

»Nicht sehr gut. Wir tolerieren uns gegenseitig, wie Tante und Neffe es eben tun müssen. Ich muß zugeben, ich mag den alten Besen eigentlich recht gern. Aber leider mag sie mich nicht sehr.«

»Warum nicht?«

»Das weiß ich wirklich nicht. Sie ist natürlich nicht besonders erfreut darüber, daß sie sich in finanziellen Dingen mit mir absprechen muß. Das beleidigt sie in ihrem Selbstverständnis als Familienoberhaupt, und sie war ganz schön wütend, als sie entdeckte, daß mein Onkel sein Testament zu meinen Gunsten verfaßt hat. Ich finde ja, daß ich immer sehr charmant bin und mir größte Mühe gebe, ihr alles recht zu machen, aber sie hält mich wohl für zu oberflächlich. Für einen Playboy. Sie liebt altmodischen Slang. Weiß Gott, was sie glaubt, daß ich alles anstelle. Ich bin mir ziemlich sicher, daß mein Leben nicht halb so skandalös ist, wie ihres war.«

Falls er ihr gegenüber wirklich feindselig eingestellt war, verbarg er das sehr gut. Er schien eher eine gewisse wohlwollende Zuneigung für die alte Dame zu empfinden, als sie zu hassen. »Und was ist mit Signora Pianta?«

Er verdrehte die Augen. »Igitt. Das Drachenweib. Ich kenne sie, seit sie sich vor einem Vierteljahrhundert meiner Tante aufgedrängt hat. Eigentlich wollte sie nur eine Woche bleiben, und jetzt ist sie immer noch da. Aber sie ist ein armes Ding, im wörtlichen und im übertragenen Sinn, und ich bin zu ihr immer so höflich, wie ich kann.«

»Und wo waren Sie an dem Abend, an dem Roberts starb und die Bilder Ihrer Tante gestohlen wurden?« Probieren konnte man es ja, es bestand ja die Möglichkeit, daß er sich in Widersprüche verwickelte.

Er lächelte fröhlich. »Da werden Sie mir nichts anhängen können«, sagte er. »Ich war bei einer Versammlung in der Accademia. Zur fraglichen Zeit habe ich eine kurze, aber, wenn ich so sagen darf, einigermaßen amüsante Rede vor etwa einhundertfünfzig Leuten gehalten.« Nach einer kurzen Pause fügte er hinzu: »Ich werde Ihnen die Nummer des Museums geben. Wenn die morgen früh öffnen, können Sie Ihnen die Namen von einigen Dutzend Leuten nennen, die bestätigen können, daß ich bis Mitternacht dort war.«

An der Zuversicht, mit der er das sagte, merkte Flavia, daß sie an seinem Alibi nicht würde rütteln können. Er hatte Roberts also offensichtlich nicht um die Ecke gebracht. Allerdings hätte er gerade genug Zeit gehabt, um sich die Schätze der Marchesa unter den Nagel zu reißen, wenn er sich beeilt hätte, oder um jemanden anzuheuern, der es für ihn tat. Was sonst noch? Eine letzte Frage. »Das Fest letztes Jahr im Haus Ihrer Tante. Aus welchem Anlaß haben Sie das veranstaltet?«

Er zuckte die Achseln, etwas verwundert über die Frage, deren Sinn er ganz offensichtlich nicht verstand. »Zum Teil aus Anlaß der Begrüßung Louises als neues Mitglied des Komitees, zum Teil aus Anlaß der Öffnung der staatlichen Schatztruhen. Der glückliche Steuerzahler zahlte. Und zum Teil diente es natürlich auch dazu, mich in den Augen meiner Kollegen als Leiter des Komitees zu etablieren.«

»Was, wenn ich richtig informiert bin, bei Professor Roberts ganz und gar nicht gut angekommen ist.«

Lorenzo ließ noch einmal sein charmantes Lächeln sehen. »Es gehört sich zwar nicht, schlecht über Tote zu reden«, sagte er, »aber Sie haben natürlich recht. Ich muß leider sagen, daß der arme alte Roberts in letzter Zeit ein wenig den Anschluß verloren hatte. Aber was das Fest angeht, das war ein großer Erfolg. Sogar ein solcher Erfolg, daß ich vergangenen Samstag wieder eins veranstalten wollte, komplett mit Blumen aus den Gewächshäusern der Giardinetti. Louise hat sie ausgewählt. Wollte unbedingt Lilien, ich weiß auch nicht warum. Sie meinte nur, es habe etwas mit ihrer Arbeit zu tun.«

»Warum, glauben Sie, war sie so überzeugt, daß Kollmar bei diesem Mailänder Bild unrecht hatte?« fuhr sie fort, denn sie spürte dunkel, daß sich allmählich Verbindungen herauskristallisierten, die nur noch auf ein fehlendes Glied warteten.

»Schlagen Sie sich damit immer noch herum? Ich weiß es nicht. Was hat sie denn geglaubt?«

»Eine Skizze für eine später fallengelassene Version des dritten Freskos aus dem Antonius-Zyklus in Padua«, antwortete Flavia.

»Aha. Sehr interessant. Ich muß gestehen, so genau habe ich nicht hingesehen. Die Sitzung habe ich ausgelassen. Ich mußte an diesem Tag nach Rom, und ein Referat von Kollmar zu verpassen, ist kein großer Verlust. Ein sehr gründlicher und engagierter Mann, aber nicht gerade ein Wissenschaftler, der für seine Lebendigkeit berühmt ist. Und was Masterson angeht, nehme ich an, daß sie in dem Bild wohl Hinweise auf den Heiligen Antonius entdeckt hat, etwas an dem Motiv, das sich mit einer Episode aus dem Leben des Heiligen in Verbindung bringen läßt –«

»Möglich«, sagte sie und erzählte ihm von dem in Frage kommenden Wunder.

»Das reicht nicht«, erwiderte er. »Mord oder die Rettung vor einer Vergiftung tauchen immer wieder in den Lebensgeschichten der Heiligen auf. Was ist sonst noch auf dem Bild?«

Flavia dachte angestrengt nach. Sie hätte gerne ein Foto dabeigehabt, um ihrer Erinnerung etwas auf die Sprünge zu helfen. Argyll hatte ein viel besseres visuelles Gedächtnis als sie. Aber sie tat ihr Möglichstes. »Ein Mann, der an einem Tisch sitzt und ißt, um ihn herum andere Personen. Engel schwirren durchs Zimmer. Ein Kruzifix an der Wand. Blumen auf dem Tisch.«

»Lilien?«

Flavia hob den Kopf und starrte ihn an. Der Groschen war kurz vor dem Fallen. Anscheinend war ihr Unterbewußtsein für diese Arbeit besser geeignet als ihr bewußtes Selbst. »Warum fragen Sie das?«

»Das Symbol des Heiligen Antonius«, erwiderte er schlicht. »Lilien und ein Kruzifix. Körperliche Reinheit und die Liebe zu Gott. Im allgemeinen begleitet von der Inschrift *homo igit consutut atque nudat queso ubi est.* Hiob. ›Der Mann aber stirbt und ist dahin, der Mensch verscheidet – und wo ist er?‹« Er hielt inne. »Das scheint Sie zu überraschen, aber ich bin mir sicher, daß ich recht habe. Ich kann nachsehen, wenn Sie wollen.«

»Nein«, sagte sie nachdenklich. »Nein, das ist nicht nötig. Sie haben recht. Vielen Dank. Das hilft mir sehr weiter.«

13

Schlechte Nachrichten, oder zumindest beunruhigende, erwarteten sie, als sie gegen vier Uhr ins Danieli zurückkehrte, und zwar in Gestalt eines unzufriedenen Bottando, der, versunken in tiefste Melancholie, einen verspäteten Teller Pasta aß. Er winkte sie an den Tisch und schwieg, bis er zu Ende gegessen hatte.

»Probleme«, brummte er schließlich, bevor sie etwas sagen konnte. »Dieser Bovolo geht mir allmählich auf die Nerven.«

Er erzählte, daß seine Besprechung mit dem Venezianer nicht gerade ein Vergnügen gewesen sei. Bovolo habe eine Schmährede über gewisse Römer, die sich überall einmischen müßten, vom Stapel gelassen und verkündet, daß er einschneidende Maßnahmen ergriffen habe – genau diesen Begriff habe der Trottel verwendet –, um die permanente Untergrabung seiner Position zu verhindern.

»Was soll das heißen?«

»Das heißt, meine Liebe, daß er Sie nicht mag. Und mich ebensowenig. Er glaubt, daß wir unsere Nase zu tief in seine Mordermittlung gesteckt haben anstatt uns auf die Wiederbeschaffung der Bilder der Marchesa zu beschränken. Daß wir mit dem Hauptverdächtigen – soll heißen Argyll – paktieren und daß unser – er meint Ihr – Urteilsvermögen sich als höchst beschränkt erwiesen hat. Daß wir bei der Aufklärung eines simplen Diebstahls außergewöhnliche Unfähigkeit gezeigt hätten, während er einen komplizierten Mordfall innerhalb weniger Tage gelöst habe. Und außerdem hat er an alle und jeden saftige Beschwerdebriefe geschrieben und sich heftig über uns beklagt. Mit dem Ergebnis, daß ich von der Polizia in Rom herbe Kritik wegen meiner Taktlosigkeit einstecken mußte, und auch das Verteidigungs- und das Innenministerium haben sich nicht gerade zurückgehalten. Wir sind nicht sehr beliebt, und Sie wissen ja, was das heißt.«

»O Gott. Was hat das ausgelöst?«

»Der Mann hat Angst, daher kommt das. Der hat bei seiner Ermittlung viel zu viele Abkürzungen genommen und den Ermittlungsrichter dazu gebracht, sich auf die Behauptung festzulegen, Roberts sei nicht ermordet worden. Und wir versuchen, das Gegenteil zu beweisen. Wenn es uns gelingt, steht er als Trottel da. Die Marchesa drängt ihn, den Wachposten von ihrem Haus wieder abzuziehen. Er will, daß diese Sache so schnell wie möglich zum Abschluß kommt, damit er die Lorbeeren, die es noch zu verteilen gibt, für sich einheimsen kann, bevor alle auf ihn sauer werden und seine Beförderungschancen sich in Luft auflösen. Und so langsam schließen sich immer mehr venezianische Würdenträger seiner Meinung an.«

»Und was sollen wir jetzt tun?«

Bottando rieb sich nachdenklich das Kinn. »Problematisch, was? Finden wir einen Mörder, sind wir in Schwierigkeiten. Finden wir keinen, sind wir auch in Schwierigkeiten. Das Problem ist nicht Bovolo, mit dem werde ich schon fertig. Es ist der Ermittlungsrichter, der gute Verbindungen und viel Einfluß hat. Da liegen die Schwierigkeiten. Wenn wir die beiden auseinanderbringen, sind wir aus dem Schneider. Aber wenn wir behaupten, daß das Büro des Ermittlungsrichters die Vertuschung des Mordes an Roberts abgesegnet hat, gibt es einen unappetitlichen Streit. Den können wir zwar gewinnen, aber nicht rechtzeitig, um das Dezernat zu retten. Egal was passiert, wir müssen diese blöde Ermittlung so schnell wie möglich abschließen. Sonst kann es passieren, daß wir alle arbeitslos sind. Also trösten Sie mich. Sagen Sie mir, daß alles gelöst ist!«

»Tut mir leid«, erwiderte sie traurig. »Das kann ich nicht. Wir sind fast soweit, aber ein oder zwei Teilchen fehlen noch.« Sie erzählte ihm, was Lorenzo über die Lilien gesagt hatte.

Bottando brummte. »Aber –«

»Ich weiß. Blöd, nicht?«

Bottando brummte noch einmal. »Na, immerhin paßt es ins Bild. Wenigstens das Rätsel von Roberts' Plumpser in den Kanal ist jetzt gelöst.«

»Das schon. Aber sonst erklärt es nichts.«

Bottando seufzte, und Flavia hielt es für das beste, das Thema zu wechseln. »Haben Sie Jonathan gesehen?«

Bottando sah auf die Uhr. »Er sollte inzwischen schon hier sein. Hat angerufen und gesagt, daß er vorbeikommen werde. Aber da er noch nie bei irgend etwas pünktlich war, sehe ich keinen Grund, warum er jetzt damit anfangen sollte. Das ist übrigens noch eine Ähnlichkeit zwischen Ihnen und ihm. Wie läuft's eigentlich in letzter Zeit zwischen euch beiden, hm?«

Flavia blieb es erspart, spitz anzumerken, daß gewisse Leute sich besser um ihre eigenen Angelegenheiten kümmern sollten, denn eben kam der Gegenstand ihrer Diskussion herein, und zwar in ungewöhnlich guter Stimmung.

»Hallo, hallo«, sagte Argyll fröhlich und setzte sich an ihren Tisch. »Was ist denn los? Schlechten Tag gehabt?«

Sie erzählten es ihm, doch ihre internen Probleme konnten ihm die Laune nicht verderben. »Das gibt sich wieder«, sagte er unbekümmert. »Soll ich erzählen, was ich herausgefunden habe?«

»Solange du uns nicht weismachen willst, daß Roberts Masterson getötet hat, ja.«

Das dämpfte seine Stimmung. »Oh«, sagte er. »Warum sagst du das?«

»Weil er es nicht getan hat.«

»Bist du sicher?«

»Ja. Warum?«

»Naja, ganz abgesehen von der zügigen Erledigung meiner eigenen Arbeit habe ich dir zuliebe einen ganzen Nachmittag lang telefoniert. Du kannst mir später danken. Zuerst mit Byrnes. In den letzten zehn Jahren wurden fünf Tizians zum Kauf angeboten. Und zwei wurden vom Komitee nach dem Verkauf für echt erklärt. Beide in den letzten vier Jahren.«

»Und?«

»Willst du raten, wo die Besitzer wohnen?«

»Nein? Sag's uns doch einfach. Das ist schneller.«

»Der eine in Sankt Gallen und der andere in Padua. Nicht schlecht, was?«

Nun war ihm ihre ungeteilte Aufmerksamkeit sicher. »Meine Telefonrechnung ist gigantisch«, fuhr er fort. »Ich hoffe, das Dezernat bezahlt mir die. Ich habe mit beiden gesprochen. Keiner von ihnen hat Masterson persönlich kennengelernt, aber der Schweizer bestätigt, daß er mit Bralle über die Echtheitsbescheinigung gesprochen hat. Bralle hat sich sehr mißbilligend geäußert. In Padua hat Masterson einen Brief von Bralle abgegeben, in dem er sich nach dem Verkauf erkundigt. Der Besitzer schickt ihn uns zu. Aber das wichtigste ist«, fuhr er begeistert fort, »wer hat die Gutachten über diese Bilder verfaßt? Und wer hat eine Echtheitsbescheinigung für sie ausgestellt, als Gegenleistung für eine Beteiligung am Verkaufserlös, die sich alles in allem auf netto zweihundertachtzigtausend Dollar belief?«

Er gab ihr sein Notizbuch, in dem er penibel die Methoden des Komitees und die Arbeitsaufteilung in bezug auf die untersuchten und für echt befundenen Bilder aufgeschlüsselt hatte.

Flavias Hirn arbeitete auf Hochtouren, während Stückchen um Stückchen sich zu einem Bild fügten und eine Schlußfolgerung zur anderen führte. Einige waren ärgerlich, weil sie so offensichtlich waren. Andere waren bedrückend. Schließlich wandte sie sich an Bottando. »Generale, ich glaube, da gibt es einiges zu besprechen.«

»Ich glaube, Mr. Argyll will uns noch etwas anderes sagen«, erwiderte Bottando leise.

»Ja. Etwas sehr wichtiges. Über das Bild der Marchesa.«

»Dafür haben wir jetzt keine Zeit. Feiern können wir später. Außer es sagt uns noch mehr über den Mörder. Tut es das?«

»Hm, nein. In diesem Fall nicht.«

»Dann muß es warten. Jonathan, du gehst und rufst diese Leute an« – sie kritzelte eine Liste auf die Rückseite der Speisekarte und gab sie ihm –, »und sagst Ihnen, sie müßten unbedingt zu einem Treffen auf die Isola San Giorgio kommen. Sagen wir um neun.«

»Ist das wirklich eine gute Idee? Das Wasser steht schrecklich hoch, es gibt bereits Überschwemmungen.«

»Wir haben keine andere Wahl. Die Zeit läuft uns davon«, erwiderte sie entschlossen. Nachdenklich beobachtete Bottando, wie sie begann, das Kommando zu übernehmen. Ist ja eigentlich meine Rolle, dachte er, aber er konnte nicht leugnen, daß sie es ziemlich gut machte. Er befürchtete nur, genau zu wissen, was ihr durch den Kopf ging. Und da behauptete sie, *er* sei ein politischer Taktierer...

Argyll verschwand mit der Liste in der Hand in Richtung Telefon, und Flavia wandte sich ihrem Chef mit einem Funkeln in den Augen zu, das ihm sagte, daß er recht hatte. »Generale«, begann sie mit ihrer einschmeichelndsten Stimme. »Was halten Sie davon, ein oder zwei Vorschriften ein wenig zu beugen? Nicht viele, wissen Sie. Und nur ein kleines bißchen, um das Dezernat zu retten?«

14

Regen und Wind waren zu einem Sturm angeschwollen, der zusammen mit der hereinkommenden Flut den Wasserspiegel in der Lagune steigen ließ. Und mit den dichten, schwarzen Wolken, die tief über der Stadt hingen, sah Venedig nicht gerade aus wie ein Paradies für Touristen. Sogar die Möwen waren verschwunden, offensichtlich hatten sie woanders Zuflucht gesucht und warteten dort auf besseres Wetter. Bereits am Samstag war der Meeresspiegel höher als gewöhnlich gewesen, am Sonntagmorgen leckten die Wellen an der Oberkante der Uferbefestigung der Piazza San Marco, und scharfe Böen bliesen Spritzwasser über die Pflastersteine. Mittags war dann das Schlimmste eingetroffen, und der Feind war in der Stadt, obwohl die Behörden sich redlich Mühe gegeben hatten, ihn mit ihrem beschränkten Vorrat an Sandsäcken abzuwehren. Die Optimisten waren sich ziemlich sicher, daß Venedig keine solche Katastrophe erleben würde wie 1966, als die ganze Stadt unter Wasser stand, aber daß es Schaden geben würde, bezweifelte niemand.

Doch nicht nur das, auch die Fortbewegung in der Stadt wurde immer schwieriger. Die schwimmenden Vaporettohaltestellen, die mit dicken Seilen an den Kanalrändern befestigt waren, stiegen mit dem Wasserspiegel. Die Boote fuhren noch, allerdings war unsicher, wie lange das noch möglich sein würde. Das Problem lag im Erreichen der Haltestellen. Zwar wurden auf Steinen und Ziegeln provisorische Stege über dem Wasser verlegt, doch das Netz war alles andere als flächendekkend. Venedig besitzt eine Menge Straßen, und viele davon waren nun nicht mehr begehbar.

Wollte man sich in der Stadt bewegen und dabei einigermaßen trocken bleiben – an Bequemlichkeit war nicht mehr zu denken –, brauchte man feste Schuhe. Flavia hatte natürlich welche: Aus den scheinbar unergründlichen Tiefen ihres Koffers zog sie ein Paar lange, wasserdichte Stiefel, die ihr nicht nur paßten und sie trocken hielten, sondern auch noch gut aussahen. Argyll mußte sich mit seinen schweren, handgenähten Straßenschuhen begnügen, die er, soweit Flavia sich erinnern konnte, tagaus, tagein trug, ob nun im tiefsten Winter oder im heißesten Sommer. Sie waren den Anforderungen besser gewachsen als erwartet, es würde allerdings höchstwahrscheinlich ihr letzter Einsatz sein, bevor sie auf den Müll wanderten.

Am schlimmsten erging es Bottando, der furchtbar unter Hühneraugen litt und deshalb weiche, italienische Lederslipper trug, deren Sohlen aus Pappkarton zu bestehen schienen. Er behielt die Geschichte mit den Hühneraugen für sich, da er glaubte, daß ein solches Leiden für einen Mann in seiner Position nicht angemessen war, und mußte deshalb gelegentlich spitze Bemerkungen über seine Eitelkeit über sich ergehen lassen. Da die Schuhe sich auf dem Weg zur Isola San Giorgio und dann zur Fondazione Cini in Brei verwandelten, beklagte er sich nicht unerregt über den Zustand der italienischen Schuhindustrie. Doch es waren nicht nur seine Füße, die ihm Unbehagen bereiteten. Die ganze Angelegenheit machte ihm Kummer.

Das Treffen war etwas überstürzt einberufen worden, aber es sah so aus, als wäre jeder gewillt zu kommen. Bottando mochte solche Veranstaltungen eigentlich nicht, aber Flavia hatte recht, daß jetzt schnelles Handeln lebensnotwenig war, wenn er mit positiven Ergebnissen nach Rom zurückkehren wollte, bevor ihm am Montag morgen das Messer der Bürokratie in den Rücken gerammt wurde.

»Sie sollten eben auf alle Eventualitäten vorbereitet sein«, sagte Flavia, während sie durchs Wasser patschten, und gratulierte sich insgeheim zu ihrer Voraussicht.

»Sie sollten sich gleich bessere Schuhe kaufen«, ergänzte Argyll, der mit seiner Fußbekleidung ebenfalls nicht unzufrieden war.

Bottando widerstand der nicht sehr großen Versuchung, beiden etwas zu entgegnen, und schwieg mürrisch, während sie in das Wassertaxi stiegen und langsam und heftig schlingernd die Mündung des Canal Grande überquerten. »Ich hoffe nur, daß die anderen es auch schaffen«, sagte er pessimistisch und starrte mißmutig den Himmel an, als würde seine Verärgerung diesen dazu bewegen, aufzuklaren.

»Bestimmt«, erwiderte Flavia. »Schließlich haben sie alle ein gewisses Interesse an der Sache.«

Wieder schwiegen sie, und Bottando ließ in den Überresten seiner Schuhe – die vergoldeten Schnallen waren das einzige noch intakte an ihnen – und in dem Salzwasser, das in ihnen gluckste, die Zehen spielen. Er schwor sich, nie an diesen abscheulichen Ort zurückzukehren, und wiederholte den Schwur, als sie aus dem Boot ausstiegen. Auf der Insel waren nicht einmal Planken angelegt, und so mußten sie von der Anlegestelle bis zum Eingang der Fondazione durch Wasser waten.

Drinnen ging dann jeder seiner Wege, um sich Handtücher zu besorgen und sich so gut wie möglich abzutrocknen, und kurz darauf trafen sie sich wieder in dem Saal, in dem das Komitee seine Sitzungen abhielt. Am hinteren Ende saßen – nicht gerade in eine freundliche Konversation vertieft, wie Bottando bemerkte – die Marchesa und Signora Pianta. Die Marchesa beobachtete ihr Eintreten mit amüsiertem Interesse und wirkte so unbekümmert, als habe sie nicht den geringsten Grund, sich über irgend etwas Sorgen zu machen. Sie saß da, als gehörte ihr die Fondazione.

Argyll betrachtete interessiert die Leute, die nun einer nach dem anderen den Saal betraten. Er kannte keinen von ihnen, hatte sich aber nach Flavias Erzählungen von allen ein Bild gemacht. Sie hatte sie sehr gut beschrieben, stellte er fest, als er den riesigen, depressiv und besorgt wirkenden van Heteren erkannte, dann den etwas dicklichen, aber schick gekleideten Miller, dessen gehetzter Gesichtsausdruck verriet, daß er an seine Festanstellung dachte, den grauen, altmodischen Kollmar und den verbindlich lächelnden, eleganten Lorenzo, der seine Tante mit ausgesuchter Höflichkeit begrüßte, von ihr aber nur ein geringschätziges Nicken und von Pianta ein nervöses Zucken erntete.

Aber von Bovolo war nichts zu sehen. Wo ist der Mann nur? fragte sich Bottando und ließ den Blick über die Versammlung schweifen. Während er auf einen der noch freien Stühle zuging, merkte er, daß seine feuchte Kleidung in dem stickigen, überheizten Raum allmählich zu dampfen begann. Flavia setzte sich neben ihn, und Argyll, der sich, seiner Stellung entsprechend, alle Mühe gab, im Hintergrund zu bleiben, ließ sich auf einen Stuhl in der Ecke fallen.

»Meinen Dank an Sie alle, daß Sie sich in einer so entsetzlichen Nacht auf den Weg hierher gemacht haben«, begann Bottando, sobald er bemerkte, daß alle saßen und bereit waren. Fürs erste mußte es ohne Bovolo gehen, man konnte nur hoffen, daß er später noch auftauchte. Eigentlich hatte er Flavia das Reden überlassen wollen, da das ganze ihre Idee gewesen war, aber sie hatte darauf bestanden, daß er es tue, weil er gewichtiger auftreten könne. Ein kleines Wortspiel, das aber nur zeigte, daß es ihr wieder besser ging. Also hatte sie ihm die Situation erklärt. Nicht in aller Ausführlichkeit, aber doch so, daß er die Sache schnell hinter sich bringen und dann noch die letzte Maschine nach Rom erreichen konnte.

»Ich möchte mich dafür entschuldigen, daß ich diese Versammlung einberufen habe, um die Ereignisse der letzten Woche zu besprechen, aber ich hatte den Eindruck, daß es für alle nur von Vorteil sein kann. Sie alle sind im Verlauf dieser Ermittlung in Verdacht geraten oder hatten zumindest das Gefühl, daß Sie es sind. In den meisten Fällen war das natürlich falsch. Ich bin mir der Gepflogenheiten des akademischen Lebens bewußt und erkenne, daß die Schädigung Ihres Rufs durch unbeherrschtes Gerede beträchtlich sein kann, wenn nicht die Polizei durch lückenlose Darlegung ihrer Maßnahmen und Ergebnisse die Unschuldigen demonstrativ von jedem Verdacht eines, ähm, Fehlverhaltens befreit.«

Murmeln der Dankbarkeit über so viel offizielle Rücksichtsnahme, allerdings etwas gedämpft durch eine deutlich spürbare Besorgnis über das, was nun folgte. »Sie alle haben, aus verschiedenen Gründen, ein Recht zu erfahren, was geschehen ist, und es erspart uns allen viel Zeit, wenn ich es Ihnen allen auf einmal sage. Wir haben uns bereits viel zu lange mit diesem Fall aufgehalten und sind schließlich bei der Ermittlung auf Todesfälle gestoßen, die nicht in unseren Zuständigkeitsbereich gehören und nie gehörten.« Bei diesen Worten nickte er dem Ermittlungsrichter zu, der etwas besänftigt, aber noch immer argwöhnisch wirkte.

»Details unserer Vorgehensweise interessieren Sie natürlich nicht. Wie Sie wissen, begann die ganze Geschichte mit der Ermittlung im Mordfall Louise Masterson, die in der Freitagnacht vergangener Woche in dem öffentlichen Park neben der Piazza San Marco erstochen und am folgenden Morgen in einem Gewächshaus gefunden wurde. Vier Tage später starb einer ihrer Kollegen in diesem Komitee, Professor Roberts, ebenfalls unter mysteriösen Umständen, und am selben Abend verschwanden aus der Sammlung der Marchesa di Mulino eine Reihe von Gemälden. Wie wir erst später feststellten, wurde einige Tage zuvor der Gründer dieses Komitees, Georges Bralle, in seinem Haus in Frankreich erstickt. Nun konnte jeder Idiot sehen, daß diese Häufung von Todesfällen und strafbaren Handlungen irgenwie mit der Arbeit dieses Komitees zu tun hatte.« Vielleicht war es ganz gut, daß Bovolo nicht anwesend war, denn der Ermittlungsrichter machte bereits wieder ein verärgertes Gesicht. »Die Frage, auf die wir eine Antwort finden mußten, lautete daher, mit welchem Aspekt dieser Arbeit.«

Bottando begann, Gefallen an der Veranstaltung zu finden. Er hielt inne und sah sich um: In van Heterens und Millers

Gesichtern spiegelte sich äußerste Besorgnis, in dem der Marchesa dagegen amüsiertes Interesse.

»Wir haben herausgefunden, daß das Tizian-Komitee bei weitem keine freundschaftliche Versammlung gleichgesinnter Gelehrter war, sondern im Gegenteil eine Brutstätte der Mißgunst und des Mißtrauens. Georges Bralle hatte das Prinzip des *divide et impera* eingeführt und fiel ihm schließlich zum Opfer, als Professor Roberts ihn hinausdrängte, indem er eine staatliche Förderung arrangierte, von der er wußte, daß Bralle sie unannehmbar finden würde. Was Bralle begonnen hatte, wurde nach seinem Weggang fortgesetzt. So wurde zum Beispiel allgemein angenommen, daß Masterson ein Referat halten würde, in dem sie kritisch mit Dr. Kollmar ins Gericht ging, und Dr. Lorenzo erhielt den Wink, das als Vorwand zu nehmen, ihn zu ersetzen.

Als Louise Masterson im letzten Jahr zu dem Komitee stieß, lag ihr anfangs offensichtlich viel daran, einen guten Eindruck zu machen. Doch das hielt nicht lange vor. Schon am zweiten Tag erhob sie Einwände gegen ein Referat von Dr. Kollmar über ein Bild in Mailand und sagte, sie wolle es selbst noch einmal untersuchen. Sie fing an, eben das zu tun. In einem Brief erkundigte sie sich bei Georges Bralle über dieses Bild, und er antwortete, er glaube nicht, daß Kollmar einen Fehler gemacht habe. Warum behauptete er das, wenn er doch, aus Belegen, die er selbst ans Tageslicht gefördert hatte, wußte, daß Kollmar unrecht hatte?

In diesem Jahr fliegt Masterson nach Zürich und nimmt einen Zug nach Sankt Gallen, wo Bralle gerade jemanden besucht, der vor vier Jahren eine *Madonna* von Tizian verkauft hat. Sie fährt nach Mailand, um sich das Bild anzusehen, über das sie arbeitet, und läßt dann eine Komiteesitzung aus, um nach Padua zu fahren. Dort gibt sie bei einem Mann, der vor zwei Jahren ebenfalls einen Tizian verkauft hat, einen Brief ab. Schließlich beginnt sie, sehr aufgeregt und beinahe wie eine Besessene, das Referat über ihre Entdeckungen umzuschreiben, und wird ermordet, bevor sie es halten kann.

Sie hat ein inoffizielles Element der Arbeit dieses Komitees entdeckt, das sich in den letzten Jahren entwickelt hat. In allen drei Fällen nahm Roberts, der Stilistikexperte, die visuelle Beurteilung vor, während Kollmar, der Archivspezialist, sich um die urkundlichen Belege kümmerte und die Abschlußgutachten schrieb. Zwei dieser Bilder wurden verkauft, und Roberts versuchte, aus allen diesen Transaktionen Geld herauszuschlagen.

Bei den ersten beiden war es einfach. Unter der alten Führung war das Arbeitstempo des Komitees nicht besonders hoch. Kollmars Schufterei in den Archiven und die Überprüfung von Fakten konnte bis zu achtzehn Monate in Anspruch nehmen. Das ist natürlich sehr frustrierend für einen Besitzer, der verkaufen will und eine allgemein anerkannte Echtheitsbescheinigung braucht, um einen optimalen Preis zu erzielen.

Im ersten Fall scheint es sich nicht einmal Roberts' Idee gewesen zu sein. Der Besitzer in Sankt Gallen war es, der Roberts eine fünfprozentige Beteiligung am Verkaufserlös als Gegenleistung für eine von ihm persönlich erstellte Echtheitsbeglaubigung anbot. Es läuft alles wie geplant, und Roberts erhält einen fetten Scheck über einhundertzwanzigtausend Dollar – Geld, von dem Dr. Kollmar übrigens nichts abbekommt. Beim nächstenMal übernimmt dann Roberts die Initiative und schlägt das Arrangement von sich aus vor.

Warum auch nicht? Die Bilder sind höchstwahrscheinlich echt, und er weiß, daß er Kollmar zu einem entsprechenden Gutachten drängen kann, falls es Probleme geben sollte. Andererseits ist es nicht gerade sehr moralisch, und falls bekannt würde, daß der große Anthony Roberts sich persönlich bereichert, indem er auf diese Art seine Dienste verkauft, würde das wahrscheinlich das Komitee auf eine kaum wiedergutzumachende Weise kompromittieren.

Natürlich würde es vor allem seinen eigenen Ruf schaden, und so war es das Bedürfnis, seine Ehre zu schützen, das zu dieser unglücklichen Verkettung von Ereignissen führte. Öffentlich als Mann dazustehen, dessen Bereitschaft, Tizians als solche anzuerkennen, von dem Geld abhängt, das er dafür als Gegenleistung bekommt, würde verheerend für ihn sein. Da könnte sich sogar jemand wie Kollmar gegen ihn wenden, und für Lorenzo wäre er dann eine leichte Beute.

Alles geht glatt, bis dieses Mailänder Bild für eine Begutachtung an die Reihe kommt. Benedetti will verkaufen, und Roberts ist in Versuchung, noch einmal ein solches Arrangement zu treffen, obwohl er das Geld eigentlich nicht braucht und ihm auch nur ein relativ kleiner Profit winkt. Aber unter Dr. Lorenzos Leitung hat sich das Arbeitstempo beschleunigt, und Dr. Kollmar muß seine Gutachten schneller liefern. Die Zeitspanne zwischen dem ersten Blick auf das Bild und der endgültigen Entscheidung ist jetzt zu kurz, vor allem, da ein Großteil der in diesem Fall nötigen Belege bereits von Georges Bralle aufgetrieben wurden.

Also unterdrückt Roberts ganz einfach Bralles Belege und deutet Kollmar gegenüber an, daß das Bild nicht viel wert sei. Kollmar empfiehlt die Ablehnung des Bildes. Roberts bietet nun eine persönliche Echtheitsbeglaubigung an und beabsichtigt, nach dem Verkauf die unterdrückten Belege zu präsentieren und damit das Komitee zu einer Revision seiner Entscheidung zu bringen.

Sehr einfach, aber ein Fehler. Roberts überschreitet die Grenzen auch des liberalsten Moralbegriffs und wird erwischt. Der springende Punkt dabei ist, daß Benedetti Bralle um Rat gefragt hat, der sich natürlich denken kann, was da vor sich geht, und darüber empört ist. Und deshalb sagt er, daß Kollmar keinen Fehler gemacht hat. Er glaubt, daß Kollmar an dem Plan beteiligt ist. Und er beginnt nachzuforschen, ob das früher schon einmal passiert ist.«

Hier meldete sich Kollmar, hochrot im Gesicht vor Entrüstung über das, was er eben gehört hatte. »Das ist unerhört. Die Vorstellung, ein Mann in Roberts' Position könnte so schamlos –«

Bottando wollte ihn unterbrechen, doch diese Aufgabe wurde ihm abgenommen. »Ach, halt doch den Mund, du aufgeblasener alter Trottel!« rief seine Frau. Sie sprach deutsch, doch was sie sagte, war allen einigermaßen klar. »Du mußt doch nicht unbedingt beweisen, daß du ein Einfaltspinsel bist, oder?«

Bottando lächelte sie an. »Vielen Dank, Madam«, sagte er. »Sehen Sie, das Interessante ist, daß Roberts Signorina di Stefano gesagt hat, er habe keine Meinung über den künstlerischen Wert des Bildes, aber Kollmar gegenüber hat er verlauten lassen, er halte es für wertlos. Warum sich widersprechen? Dafür kann es keinen vernünftigen Grund geben, außer er will sich von dieser Meinung distanzieren und die Verantwortung für die Entscheidung ganz auf Kollmar abschieben.«

Nachdem Bottando dem Deutschen geduldig erklärt hatte, warum die Verteidigung seines ehemaligen Kollegen vielleicht nicht gerade klug war, fand er es nun an der Zeit, zu seiner eigentlichen Beweisführung zurückzukehren, bevor er vergaß, wie die ging. »Also, Roberts bekommt es mit der Angst zu tun, als Masterson beschließt, das Bild selbst zu untersuchen, und er fragt sich, was sie vorhat. Versuche, sie abzulenken, bewirken nichts, und er macht sich allmählich ernste Sorgen. Er befürchtet, daß sie Bralles Belege gesehen hat und diese möglicherweise gegen ihn verwendet. Er muß wissen, was los ist, und fährt deshalb zu Bralle, um das herauszufinden.

Wir wissen das, weil es in Bralles Terminkalender steht. Wie wir von van Heteren wissen, hatte Bralle eine Vorliebe für etwas gehässige Spitznamen. Dr. van Heteren, wie hat er Roberts genannt?«

Van Heteren schrak aus einem mürrischen Brüten hoch, das den Verdacht nahelegte, er höre gar nicht richtig zu, und blinzelte Bottando an. »Naja«, begann er zögernd, »wegen seines frommen Gehabes und seiner stattlichen Erscheinung nannte er ihn immer den Heiligen Antonius.«

Bottando lächelte ihn glücklich an. »Und in Bralles Tagebuch steht, daß er für den Tag seiner Ermordung den Besuch des Heiligen Antonius erwartete. Außerdem wissen wir aus einem Brief Bralles, daß er es Masterson übertragen hat, das Gutachten für Miller zu schreiben. Von den Leuten in Venedig wußten das nur Masterson und van Heteren. Masterson wollte es nicht an die große Glocke hängen. Woher wußte Roberts es dann? Ganz einfach, weil auf Bralles Schreibtisch in Balazuc eine Kopie dieses Briefes lag, die Roberts entdeckte.

Was bei diesem Treffen in Balazuc vorgefallen ist, können

wir natürlich nicht wissen. Es ist wahrscheinlich, daß Bralle Roberts sein Verhalten vorgeworfen und gedroht hat, ihn bloßzustellen, um das Komitee zu retten. Er wurde auf eine Art ermordet, die den Eindruck erwecken sollte, er wäre einfach an Altersschwäche gestorben. Es war die einzige Möglichkeit, ihn zum Schweigen zu bringen. Roberts ging zweifellos davon aus, daß der alte Mann sowieso bald sterben würde.«

Ein lautes gemeinschaftliches Aufseufzen folgte auf diese Enthüllung. Dann war es also Roberts gewesen. Da die Schuld für alles nun elegant auf einen Toten abgewälzt war, wurde die Stimmung im Saal spürbar besser. Nur van Heteren schien sich der tragischen Dimensionen der Ereignisse der letzten Tage noch bewußt zu sein.

»Bei seiner Rückkehr nach Venedig war Roberts vermutlich ziemlich zuversichtlich, daß alles gutgehen würde«, fuhr Bottando fort. »Bralle war beseitigt und es gab keinen Hinweis darauf, daß Masterson mit ihm in Kontakt gestanden hatte. Aber dann leiht er sich ihr Buch aus und fand darin eine Fahrkarte nach Sankt Gallen. Er weiß, daß sie über das Bild in Mailand arbeitet, und dann hört er, daß sie nach Padua gefahren ist. Van Heteren sagt, sie schreibt ihr Referat um, und deutet an, daß es eine kleine Sensation geben wird. Roberts weiß, welche Art von Sensation das sein wird und daß sie nichts mit der Analyse der Pinselführung in Tizians Frühwerk zu tun haben wird.

Natürlich hatte Roberts ein makelloses Alibi für den Zeitpunkt von Mastersons Ermordung. Das hatte er sich verschafft, indem er sich in der letzten Minute Opernkarten besorgte. Und die Bilder der Marchesa konnte er nicht gestohlen haben.«

An der Tür entstand Unruhe, und Bovolo, einen Ausdruck stillen Triumphs auf dem Gesicht, betrat zusammen mit einem zweiten Polizisten den Saal. Bottando bemerkte das und erschrak. Ein Mann wie der Commissario sah nicht ohne Grund glücklich aus.

»Häufig heißt es, daß ein Mord zu einem zweiten führt«, fuhr Bottando fort, und hoffte insgeheim, daß nicht gleich etwas sehr schlimmes passieren würde. »Hier war das nicht der Fall, denn Roberts war viel zu vorsichtig, um sein Glück ein zweites Mal herauszufordern.«

Es war eine Behauptung, die für einige Unruhe sorgte. Nachdem er den Kreis der Verdächtigen auf eine für die Anwesenden sehr befriedigende Art eingeengt hatte, erweiterte er ihn nun wieder. »Es gab eine Menge Bilder in diesem Fall, Tizians in Padua und Mailand, und die Werke, die der Marchesa gestohlen wurden. Dabei tauchten immer wieder eigenartige Parallelen auf. Ein Tizian zeigt eine Frau, die in einem Park erstochen wird, Masterson wurde in einem Park erstochen. Der Mörder auf dem Bild war ein eifersüchtiger Gatte, und Mastersons Liebhaber, van Heteren, war nach eigenen Angaben eifersüchtig. Es war beinahe so, als würde die Geschichte sich wiederholen und mit dem Finger auf den Schuldigen zeigen.

Aber das war alles nur Ablenkung, wie wir später erkannt haben. Van Heterens Eifersucht wurde geweckt durch gewisse böswillige Bemerkungen von Dr. Miller, der einzigen anderen Person, die ebenfalls Masterson unbedingt aus dem Weg haben wollte. Stimmt das nicht, Doktor?«

Miller schien dazu nichts sagen zu wollen. Wie zuvor van Heteren starrte er nur bleich und stumm den Fußboden an und brachte nicht mehr zustande als ein Kopfschütteln.

»Dann lassen Sie mich erzählen, was passiert ist. Am Freitag aßen Miller und Roberts gemeinsam zu Mittag. Es ist klar, wie Roberts den Fall dargestellt hat. Er ließ die Bombe platzen, indem er Miller verriet, daß Masterson sein Gutachten schreibe, und obendrein noch hinzufügte, daß sie vermutlich alles tun werde, um ihn um seine Stellung zu bringen. In Anbetracht der Bemerkungen, die sie am Tag zuvor fallenlassen hatte, glaubte Miller das gern. Darüber hinaus sagte ihm Roberts, daß das Referat, das sie am folgenden Montag halten werde, sein Schicksal besiegeln werde. Es sei zwar nur ein einziges Lügengebäude, aber es werde zumindest zeitweise das Ansehen des Komitees schädigen und seinen, Roberts', Ruf zerstören und damit auch seine Fähigkeit, für Miller einzutreten.«

Bottando bemerkte, daß Flavia an dieser Stelle ein unglückliches Gesicht machte, und er befürchtete, daß er sich verrannt hatte. Also hielt er kurz inne, trank einen Schluck Wasser und beugte sich zu ihr. »Mache ich etwas falsch?« flüsterte er eindringlich.

Sie wackelte mit der Hand. »Machen Sie weiter. Ich sag' es Ihnen nachher.«

Er stellte das Glas ab und versuchte, sich zu erinnern,wo er stehengeblieben war. »Wie Signora di Stefano feststellen konnte, hegte Miller einen tiefen Groll gegen Masterson. Sie hatte bessere Kontakte, veröffentlichte Bücher, hatte einen besseren Job. Und jetzt wollte sie ihn zerstören. Ist es da verwunderlich, daß er begeistert zustimmte, als Roberts sagte, man müsse ihr Einhalt gebieten?

Aber Miller hat ein perfektes Alibi. Um zehn war er auf der Insel, denn zu der Zeit wurde er in der Küche gesehen, und während des ganzen Abends legten keine Boote an der Insel an. Folglich mußte er auch schon früher dort gewesen sein und konnte Masterson nicht in den Giardinetti Reali umgebracht haben.

Aber vielleicht brauchte er überhaupt kein Boot. Er war dabei, als Kollmar Masterson zu einem Drink einlud. Diese Einladung fand auf dem Boot statt, das von der Insel wegfuhr. Also hat er die Insel doch verlassen, das ist eindeutig. Aber wie kam er zurück, wenn keine Boote verkehrten?

Folgendes ist passiert: Früher an diesem Tag hatte Roberts eine Nachricht für Masterson entgegengenommen und wußte deshalb, was sie an diesem Abend vorhatte. Das sagte er Miller beim Mittagessen. Miller fährt dann mit dem Boot auf die Hauptinsel, schlendert umher und steigert sich immer stärker in seine Wut hinein. Er geht in den Park, um sie dort abzupassen und mit ihr zu streiten. Er wirft ihr vor, daß sie ihn zerstören wolle, daß sie hinterhältig und bösartig sei. Roberts habe ihm dies und das erzählt. Sie erwidert ihm wahrscheinlich, wie schon am Tag zuvor, daß er sich lächerlich und aus einer Mücke einen Elefanten mache. Da dreht er durch. Er sticht mit einem Taschenmesser auf sie ein und läßt sie liegen, weil er sie für tot hält.

War das vorsätzlicher Mord? Ich weiß es nicht. Vielleicht wollte er ihr einfach nur gründlich die Meinung sagen. Aber Roberts'Anspielungen zusammen mit seinem jahrelangen, tief verwurzelten Neid haben bei ihm die Sicherungen durchbrennen lassen. Sie hat es ja drauf angelegt. Selber schuld.

Aber jetzt hat er ein Problem. Stellen will er sich nicht, und er sitzt fest, ohne Möglichkeit, in sein Zimmer zurückzukommen. Die Insel ist allerdings nur etwa fünfhundert Meter entfernt, nur ein paarmal die Länge eines Schwimmbeckens. Keine Distanz, die ein so kräftiger und geübter Schwimmer, wie er es ist, nicht bewältigen könnte. Er zieht seine Schuhe aus und wirft sie, das Messer und Mastersons Tasche in den Kanal.

Auf der Isola San Giorgio angekommen, gelangt er mit seinem Schlüssel durch eine Seitentür ins Haus. Er ist tropfnaß und hinterläßt auf dem Gang Pfützen, für die später dann fälschlicherweise ein undichtes Dach verantwortlich gemacht wird. Es hat nicht geregnet. Wie hätten die Pfützen sonst dorthin kommen können? Er trocknet sich ab, geht dann in die Waschküche, um seine Kleider auszuwaschen, und bittet anschließend in der Küche um ein Glas Wasser, um sich ein Alibi zu verschaffen. Haben Sie noch immer nichts zu sagen, Doktor?«

Wieder kam keine Antwort.

»Aber Masterson war noch nicht tot«, fuhr Bottando fort. »Sie weiß, daß sie im Sterben liegt und nicht mehr rechtzeitig Hilfe bekommt. Außerdem weiß sie von Miller, daß Roberts ihn dazu angestiftet hat, praktisch den Iago für den Othello Miller gespielt hat. Eine Venedig angemessene Metapher, denke ich. Sie versucht, einen Hinweis auf das Vorgefallene zu hinterlassen.

Sie wurde nicht ins Gewächshaus gezerrt, wie Commissario Bovolo glaubt. Sie kriecht selbst hinein, weil sie weiß, was drinnen ist. Es enthält die Blumen, die sie selbst für die Tischdekoration des Banketts am Samstag ausgesucht hat. Sie reißt sich das Kruzifix vom Hals und packt eine Blume. Ein Kruzifix und eine Lilie – Symbol des Heiligen Antonius.

Die Blumen waren eigentlich als triumphierender Hinweis auf ihre Entdeckung in Mailand gedacht, aber sie wurden zu ihrem Totenkranz.«

Eine längere Pause entstand, in der jeder den stummen, bleichen Miller anstarrte. »Und, Dr. Miller? Wie nahe sind wir der Wahrheit?« fragte Bottando schließlich.

»Nahe«, erwiderte Miller mit der Müdigkeit eines Mannes, der am Ende seiner Kräfte ist. »Sehr nahe.«

»Wollen Sie ein formelles Geständnis ablegen? Das wirkt Wunder beim Strafmaß und kann auch die Formulierung der Anklage positiv beeinflussen. Andererseits können Sie natürlich auch warten, bis wir Blutspuren an Ihren Kleidern oder unter Ihren Fingernägeln finden. Irgend etwas finden wir schon. Diese Forensikspezialisten finden immer etwas. Die sind nämlich sehr gut, müssen Sie wissen.«

In Wirklichkeit hatte er seine Zweifel an dieser Wissenschaft. Die forensischen Untersuchungen waren selten so zuverlässig, wie die Experten behaupteten. Er hatte zu viele für echt erklärte gefälschte Bilder gesehen, um ihrem Können zu vertrauen, aber Miller schien dieses Argument zu überzeugen, denn er stimmte mit einem mitleiderregenden Nicken zu. Bottando seufzte erleichtert auf. »Gut«, sagte er befriedigt, als er den immer feindseliger werdenden Ausdruck auf Bovolos Gesicht bemerkte. Der malte sich gerade aus, wie sich seine Beförderung in Luft auflöste.

»Einen Augenblick. Wollen Sie damit sagen, daß Dr. Miller hier auch Roberts umgebracht hat?« Die Frage kam von Kollmar, der inzwischen ruhiger geworden war und nun aktives Interesse am Geschehen zeigte. Bottando wäre lieber gewesen, er hätte es nicht getan. Was sie als nächsten Schritt geplant hatte, war ihm nicht ganz geheuer. Aber Flavia bestand darauf, daß es taktisch notwendig sei. Und bevor er etwas sagen konnte, meldete sie sich zu Wort. Er hatte das Gefühl, daß sie ihm nicht ganz traute.

»Nein, das hat er natürlich nicht«, sagte sie munter. »Warum sollte er auch? Der Ablauf der Ereignisse ist ganz klar. Roberts wird befragt. Er erzählt seine Geschichte: Wie bestürzt er über Mastersons Tod ist, wie er versucht hat, sie zu fördern und so weiter. Und er macht das sehr gut, denn an ihm bleibt kein Verdacht hängen.

Aber später spreche ich dann auch mit van Heteren« – der bei der Erwähnung seines Namens wieder blaß wurde –, »und erwähne die Lilie und das Kruzifix. Wegen meiner assoziativen Verhörmethode ist er der einzige, dem ich es erzähle.

Dr. van Heteren ist kein Trottel. Er erkennt, daß Masterson damit auf Roberts hinweisen wollte, kann es aber nicht glauben. Und er will auch nicht fälschlicherweise einen Kollegen beschuldigen, weshalb er sich weigert, uns zu erzählen, daß er das Telefongespräch zwischen Roberts und Pianta mitgehört hat.

Also geht er am Dienstagabend gleich nach meinem Besuch zu Roberts, um die Sache zu besprechen. Roberts beruhigt ihn, weiß jedoch, daß zwar die Carabinieri kaum die Bedeutung des Symbols erkennen werden, daß das aber bei uns durchaus möglich ist. Und falls es zu einer genaueren Untersuchung von Bralles Tod kommt...«

Ein bißchen Publicity schadet nicht, dachte sie, schon gar nicht für eine gute Sache. »Roberts sitzt in der Falle, und die Aussicht auf Gefängnis und Demütigung ist ihm unerträglich. Er hat bereits manipuliert und gemordet, um dem zu entgehen, und muß jetzt erkennen, daß es nichts genützt hat. Es gibt keinen Ausweg, und deshalb begeht er gleich nach van Heterens Weggang Selbstmord, um dem Unvermeidlichen zu entgehen. Zuerst versucht er, sich zu erhängen, daher die roten Flecken an seinem Hals, aber er hat nicht den Mut, es zu Ende zu führen. Deshalb springt er in den Kanal und ertrinkt.«

Bottando machte eine noch unbehaglichere Miene als zuvor, auf Argylls Gesicht spiegelte sich beträchtliche Verblüffung, die übrigen Zuhörer seufzten wieder einmal erleichtert auf. »So war es doch, oder, Doktor?« fragte sie den Holländer.

Van Heteren sagte erst einmal gar nicht. Dann hob er den Blick vom Teppich, den er mit großem Interesse betrachtet hatte, und sagte leise: »Wenn Sie es sagen.«

»Haben Sie dieses Telefongespräch mitgehört?«

»Ja«, antwortete er. »Aber –«

»Gut«, sagte Flavia und schnitt ihm das Wort ab. »Schade, daß Sie uns das nicht schon früher gesagt haben, aber ich habe mir gedacht, daß es etwa so gewesen sein muß.«

Sie lächelte ihren Chef aufmunternd zu, der ihr mit einem Stirnrunzeln antwortete. Wenigstens war das Schlimmste jetzt vorüber. Er richtete sich in seinem Sessel auf und beschloß, diese elende Angelegenheit so schnell wie möglich zu Ende zu bringen. Der Triumph war nur noch wenige Minuten entfernt. Wenn er nur wüßte, was für eine Überraschung dieser Bovolo noch für ihn auf Lager hatte. »Nun gut«, sagte er und übernahm nun selbst wieder die Regie. »Noch ein letztes Rätsel. Die Bilder der Marchesa. Deren rechtlicher Status ist nicht eindeutig. Der Gatte der Marchesa hat getan, was viele Adlige tun. Sein Besitz ging an seinen Erben, Dr. Lorenzo, mit der Einschränkung des lebenslangen Nutzungsrechts für seine Gattin. Nichts kann verkauft werden ohne Lorenzos Einwilligung, die er ihr für diese Werke natürlich gab, da sie ohne großen Wert waren.

Aber der Marchesa und Signora Pianta kam der Verdacht, daß das bei einem dieser Bilder nicht zutraf, einem anonymen Porträt. Louise Masterson wollte es unbedingt untersuchen, weigerte sich aber zu sagen, warum. Wenn es wertvoll wäre und Dr. Lorenzo das herausfinden würde, würde er, da er in der Öffentlichkeit ja als Bewahrer des nationalen Erbes gilt, zweifellos seine Einwilligung zurücknehmen.

Die Marchesa haßt es, sich von jemandem, der so viel jünger ist als sie, vorschreiben lassen zu müssen, was sie tun darf – ich muß sagen, ein sehr verständlicher Zug. Ich hatte erst vor kurzem mit ähnlichen Problemen zu kämpfen. Signora Pianta dachte an ihr Alter und daran, daß sie nach dem Tod ihrer Arbeitgeberin durchaus heimat- und besitzlos dastehen konnte. Wiederum sehr verständlich.

Als nach Mastersons Ermordung nun plötzlich die Gefahr bestand, daß ihr Interesse an dem Bild bekannt würde, war klar, daß man das Bild sehr schnell aus dem Land schaffen mußte, bevor Lorenzo dagegen Einspruch erheben konnte. Sie waren natürlich entschlossen, keine Aufmerksamkeit auf sich zu ziehen, und deshalb hat Signora Pianta es auch unterlassen, ihre Verabredung mit Masterson kurz vor deren Ermordung zu erwähnen.

Also versuchten sie, in letzter Minute den Vertrag mit Argyll neu auszuhandeln und ihn zu drängen, das Bild in die Schweiz zu schmuggeln. Leider weigerte er sich, und sie mußten sich deshalb etwas anderes ausdenken. Kein Wunder, daß Signora Pianta so entsetzt war, als Argyll ihr meine Assistentin vorstellte – bei dem, was sie vorhatte.

Sie haben die Bilder ganz einfach in einen kaum benutzten Keller geschafft und sie als gestohlen gemeldet, um die Zeit zu gewinnen, die sie brauchten, um sich einen korrupteren Händler zu suchen. Das Porträt hätte dann aus dem Land geschmuggelt und über einen Zwischenhändler verkauft werden können, und Lorenzo hätte nichts dagegen unternehmen können. Also habe ich, als ich erkannte, was passiert sein mußte, dort einen Polizisten postiert, um zu verhindern, daß es das Haus verläßt.«

Pianta war bleich vor Entsetzen, die Marchesa sah aus wie ein freches kleines Mädchen, das man beim Keksestehlen erwischt hat. Genau genommen sah sie sogar ziemlich erfreut aus. Wenigstens sie schien in den letzten paar Tagen ihren Spaß gehabt zu haben.

»Wirklich sehr gut, Generale«, sagte sie und strahlte vor Vergnügen. »Ich nehme alles zurück. Nicht alle Polizisten sind Trottel.«

Bottando bedankte sich mit einer leichten Verbeugung für das Kompliment.

»Meine liebe Tante, also wirklich«, sagte Lorenzo streng. »Wie konntest du nur? Es würde mir doch nicht im Traum einfallen, Pianta auf die Straße zu setzen, und das weißt du sehr genau. Ich habe zwar immer gewußt, daß du eigensinnig bist, aber daß du so schlimm bist, hätte ich mir nie gedacht.« Sie zuckte verschmitzt die Achseln und zwinkerte ihm schelmisch zu.

»Aber was ist jetzt mit meinen Bildern?« mischte sich Argyll dazwischen, weil er endlich ein paar grundlegende Informationen zu dieser wirklich wichtigen Frage wollte.

»Natürlich steht es nicht außer Frage, daß –«, begann Lorenzo, wurde aber von einem diskreten Hüsteln aus dem Hintergrund unterbrochen – fast zu bescheiden, für Commissario Bovolo. »Bevor sie fortfahren«, sagte er mit einem Anflug von Befriedigung in der Stimme.

Eine kurze Pause entstand, in der Bovolo die seltene Gelegenheit genoß, an diesem Abend auch einmal im Mittelpunkt zu stehen.

»Also erzählen Sie«, sagte Bottando düster. Jetzt kommt's, dachte er.

»In Übereinstimmung mit Generale Bottandos Vorschlägen«, sagte er etwas steif, »haben wir, sobald sichergestellt war, daß die Marchesa und Signora Pianta das Gebäude verlassen hatten, uns mit einem Durchsuchungsbefehl Einlaß verschafft und in den Kellern nach den verschwundenen Gegenständen gesucht. Es war nicht einfach, und das ist auch der Grund, warum wir uns verspätet haben. Wie Sie wissen, ist das Wetter schlecht und die Flut sehr hoch –«

Er wurde unterbrochen von einem erstickten Geräusch aus Lorenzos Kehle. Die Augen der Marchesa verloren ihr schelmisches Funkeln, und Argyll wußte zwar nicht, was kommen würde, war sich aber ziemlich sicher, daß er es nicht hören wollte. Doch Bovolo fuhr ungerührt mit seinem Bericht fort.

»Der Keller ist einer von der Sorte, die eine direkte Verbindung zum Kanal besitzen, um Händlern den Zugang zu erleichtern. Es hatte den Anschein, als hätten die meisten Bilder direkt auf dem Boden gestanden, zwar abgestützt, um sie vor Schaden zu bewahren, aber nicht erhöht genug –«

»O Pianta, du Trottel. Kannst du denn überhaupt nichts richtig machen?« mischte sich die Marchesa dazwischen.

»Nicht erhöht genug, wie gesagt«, fuhr Bovolo pedantisch fort, »um zu verhindern, daß sie von dem Wasser mitgeschwemmt wurden, das irgendwann heute in den Keller eindrang. Meine Beamten fanden einige der Bilder, die im Keller auf der Wasseroberfläche schwammen. Sie haben zwar stark gelitten, aber wenigstens konnten sie sichergestellt werden.«

»Und das Porträt?« fragte Argyll mit schwacher Stimme. Unter solchen Umständen ist Stoizismus das einzige, was dem Menschen noch bleibt.

»Das fragliche Porträt«, fuhr Bovolo, zum Schlußspurt ansetzend, fort, »auf dessen Sicherstellung Generale Bottando besonderen Wert legte, scheint unter denen zu sein, die mit zurückweichender Flut in die Lagune hinausgeschwemmt wurden. Wir werden natürlich gleich morgen früh danach suchen...«

»Ach Gott, ersparen Sie sich die Mühe«, sagte Lorenzo mit einem nervösen Auflachen. »Nach zwölf Stunden im Salzwasser ist nichts mehr da, was Sie noch finden könnten. Der einzige Trost, der uns bleibt, ist die Hoffnung, daß es vielleicht doch nicht wirklich wertvoll war.«

Argyll sah sich in der Runde um und bemerkte, daß die meisten über den Verlust des Bildes viel bestürzter waren als über die Morde an Masterson und Bralle. Eigentlich ein armseliger Haufen! Er sah auch, daß Flavia ihn in offensichtlich blinder Panik anstarrte. Es wäre übertrieben, zu sagen, daß ihr die Augen vor Schreck aus den Höhlen quollen, aber allem Anschein nach wollte sie ihm etwas sagen.

Er schloß den Mund und öffnete ihn wieder. Zögerte. Das war alles andere als das Ende, das er sich für diesen Abend vorgestellt hatte. Was war mit seinem Triumph? Seinem großen Coup? Ach ja, was man nicht alles für seine Freunde tut.

»Und, was ist damit?« fragte ihn Lorenzo, als er nicht mehr mit ansehen konnte, wie sein Mund auf und zu ging. »War es wertvoll?«

Argyll strich sich müde mit den Händen über das Gesicht, atmete tief durch und sah sich in der Runde erwartungsvoller Gesichter um, die alle hofften, daß er nicht etwas zu Betrübliches sagen würde. »Ich bleibe bei meiner ursprünglichen Beurteilung, so unmaßgeblich sie auch sein mag. Ich habe alle Indizien sorgfältig geprüft. Ein unbedeutendes Werk eines unbedeutenden Künstlers. Nichts, das in Auktionssälen für Furore gesorgt hätte, das kann ich Ihnen versichern«, schloß er.

Alle außer ihm selbst und Commissario Bovolo schienen

mit dieser Erklärung mehr als zufrieden zu sein, sogar dankbar. Er stand trübsinnig auf, und da offensichtlich nichts mehr zu sagen war, taten die anderen es ihm nach. Die Versammlung löste sich langsam auf. Hier und dort flackerten flüchtige Gespräche auf, während die Leute ihre Mäntel holten und sich zum Gehen wandten.

Miller wurde von Bovolos Assistenten bewacht, bevor man ihn wegbrachte, um sein Geständnis aufzunehmen. Seine Kollegen waren eifrig darauf bedacht, ihn zu ignorieren. Bottando und der Ermittlungsrichter waren in ein Gespräch vertieft, von dem Bovolo ostentativ ausgeschlossen wurde. Lorenzo musterte seine Tante, als überlege er sich, ob es weise sei, sie anzusprechen, und beschloß dann offensichtlich, sie schmoren zu lassen. Kollmar und seine Frau verließen still den Saal, gefolgt von einer nun wieder strahlenden Marchesa mit Pianta im Schlepptau.

Schließlich war nur noch van Heteren übrig. Er kam leise auf Flavia zu und öffnete den Mund, um etwas zu sagen.

»Nein, ich will nichts mehr hören, Doktor«, sagte sie forsch. »Gehen Sie. Gehen Sie zurück nach Holland.«

»Aber ich muß –«

»Sie müssen überhaupt nichts in der Richtung. Ich habe genug. Gehen Sie heim und legen Sie sich ins Bett, und zwar sofort!

»Hast du schon mal daran gedacht, Mutter zu werden?« fragte Argyll, der zusah, wie der getadelte Holländer beschämt, aber gehorsam aus dem Saal huschte. »Das kam nämlich gerade so raus, als wär's dir angeboren.«

»Nein«, erwiderte sie. »Aber vielen Dank für das Angebot. Komm jetzt. Laß uns von hier verschwinden«

Wenigstens hatte der Regen die Luft gereinigt. Die feucht drückende Schwüle war verschwunden und hatte einer leichten, frischen Brise und einer kristallklaren Nacht Platz gemacht. Sogar das Hochwasser war etwas zurückgegangen. In einer guten Stunde würden die Straßen wieder frei sein.

In vollkommenem, wenn auch nicht sehr glücklichem Schweigen fuhren die beiden Italiener und der Engländer über die weite Öffnung des Canal Grande zur Hauptinsel zurück.

»Das war gute Arbeit«, sagte Bottando nach einer Weile und klopfte Flavia auf die Schulter. »Meinen Glückwunsch. Ich bin stolz auf Sie. Kann durchaus sein, daß Sie ihre Arbeit behalten.«

»Vielen Dank«, erwiderte sie. »Allerdings bin ich mir bei einigen Details alles andere als sicher.«

»Und ich auch«, mischte Argyll sich dazwischen. »Ich meine, als du gesagt hast –«

Flavia legte ihm die Hand auf den Arm und drückte leicht zu, damit er den Mund hielt. Er fiel in mürrisches Schweigen.

»Ich habe bemerkt, daß sie nicht gerade glücklich waren. Habe ich irgend etwas falsch gemacht?« fragte Bottando.

»Sie haben den richtigen Mann«, sagte sie, »aber ich glaube, Sie haben die Umstände ihres Todes nicht richtig begriffen. Und zwar deshalb, weil Sie sie nicht verstanden haben.«

»Ach wirklich? Und was stimmt an meinem Verständnis nicht?«

»Ihr Männer habt sie alle auf eine Art charakterisiert, die, wenn ich so sagen darf, absolut vorhersehbar war. Streberisch, aggressiv, ehrgeizig, rachsüchtig. Und Sie haben wie alle anderen angenommen, daß sie Roberts an den Kragen wollte.«

»Und Sie wollen mir erzählen, daß sie das nicht vorhatte.«

»Natürlich nicht. Es paßt nicht. Roberts hat das nur geglaubt, und deshalb hat er Miller aufgehetzt. Aber er hat sich getäuscht. Ich glaube, es war ihr ziemlich egal, was er vorhatte, sie war weit darüber hinaus, sich zu ärgern, und wollte das Komitee verlassen, bevor Bralle die Bombe platzen ließ. Nach Sankt Gallen fuhr sie, um mit Bralle über Benedettis Tizian zu reden. Und nach Mailand und Padua aus demselben Grund. Sie hat die beiden Männer, die diese Bilder verkauft haben, ja nicht einmal getroffen.

Masterson wollte sich nicht einmischen. Warum sollte sie auch, da doch Bralle bereits an Roberts' Entlarvung arbeitete? Wir wissen, daß Sie für so etwas keine Zeit hatte. Über Kollmar hat sie sich sicher geärgert, aber nur Roberts hat behauptet, daß sie ihn beleidigt habe. Kein anderer hat von ihr etwas Unhöfliches gehört. In der Komiteesitzung letztes Jahr hat sie nur gesagt, daß sie das Bild untersuchen wolle, es war Roberts, der Kollmar erzählt hat, sie sei hinter seinem Rücken unverschämt gewesen. Okay, sie war barsch, aber wer wäre das nicht bei so einem pedantischen kleinen Trottel.

Zu van Heteren, Benedetti oder diesem Mönch in Padua war sie nett und charmant. Das haben sie alle gesagt. Und an ihrem letzten Tag hat sie in der Bibliothek keine Enthüllungsstory über akademische Korruption oder ein schlechtes Gutachten für Miller geschrieben, sondern sich mit Kunstgeschichte befaßt, als die gute, engagierte Wissenschaftlerin, die sie war. Für Roberts oder Miller war sie nie eine Gefahr. Die arme Frau wurde einfach nur deswegen umgebracht, weil alle glaubten, sie sei genauso egoistisch, gemein und ehrgeizig wie sie selbst es waren.«

»Um was hätte es dann in diesem Referat gehen sollen?«

»Sie hatte vor, einen der sensationellsten Funde seit Jahren bekanntzugeben«, sagte sie schlicht. »Deshalb hat sie so schwer gearbeitet. Keine Intrigen und keine Denunziationen.«

Bottando zuckte zusammen und hob die Hand. »Aufhören! Ich will es gar nicht wissen. Vielleicht haben Sie recht, und ich habe der armen Dame unrecht getan, aber ich könnte es nicht ertragen, die Details zu hören. Außerdem scheine ich ja den richtigen Mann verhaftet zu haben, und offen gesagt, alles was mich jetzt noch interessiert, sind trockene Füße und der nächste Flug nach Rom«, sagte er, als das Boot gegen den Landungssteg stieß und er sich schwerfällig hinauswuchtete. »Der Haushaltstermin sitzt mir im Nacken, und ich muß gleich morgen in der Frühe noch eine Menge Überzeugungsarbeit leisten. Aber«, schloß er etwas fröhlicher, »wenigstens habe ich jetzt ein paar gute Argumente dafür.«

Also ließ sie das Thema fallen. Bottando, der nur noch ein heißes Bad im Kopf hatte, eilte davon, gleich nachdem das Boot angelegt hatte. Argyll und sie gingen in eine andere Richtung davon, und schon nach zehn Minuten hatten sie sich wieder einmal vollkommen verirrt.

»Jetzt kannst du deine Frage stellen«, sagte sie, nachdem sie es aufgegeben hatten, herauszufinden zu wollen, wo sie waren.

»Hm? Welche war das«

»Die über van Heteren.«

»Ach, die. Also, ich meine, er war es doch, oder?«

»Natürlich war er es. Er ist zu Roberts gegangen, hat ihn beschuldigt, seine Geliebte umgebracht zu haben, hat ihn dann halb erwürgt, zum Kanal geschleift und hineingeworfen. Diese Spuren unter Roberts' Haus und an seinem Hals beweisen das. Verbrechen aus Leidenschaft. Ein impulsiver Mann, von dem genau so etwas zu erwarten ist. Ich hab dir doch gesagt, daß er so ist.«

»Aber er hat den Falschen erwischt. Roberts hat Masterson doch gar nicht umgebracht. Du hattest wohl keine Lust, das zu erwähnen? Und Bottando war damit einverstanden?«

Sie zuckte die Achseln. »Das war nicht unsere Mordermittlung. Es wäre nicht angegangen, die Einheimischen total zu demütigen. Mit unserer Version der Geschichte haben wir Bovolo und den Ermittlungsrichter auseinandergebracht. Bovolo ist für eine Zeitlang weg vom Fenster, weil er sich bei der Masterson geirrt hat, und der Ermittlungsrichter ist so froh, daß keiner erwähnt hat, wie er den Gerichtsmediziner unter Druck gesetzt hat, daß er versprochen hat, uns schriftlich für unsere ausgezeichnete Arbeit zu danken. Und Pierre Janet, diese Seele von einem Mann, wird auch verkünden, was für Helden wir sind, weil wir den Mord an Bralle aufgeklärt haben. Das Dezernat wird gerade rechtzeitig zur Vorlage des Haushaltsplans mit Ruhm überhäuft. Was will man denn noch mehr?«

»Ach komm«, sagte er entrüstet. »So zynisch bist du doch nicht, und Bottando ist es ebensowenig. Oder?«

»Nein«, gab sie zu. »Aber ich habe es einfach nicht fertiggebracht. Und der Generale auch nicht, nachdem ich ihn ein bißchen bearbeitet hatte. Natürlich mußte ich ihm gut zureden, aber im Grunde genommen ist er ein alter Softie und vernünftigen Argumenten durchaus aufgeschlossen, so lange niemand davon erfährt.«

»Hm. Aber ich glaube trotzdem, daß du ein bißchen zu großzügig bist. Immerhin ist er ein Mörder.«

»Stimmt, und ich bin sicher, daß er sich deswegen scheußlich fühlt. Aber Roberts war für die ganze Sache verantwortlich und hat Bralle umgebracht. Ein schlechter Mensch in jeder Hinsicht, und außerdem tot. Nichts, was wir tun könnten, würde ihn wieder lebendig machen. Van Heteren dagegen ist der einzig Sympathische von der ganzen Truppe. Er hat diese Frau wirklich geliebt und war der einzige, der ihr eine Chance gegeben hat. Für mich persönlich ist das alles sehr verständlich. Außerdem was würde es denn nützen, ihn zu verhaften? Ich habe nie wirklich begriffen, warum Mörder unbedingt der Gerechtigkeit überantwortet werden müssen. Ich finde, daß einige Leute es verdient haben, mit Mord ungestraft davonzukommen. Kommt natürlich darauf an, wer das Opfer ist. Nicht gerade die richtige Argumentation für eine Polizistin, was?«

»Irgendwie nicht. Aber da du keine Polizistin bist, wie du mir immer wieder zu verstehen gibst, darfst du vermutlich argumentieren, wie du willst.«

»Aber abgesehen davon hat van Heteren uns natürlich auch einen Gefallen getan. Ich bezweifle, ob wir Roberts je hätten verhaften können. Wir wissen, daß er Bralle umgebracht hat, aber wir haben keinen Beweis, mit dem wir vor Gericht durchkommen würden. Wir hätten ihn auch nicht wegen der Anstiftung Millers drankriegen können, und seine Bildergeschäftchen waren zwar unmoralisch, aber nicht illegal. Wenn van Heteren nicht gewesen wäre, wäre er ungeschoren davongekommen. Natürlich entschuldigt das van Heteren nicht, wenn man es genau nimmt. Aber so ist es eben.«

»Also das ganze vertuschen?«

»Wir? Einen Mord vertuschen? Meine Güte, natürlich nicht. Was für ein Gedanke«, sagte sie blasiert. »Das ist ja das Schöne an der Sache. Wir haben nur unsere Meinung gesagt. Man ist doch nicht korrupt, wenn man sich bei gewissen Details ein wenig irrt. Und wie Bovolo uns immer wieder gesagt hat, es war sein Fall, mit dem wir nichts zu tun hatten. Er wird seinen ursprünglichen Bericht zurückziehen und einen neuen schreiben müssen, der arme Mann. Unter Anteilnahme der Öffentlichkeit. Das ist sehr peinlich für ihn. Natürlich wird er alles genauso schreiben, wie wir es dargelegt haben. Er wird den Mord an Masterson erläutern und dann die offizielle Meinung vertreten, daß Roberts Selbstmord verübt hat. Raffiniert, was? Es ist ja nicht so, als würden wir ihn davon abhalten, die Wahrheit herauszufinden, falls er das wirklich will.«

Argyll sagte eine Weile gar nichts, und Flavia vermutete, daß er in Bewunderung versunken war. Doch das war er nicht gerade, er versuchte eher, sich über die moralischen Implikationen ihrer Handlungsweise klarzuwerden. Das gelang ihm nicht, und deshalb beschloß er, im Zweifelsfall zu ihren Gunsten zu entscheiden. Es gibt gewisse Dinge in Italien, die Fremde nie verstehen können.

»Das einzige Problem war das Bild der Marchesa«, sagte sie und legte ihm als Zeichen ihrer Dankbarkeit den Arm um die Schulter. »Aber Gott sei Dank hast du uns da aus der Patsche geholfen. Es wäre schon sehr peinlich gewesen, wenn du verkündet hättest, daß die Tatsache, daß Bottando einen Polizisten vor ihrem Haus stationiert hat, indirekt dazu geführt hat, daß das einzige existierende Selbstporträt Giorgiones ins Meer hinausgeschwemmt wurde.«

Er sah sie verwundert an. »Giorgione?« fragte er neugierig. »Wovon redest du denn? Wer hat denn je was von Giorgione gesagt?«

Sie zog ihren Arm weg. »Du«, erwiderte sie zweifelnd.

»Nein, das habe ich nicht.«

»Doch, hast du schon. Du hast gesagt, das Bild sei ein Selbstporträt des Geliebten der Violante di Modena –«

Er fing an zu lachen. »O nein«, sagte er sehr vergnügt. »Ich glaub's einfach nicht. Das hab ich aber nun wirklich nicht gemeint. Du armes Ding. Du mußt dich in der letzten Stunde ja schrecklich gefühlt haben.«

»Was zum Teufel hast du dann gemeint?«, fragte sie gereizt, es ärgerte sie, daß sie, so wie es aussah, ihre ganze Sympathie und Dankbarkeit an einen Unwürdigen vergeudet hatte.

Er lachte noch einmal. »Ich dachte, ich hätte es dir gesagt.

Das Bild des Mannes mit der Hakennase war das Selbstporträt eines Malers. Der Padua-Zyklus, den Tizian hatte malen *wollen*, sollte zeigen, daß dieser Mann a) Violante di Modena der Untreue beschuldigt, b) sie ermordet und c) selbst vergiftet wird. Es ist schon ein bißchen komisch, daß ein Auftrag für ein religiöses Gemälde für so etwas zweckentfremdet wird, aber Tizian war damals noch ein junger Mann und sehr unter Druck. Vielleicht war es eine Art Kreativtherapie. Aber das ist unwichtig.

Mit Giorgione kann es nichts zu tun haben, denn der starb vor Violante und konnte sie deshalb nicht ermordet haben. Außerdem starb Giorgione an gebrochenem Herzen. Das hab ich dir doch gesagt. Ein so berühmter Mann wie er kann nicht umgebracht werden, ohne das es jemand erfährt. Und schließlich war das Porträt wie gesagt nur zweitrangig. Giorgione hätte im Schlaf noch besser malen können.

Darauf wollte Masterson auch gar nicht hinaus. Sie hat nicht geglaubt, ein verlorenes Meisterwerk wiederentdeckt zu haben. Was sie so erregt hat, war die Tatsache, daß sie einen verschlüsselten und sehr persönlichen Bericht über einen lange ungeklärten Skandal entziffert hat. Ikonografie, Symbolik, Bilderlesen, das war ihr Spezialgebiet, nicht Malstile oder Archivforschung. Welcher nicht sehr nette Mann, um mit ihren Worten zu sprechen, ist mit der Dame durchgebrannt und hat Giorgione mit gebrochenem Herzen viel zu früh ins Grab geschickt? Und wer hat sie, so wie es aussieht, aus Eifersucht umgebracht, weil er glaubte, daß sie sich in Tizian verliebt habe? Und wer wurde dann, aus Rache für seine Untat, vergiftet?

Der Mönch, mit dem ich mich in Padua unterhalten habe, hat gesagt, die Bilder seien Tizians Rache gewesen, aber er hat nicht erkannt, um was es da eigentlich ging. Masterson hat das Rätsel gelöst, indem sie alle Einzelteile zusammenfügte, den geplanten Padua-Zyklus rekonstruierte und ihn mit dem Porträt der Marchesa in Verbindung brachte. Ganz schön clever, die Dame. Jetzt komm, denk nach«, sagte er, als sie nicht aufhörte, ihn anzustarren. »Tizian wäre doch nicht nach Padua durchgebrannt, wenn er nicht was Dummes angestellt hätte.

Violantes Bruder hätte nie das Verfahren gegen ihn einstellen lassen, wenn Tizian nicht die Familienehre wiederhergestellt hätte. Und Pietro Luzzi war plötzlich verschwunden – was mit einer abstrusen Geschichte von seinem angeblichen Tod in der Schlacht erklärt wurde.

›Der Mann aber stirbt und ist dahin.‹ Das ist die Inschrift des Heiligen Antonius, aber sie verrät auch die Wahrheit über Pietro Luzzi. Kannst du dir vorstellen, welche Wirkung ein Artikel hat, der, gestützt auf ein verschlüsseltes und beinahe persönliches Geständnis, beweist, daß Tizian Pietro Luzzi vergiftet hat, weil der eine Freundin von ihm erstochen und einem Freund das Herz gebrochen hat?«

»Ach, jetzt verstehe ich«, sagte Flavia und seufzte auf. »Das ist aber eine Erleichterung. Also haben wir nichts anderes verloren als ein Selbstporträt von Pietro Luzzi?«

»Bravo. Zum großen Finale kam es natürlich erst, als Louise Masterson die Verbindung erkannte«, fuhr er fort. »Als Kollmar sein Urteil über das Bild in Mailand abgab, sagte sie noch nichts. Aber am gleichen Abend war sie dann auf Lorenzos Empfang. Sie sieht das Bild, und diese Nase kommt ihr irgendwie bekannt vor. Sie weiß zwar noch nicht, was es bedeutet, aber sie fängt an nachzudenken. Ein interessantes Gesicht, sagt sie zu van Heteren, aber kein sehr nettes. Eins, das man genauer untersuchen muß. Es muß eine Verbindung geben zwischen ihm und Kollmars Bild, über das am Vormittag diskutiert wurde, und sie beschließt, diese Verbindung aufzudecken. Und erst danach gibt sie bekannt, daß sie sich Benedettis Bild selber ansehen will.

Sie weiß, daß sie sich beeilen muß, als sie hört, daß das Bild der Marchesa zum Verkauf ausgeschrieben wird, und als sie dann noch von Bralle erfährt, daß auch Benedettis Bild versteigert werden soll. Es könnte ja auch jemand anders auf diese Verbindung kommen. Also macht sie sich auf die Socken. Mailand, Padua, Bibliotheken in Venedig. Sie schreibt hektisch ihr Referat um, um auch die letzten Belege noch einzufügen, die sie braucht. Natürlich sehr zu van Heterens Kummer. Ich vermute, Roberts kann sich nicht vorstellen, wie jemand sich wegen eines bloßen Bildes so ereifern kann.

Und als er ihr nachspürt, zieht er voreilig die falschen Schlüsse. Deren fatale Folgen kennst du ja.

Violante wurde von Pietro Luzzi aus Eifersucht erstochen, Tizian tötete den Mörder, und die maßgeblichen Stellen vertuschten es. Miller ersticht Masterson aus einer anderen Form von Eifersucht, van Heteren rächt sich auf eine allerdings etwas ungenaue Weise, und die maßgeblichen Stellen vertuschen es. Eine hübsche Parallele, findest du nicht auch? Die Geschichte wiederholt sich, so wie's aussieht.«

»Und du erwartest, daß ich das glaube?«

Er zuckte die Achseln. »Mach, was du willst. Aber es ist die einzige Erklärung, die ich mir vorstellen kann, für die komische Art, wie Tizian diese Fresken in Padua gemalt hat. Ist allerdings unwichtig. Ich habe nämlich mit Sicherheit nicht vor, das an die Öffentlichkeit zu tragen.«

»Warum nicht?«

»Vor allem, weil ich mich nicht gern auslachen lasse. Wenn ich es beweisen könnte, wär's was anderes. Aber ein Beweis erfordert eine sorgfältige Untersuchung des Porträts der Marchesa, was ja dank eurer Gründlichkeit jetzt nicht mehr möglich ist. Das Bild ist für immer verschwunden. Es gibt nicht einmal Fotos davon. Diese Agentur hatte keine. Ich wollte es bei der Übergabe fotografieren. Und Masterson wollte sicher auch ein paar Aufnahmen machen, aber das hat Miller vereitelt. Und ohne Fotos löst sich die Geschichte auf in Vermutungen, Hypothesen und Einbildung. Das heißt«, schloß er, »man wird Tizian in Ruhe lassen müssen wie van Heteren, sein Ruf bleibt unbeschädigt. Schade. Eigentlich hätte ich das Bild schon gern gehabt, aber ich vermute, statt dessen Benedettis Tizian zu bekommen, ist kein schlechter Tausch.«

Er sah sie an, weil er wissen wollte, wie sie diese in seinen Augen meisterhafte Darlegung aufnahm.

»Na, ich weiß nicht«, sagte sie und steckte mißmutig die Hände in die Taschen. »Bist du sicher, daß du dich nicht über mich lustig machst?«

Er warf ihr einen verschmitzten Blick zu, den sie als eindeutig vieldeutig interpretierte. »Was ist das?« fragte er nach einer Weile.

Flavia betrachtete eben einen Umschlag, den sie in ihrer Tasche gefunden und herausgezogen hatte. »Die Fotos, die ich vom Landungssteg unter Roberts' Haus geschossen habe. Die einzigen wirklichen Beweise gegen van Heteren.«

Er nahm sie und sah sie sich im Licht einer Laterne an. Dann grinste er sie an, zerriß die Bilder und warf sie zusammen mit den Negativen in den Kanal. Sie sahen zu, wie sie ein Weilchen auf der Oberfläche dahintrieben und dann versanken.

»Wenn du das Recht beugen willst, tu's richtig, das ist mein Grundsatz. Wie's aussieht, quillt die verdammte Lagune heute abend über von Beweismitteln«, sagte er. Er legte den Arm um sie, weil er glaubte, daß dies unter den gegebenen Umständen gerechtfertigt sei. »Na schön. Das wär's dann wohl. Komm«, schloß er und drückte sie an sich, eine Geste, die sie zu seinem grenzenlosen Entzücken erwiderte. »Ich bring dich jetzt bis in dein Hotelzimmer.«

Er führte sie herum, bis sie schließlich in die vollkommen verkehrte Richtung zeigte. »Da entlang, glaube ich.«

S. T. Haymon

Rockstars hängt man nicht

Ein Inspektor-Jurnet-Roman. Aus dem Englischen von Vera Mansfeldt. 330 Seiten. SP 5534

Ein Werbegag wird blutiger Ernst: Am Morgen nach seinem Konzert hängt der Leadsänger der Rockgruppe »Second Coming« tot an dem Kreuz, an das eigentlich sein Ebenbild aus Wachs gehörte. Inspektor Ben Jurnets Ermittlungen stehen zunächst unter dem Motto »Sex and Drugs and Rock 'n' Roll«...

Blaues Blut

Ein Inspektor-Jurnet-Roman. Aus dem Englischen von Gabriele Broszat. 305 Seiten. SP 5505

»Ein weiteres Meisterstück von S. T. Haymon: diskreter Sex, ein Dutzend unvergeßlicher Charaktere und historische Stätten.«
Kirkus Review

Gefährliche Wissenschaft

Ein Inspektor-Jurnet-Roman. Aus dem Englischen von Vera Mansfeldt. 261 Seiten. SP 5576

Der Tod geht um in der normannischen Burg von Angleby – auf einem Kongreß von Physikern. Inspektor Jurnet erlebt, wie hinter der Fassade akademischer Wohlanständigkeit gefährliche Leidenschaften lauern.

Ritualmord

Ein Inspektor-Jurnet-Roman. Aus dem Englischen von Christine Mrowietz. 266 Seiten. SP 5504

»Die Autorin übertrifft mit dieser Geschichte die meisten Bücher dieses Genres.«
Times Literary Supplement

Mord macht frei

Ein Inspektor-Jurnet-Roman. Aus dem Englischen von Vera Mansfeldt. 266 Seiten. SP 5643

Eine Autobombe jagt Inspektor Jurnets Rover in die Luft. Seine Verlobte Miriam kommt dabei ums Leben. Galt der Terroranschlag ihm oder gar dem Polizeiapparat? War die IRA Drahtzieher des feigen Mords? Jurnets Suche nach Motiv und Mörder wird zu einer Reise in die politische Vergangenheit und Gegenwart Englands, aber auch ins Innerste seines eigenen Herzens.

Mord im Druidenhain

Ein Inspektor-Jurnet-Roman. Aus dem Englischen von Anita Maurus. 327 Seiten. SP 5617

Inspektor Jurnet unternimmt mit seiner Freundin einen Ausflug zu den Ausgrabungsstätten des druidischen Heiligtums und findet prompt in den Dünen eine weibliche Leiche . . .

Iain Pears

Der Raffael-Coup
Kriminalroman. Aus dem Englischen von Klaus Berr. 198 Seiten. SP 5586

Zunächst weist nichts auf eine langfristige, gute Zusammenarbeit hin zwischen Generale Taddeo Bottando, Chef des Kunstraubdezernats in Rom, seiner jungen Assistentin Flavia di Stefano und dem englischen Kunsthistoriker Jonathan Argyll mit Spezialkenntnissen über Raffael, den großen Künstler der Renaissance. Als Argyll in einer kleinen römischen Pfarrkirche aufgegriffen wird, tischt er den Behörden eine abenteuerliche Geschichte auf über einen übermalten und verschwundenen Raffael. Ehe die Frage nach Original oder Fälschung geklärt werden kann, beginnt in der Kunstszene eine Hetzjagd nach diesem Bild quer durch Europa. Zwei Morde, viele falsche Spuren und die ehrgeizigen Pläne eines recht zwielichtigen italienischen Museumsdirektors sorgen für Flair und Spannung in diesem ungewöhnlichen Krimi.

Der Tod des Sokrates
Kriminalroman. Aus dem Englischen von Klaus Berr. 240 Seiten. SP 5711

Jonathan Argyll, ein in Rom lebender englischer Kunsthändler, hat eine große Schwäche für Italien und eine noch größere für die hübsche Polizistin Flavia di Stefano vom italienischen Kunstraubdezernat. Jonathan transportiert für einen Kollegen aus Gefälligkeit ein Bild von Paris nach Rom. Etwas sonderbar ist es allerdings, daß ein Dieb versucht, bereits in Paris am Bahnhof das Bild zu stehlen, und daß der Käufer in Rom das Bild mit dem Titel »Der Tod des Sokrates« nach kurzem Betrachten doch nicht haben will. Jonathan muß mit dem höchst mittelmäßigen Bild wieder unverrichteter Dinge abziehen. Aber wer hätte ahnen können, daß dieser Käufer am nächsten Tag in seiner Wohnung grausam ermordet wird? Was ist an diesem unauffälligen Bild so besonders, daß ein zweiter potentieller Käufer umgebracht wird?

Roger Graf

Die haarsträubenden Fälle des Philip Maloney

Kriminalstories. Mit Illustrationen von Christoph Badoux.
272 Seiten. SP 5662

Der ultraschräge Privatdetektiv Philip Maloney geht in Zürich seinem gefährlichen Handwerk nach. Seine Urteilskraft wird gelegentlich getrübt durch den übermäßigen Genuß seines Lieblingswhiskys und den Anblick schöner Frauen. Ständig knapp bei Kasse, löst er ohne Auto und ohne jegliche Computerkenntnisse mit Herz und losem Mundwerk bravourös seine kniffligen Fälle: ob die mordende Sekte im Internet, die verlorene Formel für schmelzsichere Schokolade oder die von einem Golfball tödlich getroffenen Vorstandsmitglieder des Golfclubs – immer weiß Maloney auf alles eine Antwort und hat das letzte Wort.

Ticket für die Ewigkeit

Ein Fall für Philip Maloney.
205 Seiten. SP 2302

Ein Leckerbissen für Maloney-Fans sowieso – und Krimisüchtige im besonderen.

Philip Maloney Tödliche Gewißheit

Kriminalroman.
237 Seiten. SP 5664

Philip Maloney, der schrullige Privatschnüffler, stochert im kalten Züricher Nebel herum und findet die Leiche eines äußerst zweifelhaften Kollegen, der eigentlich schon seit Jahren tot ist. Maloney kooperiert mit seiner klugen und verführerischen Kollegin Jasmin. Beide rollen die alten Fälle des Toten wieder auf und stoßen dabei auf häßliche Querverbindungen zu einem Kindermörder. Jasmins Büro wird auf den Kopf gestellt, in Zürich häufen sich obskure, tödliche Verkehrsunfälle von Mailboxbenutzern, eine merkwürdige Rücktrittswelle hoher Regierungsbeamter löst eine Regierungskrise aus, und Kommissar Hugentobler ist wie immer ratlos. Nichts scheint mehr zusammenzupassen, als ganz unerwartet alles in einem Bürogebäude zum großen Showdown zusammenfließt.

»Man heiße den legitimen Nachfolger jenes von Raymond Chandler geborenen Philip Marlowe herzlich willkommen. Philip-Maloney-Krimis – höherer Blödsinn besonderer Güte.«
Süddeutsche Zeitung

Torsten Tornow

Sills' Verhängnis

Kriminalroman.
286 Seiten. SP 5665

Sills ist pleite. Da ist ihm jeder recht, der in seiner zwielichtigen Agentur in Kreuzberg hereinschneit und ihm erklärt, er habe einen Job für ihn. Daß es dabei allerdings um eine übel zugerichtete Frauenleiche geht, paßt ihm ganz und gar nicht in den Kram. Schon bald steckt er ganz tief in einem Fall, in dem die Spuren nur einen Schluß zulassen: Er muß hinter das Geheimnis einer obskuren Pornofilm-Produktionsfirma kommen, sonst geht es ihm selbst an den Kragen ... Thorsten Tornow knüpft mit diesem Roman keineswegs nahtlos, sondern mit ironisch-parodistischen Nadelstichen an die Tradition der amerikanischen »hard boiled« Detektivgeschichten an. Und er beweist ganz nachdrücklich und vergnüglich, daß Kreuzberg und der Hollywood Boulevard gar nicht so weit auseinanderliegen und daß Lakonie eine hohe Kunst ist.

Unter Senkern

Kriminalroman.
336 Seiten. SP 2679

Berlin im November 1989: Im ostdeutschen Bruderstaat braut sich politisch Explosives zusammen. Nur Sills überhört die Signale der Völker und hängt stockbetrunken als Senker, sprich Sargträger, herum. Besorgt hat ihm diesen Job sein alter Freund Schlesinger. Sills soll herausfinden, was Gohlke, der zwielichtige Inhaber der Sargträgerfirma, mit dem Verschwinden des reichen Antiquitätenhändlers Osterrot zu tun hat. Als Sills statt eines Toten acht verfaulte Schweineköpfe versenkt, kommt eine Lawine ins Rollen. Die deutsch-deutsche Wende bringt nicht nur ein paar kleine Gauner, sondern auch die Stasi auf den Plan. Als Sills schließlich Schlesinger mit üblen Folterspuren tot auffindet, weiß er, daß Kommissar Reisz recht hat: Der Fall ist ihm einige Nummern zu groß. Er gerät in ernste Gefahr.

Joseph R. Garber

Der Schacht

Roman. Aus dem Amerikanischen von Sonja Hauser und Christian Spiel. 367 Seiten. SP 2476

Jeden Morgen kurz vor 7.00 Uhr genießt Dave Elliot noch einmal die Stille seiner Chefsuite im 45. Stockwerk Midtown New York, bevor sein Arbeitstag beginnt. Aber dieser Tag ist anders als alle Tage zuvor: an diesem Tag versucht jeder, der Dave begegnet, ihn umzubringen. Sein Chef macht den Anfang, als er ihm mit durchgeladener Pistole und der festen Absicht, ihn zu erschießen, gegenübertritt. Und der 50stöckige Büro-Tower scheint zu wimmeln von Leuten, die nur eines wollen: Dave Elliots Leben. Er hat 24 Stunden Zeit, um herauszufinden, warum... Dave kämpft einen fast aussichtslosen Kampf gegen einen überlegenen Gegner, der alle Vorteile auf seiner Seite hat. In dieser Situation erwachen in ihm plötzlich wieder alle Instinkte und Überlebenstechniken, die er längst vergessen zu haben glaubt. So eskaliert die höllische Verfolgungsjagd durch die Fahrstuhlschächte, Treppenhäuser und über die Fassade des Wolkenkratzers in einen erbarmungslosen Schlagabtausch zwischen den Häschern auf der einen und dem Opfer auf der anderen Seite.

Eine perfekt inszenierte, wahnwitzige Verfolgungsjagd in einem Büro-Tower in Manhattan. Selten war die Einsamkeit eines Menschen, der gnadenlos in die Enge getrieben wird, so hautnah zu spüren.

»Die Jagd durch Fahrstuhlschächte und Treppenhäuser hat Joseph R. Garber so aufregend inszeniert, daß man am verblüffenden Schluß ganz atemlos ankommt.«

Bild am Sonntag

»Garber hat es glänzend verstanden, die atemberaubende Menschenjagd durch Fahrstuhlschächte und Treppenhäuser in eine dichte, treibende Sprache umzusetzen... Dem Leser wird hier wahrlich keine Atempause gegönnt, er vermag sich darum auch der Dramatik kaum zu entziehen.«

General-Anzeiger

Jerome Charyn

Marilyn the Wild

Supercop Isaac Sidel von der Lower East Side. Kriminalroman. Mit einem Nachwort des Autors. Aus dem Amerikanischen von Uschi Gnade. 206 Seiten. SP 5660

Die Lower East Side in New York ist das Revier des großen blonden jüdischen Supercops Isaac Sidel, der sich über seine Stadt keine Illusionen macht. Die offizielle Politik ist korrupt, das Schulsystem ein Witz, und neben der Polizei sind die einzig funktionierenden Ordnungsmächte das organisierte Verbrechen: die Mafia, chinesische Geheimgesellschaften oder eine Familie von südamerikanisch-jüdischen Kleinkriminellen. Sidels Feldzug gegen das Böse beginnt, als sich diese Guzmans in »seinem« Manhattan auf Zuhälterei und Mädchenhandel werfen und seine alte Mutter von einer Jugendgang in ihrem Second-Hand-Laden überfallen und schwer verletzt wird.

Blue Eyes

Supercop Isaac Sidel von der Lower East Side. Kriminalroman. Aus dem Amerikanischen von Uschi Gnade. 214 Seiten. SP 5667

Patrick Silver

Supercop Isaac Sidel von der Lower East Side. Kriminalroman. Aus dem Amerikanischen von Uschi Gnade. 189 Seiten. SP 5681

In Isaac Sidel, dem mächtigen jüdischen Supercop der Lower East Side, rumort es: Bei seinem Kampf gegen die Verbrechersippe der Guzmans hat sich Sidel einen tödlichen Bandwurm geholt, der ihn von innen aufzehrt. Auch die überraschende Beförderung auf den einflußreichen Posten zum First Deputy kann Sidel nicht aufmuntern, denn er befindet sich wieder auf Kriegsfuß mit den Guzmans. Er ist hinter Guzmans jüngstem, schwachsinnigen Sohn Jerome her, der kleine Buben bestialisch umbringt.

»Dieser Roman ist ein Meisterwerk voll Leben und voller Farben. Charyn hat den Bauch von New York untersucht.«
The New York Times

Der gute Bulle

Supercop Isaac Sidel von der Lower East Side. Kriminalroman. Aus dem Amerikanischen von Jürgen Bürger. 264 Seiten. SP 5678

Frederick Forsyth

»Zeitgeschichte und Erfindung sind bei Forsyth so brillant gemischt, daß man die Grenzen nicht sieht und sich letzten Endes fragen muß, ob man wirklich einen Roman vor sich hat oder eine Reportage aus unseren Tagen.«

Die Welt

Die Akte ODESSA

Roman. Aus dem Englischen von Tom Knoth. 395 Seiten. SP 5522

Das mitreißende Erzähltempo läßt den Leser zum willigen Opfer des Autors werden.«

New York Times

Die Hunde des Krieges

Roman. Aus dem Englischen von Norbert Wölfl. 436 Seiten. SP 5529

In Irland gibt es keine Schlangen

Zehn Stories. Aus dem Englischen von Rolf und Hedda Soellner. 323 Seiten. SP 5637

Am Ende aller Geschichten kommt immer ein überraschender Knalleffekt, raffiniert witzig oder schockierend. Hier beweist sich Forsyth als der unvergleichliche Meister des Nervenkitzels.

Der Lotse

Aus dem Englischen von Rolf und Hedda Soellner. 75 Seiten mit Illustrationen von Chris Foss. SP 5503

McCreadys Doppelspiel

Thriller. Aus dem Englischen von Christian Spiel und Rudolf Hermstein. 496 Seiten. SP 5655

Der Schakal

Roman. Aus dem Englischen von Tom Knoth. 438 Seiten. SP 5511

»Wie Forsyth das Räderwerk einer Verschwörung bloßlegt, das übertrifft in seiner Meisterschaft Fleming und le Carré.«

L'Express

Des Teufels Alternative

Roman. Aus dem Englischen von Wulf Bergner. 512 Seiten. SP 5545

»Die handwerkliche Perfektion ist schier unerschöpflich, das wohlige Gruseln fast endlos.«

Neue Zürcher Zeitung

Der Unterhändler

Roman. Aus dem Englischen von Christian Spiel und Rudolf Hermstein. 526 Seiten. SP 5577

Das vierte Protokoll

Roman. Aus dem Englischen von Rolf und Hedda Soellner. 500 Seiten. SP 5506

Jan Guillou

Coq Rouge

Ein Coq-Rouge-Thriller. Aus dem Schwedischen von Hans-Joachim Maass. 440 Seiten. SP 5578

»Clever mischt Guillou verbürgtes Insiderwissen und realistische Fiktion, und so ist ›Coq Rouge‹... zu einer kompakten Agentenreportage geworden, die es mit den Romanen eines John le Carré aufnehmen kann.«

Stern

Der demokratische Terrorist

Ein Coq-Rouge-Thriller. Aus dem Schwedischen von Hans-Joachim Maass. 418 Seiten. SP 5592

»Die präzise Schilderung vom Hamburger Hafenstraßen- und Geheimdienstmilieu, die politische Auseinandersetzung im fiktiven Dialog mit Terroristen, deren Biographien echt sind, fasziniert. Das Ende schließlich schockiert.«

Neue Presse Hannover

Im Interesse der Nation

Ein Coq-Rouge-Thriller. Aus dem Schwedischen von Hans-Joachim Maass. 482 Seiten. SP 5634

»Was die Action-Romane von Guillou so faszinierend macht, ist die Mischung aus Sciencefiction und Insiderwissen.«

Abendzeitung

Feind des Feindes

Ein Coq-Rouge-Thriller. Aus dem Schwedischen von Hans-Joachim Maass. 436 Seiten. SP 5632

Ein hochbrisanter Thriller voller packender Action und mit überraschenden Wendungen.

Der ehrenwerte Mörder

Ein Coq-Rouge-Thriller. Aus dem Schwedischen von Hans-Joachim Maass. 480 Seiten. SP 5644

Unternehmen Vendetta

Ein Coq-Rouge-Thriller. Aus dem Schwedischen von Hans-Joachim Maass. 560 Seiten. SP 5654

Niemandsland

Ein Coq-Rouge-Thriller. Aus dem Schwedischen von Hans-Joachim Maass. 512 Seiten. SP 5656

Der einzige Sieg

Ein Coq-Rouge-Thriller. Aus dem Schwedischen von Hans-Joachim Maass. 600 Seiten. SP 5682

Als in Nordschweden ein LKW-Fahrer ermordet aufgefunden wird, fällt der Verdacht auf den KGB. Die Tat führt Schwedens Topagent Carl Graf Hamilton alias Coq Rouge dem Schmuggel einer russischen Atomrakete auf die Spur.